ALICE FEENEY

E.L.A.S ESPECIALISTAS LITERÁRIAS NA ANATOMIA DO SUSPENSE

ESPECIALISTAS LITERÁRIAS NA ANATOMIA DO SUSPENSE

CRIME SCENE FICTION

Rock Paper Scissors
Copyright © 2021 by Diggi Books Ltd
Todos os direitos reservados.

Ilustrações © Rhys Davies

Tradução para a língua portuguesa
© Letícia Ribeiro Carvalho, 2024

Diretor Editorial
Christiano Menezes

Diretor de Novos Negócios
Chico de Assis

Diretor de Planejamento
Marcel Souto Maior

Diretor Comercial
Gilberto Capelo

Diretora de Estratégia Editorial
Raquel Moritz

Gerente de Marca
Arthur Moraes

Gerente Editorial
Bruno Dorigatti

Editor
Paulo Raviere

Capa e Projeto Gráfico
Retina 78 e Arthur Moraes

Coordenador de Diagramação
Sergio Chaves

Designer Assistente
Jefferson Cortinove

Preparação
Catarina Tolentino

Revisão
Fabiano Calixto
Yonghui Qio Pan

Finalização
Roberto Geronimo

Marketing Estratégico
Ag. Mandíbula

Impressão e Acabamento
Braspor

DADOS INTERNACIONAIS DE CATALOGAÇÃO NA PUBLICAÇÃO (CIP)
Jéssica de Oliveira Molinari - CRB-8/9852

Feeney, Alice
  Pedra papel tesoura / Alice Feeney ; tradução de Letícia Carvalho.
—Rio de Janeiro : DarkSide Books, 2024.
  288 p.

  ISBN: 978-65-5598-357-9
  Título original: Rock Paper Scissors

  1. Ficção inglesa 2. Mistério I. Título II. Carvalho, Letícia

23-5460   CDD 823

Índice para catálogo sistemático:
1. Ficção inglesa

[2024, 2025]
Todos os direitos desta edição reservados à
DarkSide® Entretenimento LTDA.
Rua General Roca, 935/504 — Tijuca
20521-071 — Rio de Janeiro — RJ — Brasil
www.darksidebooks.com

ALICE FEENEY

PEDRA PAPEL TESOURA

TRADUÇÃO LETÍCIA RIBEIRO CARVALHO

E.L.A.S®

DARKSIDE

Para o meu Daniel, é claro.

Amelia

Fevereiro de 2020

Meu marido não reconhece meu rosto.

Sinto ele me olhando enquanto dirijo e me pergunto o que ele vê. Ninguém mais lhe parece familiar, mas não deixa de ser estranho pensar que o homem com quem me casei não seja capaz de me identificar num reconhecimento policial.

Sei qual é a expressão em seu rosto sem nem sequer olhar para ele. É a versão zangada, petulante, que diz *eu te avisei*, então me concentro na estrada. É o que preciso fazer. A neve está caindo mais depressa agora, é como dirigir numa nevasca, e o limpador de para-brisas do meu Morris Minor Traveller não está dando conta. O carro — assim como eu — é de 1978. Se cuidamos das coisas, elas duram uma vida inteira, mas suspeito que o meu marido talvez queira trocar nós dois por um modelo mais novo. Adam já conferiu o cinto de segurança uma centena de vezes desde que saímos de casa e as suas mãos estão fechadas, os punhos sobre seu colo. A viagem de Londres até a Escócia não deveria demorar mais de oito horas, mas não me atrevo a dirigir mais depressa nesta tempestade. Embora esteja começando a escurecer e pareça que podemos estar perdidos em mais de um sentido.

Pode um fim de semana fora salvar um casamento? Foi isso que o meu marido perguntou quando a terapeuta deu a sugestão. Cada vez que essas palavras se repetem na minha mente, uma nova lista de arrependimentos se instaura na minha cabeça. O fato de termos desperdiçado tanto tempo das nossas vidas não as tendo vivido de verdade faz com que eu me sinta muito triste. Nem sempre fomos as pessoas que somos agora, mas as nossas memórias do passado podem fazer de todos nós mentirosos. É por isso que estou me concentrando no futuro. No meu próprio. Há dias em que ainda o imagino nele, mas há momentos em que imagino como seria estar sozinha de novo. Não é o que quero, mas me pergunto se não será o melhor para nós dois. O tempo pode mudar as relações como o mar remodela a areia.

Ele disse que devíamos adiar esta viagem quando vimos os avisos meteorológicos, mas não consegui. Ambos sabemos que este fim de semana fora é a última oportunidade para consertar as coisas. Ou, pelo menos, tentar. Ele não se esqueceu *disso*.

Não é culpa do meu marido que ele se esquece quem sou.

Adam tem uma disfunção neurológica chamada prosopagnosia, o que quer dizer que não consegue ver as características que diferenciam os rostos, incluindo o seu próprio. Em mais de uma ocasião, ele passou direto por mim na rua como se eu fosse uma estranha. A inevitável ansiedade social provocada por isso afeta nós dois. Adam pode estar rodeado de amigos numa festa e mesmo assim sentir que não conhece uma única pessoa naquele lugar. Por isso, passamos muito tempo sozinhos. Juntos, mas separados. Só nós. A cegueira facial não é a única forma do meu marido me fazer sentir invisível. Ele não queria ter filhos — sempre disse que não conseguia suportar a ideia de não reconhecer os seus rostos. Ele convive com essa doença a vida inteira e eu convivo com ela desde que nos conhecemos. Às vezes, alguns males vêm para o bem.

O meu marido pode não conhecer o meu rosto, mas desenvolveu outros jeitos de me reconhecer: o cheiro do meu perfume, o som da minha voz, a sensação da minha mão na dele quando costumava segurá-la.

Os casamentos não fracassam; as pessoas, sim.

Não sou a mulher por quem ele se apaixonou há tantos anos. Pergunto-me se ele consegue perceber o quanto pareço mais velha agora? Ou se repara nos fios grisalhos se infiltrando no meu longo cabelo loiro? Os 40 anos podem ser os novos 30, mas a minha pele está cheia de rugas dificilmente causadas pelo riso. Costumávamos ter tanto em comum, compartilhamos segredos e sonhos, não apenas uma cama. Ainda terminamos as frases um do outro, mas agora erramos.

"Sinto que estamos andando em círculos", murmura ele baixinho, e por um minuto não sei se isso se refere ao nosso casamento ou às minhas habilidades na direção. O céu fechado e cinzento parece refletir o seu estado de espírito, e é a primeira vez que ele fala em muitos quilômetros. A neve endureceu na estrada à nossa frente e o vento está mais forte, mas isso não é nada se comparado com a tempestade que se forma dentro do carro.

"Você pode procurar as instruções que imprimi e ler outra vez?", pergunto, tentando, mas não conseguindo esconder a irritação na minha voz. "Tenho certeza que estamos perto."

Ao contrário de mim, meu marido envelheceu incrivelmente bem. Os seus mais de 40 anos são bem disfarçados por um bom corte de cabelo, pele bronzeada e um corpo moldado por uma devoção excessiva a meias maratonas. Ele sempre foi muito bom em sair correndo, em especial, da realidade.

Adam é roteirista. Começou muito abaixo do último degrau da escada retrátil de Hollywood, sem conseguir chegar lá sozinho. Diz às pessoas que foi direto da escola para a indústria cinematográfica, o que não passa de uma mentira. Ele trabalhava no Electric Cinema, em Notting Hill, quando tinha 16 anos, vendendo doces e bilhetes de cinema. Aos 21 anos, já havia vendido os direitos de seu primeiro roteiro. *Pedra Papel Tesoura* nunca passou da pré-produção, mas Adam conseguiu um agente com o acordo, e o agente lhe arranjou um trabalho para escrever uma adaptação de um romance. O livro não foi um sucesso de vendas, mas a versão cinematográfica — um empreendimento britânico de baixo orçamento — ganhou um Bafta, e assim um escritor nasceu. Não foi como ver seus próprios personagens ganharem vida na tela

— os caminhos para nossos sonhos dificilmente são diretos — mas foi assim que Adam pôde parar de vender pipoca e passar a escrever em tempo integral.

Roteiristas não costumam ter nomes conhecidos, então, algumas pessoas talvez não saibam o dele, mas eu apostaria que já assistiram a pelo menos um dos filmes que ele escreveu. Apesar de nossos problemas, tenho muito orgulho de tudo o que ele conquistou. Adam Wright construiu uma reputação no ramo por transformar romances desconhecidos em filmes de sucesso de bilheteria e ainda segue sempre em busca do próximo. Admito que, às vezes, sinto ciúmes, mas acho que isso é natural, considerando o número de noites em que ele prefere levar um livro para a cama. Meu marido não me trai com outras mulheres ou homens, ele tem um caso de amor com as próprias palavras.

Os seres humanos são uma espécie estranha e imprevisível. Prefiro a companhia de animais, o que é um dos muitos motivos pelos quais trabalho no Abrigo para Cães de Battersea. As criaturas de quatro patas tendem a ser melhores companheiras do que as de duas e os cães não guardam rancor, nem sabem odiar. Prefiro não pensar nos outros motivos pelos quais trabalho lá; às vezes, é melhor não tirar a poeira de nossas memórias.

A vista além do para-brisa oferece uma paisagem dramática em constante mudança durante a viagem. Árvores de todos os tons de verde, lagos gigantes e reluzentes, montanhas cobertas de neve e uma infinidade de áreas perfeitas e intocadas. Estou apaixonada pelas Highlands da Escócia. Se existe um lugar mais bonito na Terra, ainda não o encontrei. O mundo parece muito maior aqui do que em Londres. Ou talvez eu seja menor. Encontro paz na quietude e no isolamento daqui. Faz mais de uma hora que não vemos vivalma, o que torna este o local perfeito para o que planejei.

Passamos por um mar tempestuoso à esquerda e seguimos para o norte, com o som do quebrar das ondas nos fazendo uma serenata. À medida que a estrada sinuosa se reduz a uma pista estreita, o céu — que mudou de azul para rosa, roxo e agora para preto — se reflete em cada um dos lagos parcialmente congelados pelos quais passamos. À medida que avançamos, uma floresta nos envolve. Pinheiros antigos, cobertos de neve e mais altos do que a nossa casa, estão sendo dobrados pela tempestade como se fossem palitos de fósforo. O vento uiva como um fantasma do lado de fora do carro, com constância, tentando nos desviar do curso e, quando deslizamos um pouco na estrada gelada, agarro o volante com tanta força que os ossos dos meus dedos marcam minha pele. Noto minha aliança de casamento. Um lembrete sólido de que ainda estamos juntos, apesar de todos os motivos pelos quais talvez devêssemos estar separados. A nostalgia é uma droga perigosa, mas gosto da sensação de lembranças mais felizes inundando minha mente. Talvez não estejamos tão perdidos quanto sentimos. Olho de relance para o homem sentado ao meu lado, imaginando se ainda podemos encontrar o caminho de volta para nós. Então, faço algo que não fazia há muito tempo e estendo a mão para segurar a dele.

"Pare!", grita ele.

Tudo acontece muito rápido. A imagem borrada e nevada de um cervo parado no meio da estrada à frente, meu pé pisando fundo no freio, o carro desviando e girando antes de finalmente derrapar e parar bem em frente aos enormes chifres do veado. Ele pisca duas vezes em nossa direção antes de se afastar com calma, como se nada tivesse acontecido, desaparecendo na floresta. Até as árvores parecem frias.

Meu coração bate forte no peito enquanto pego a bolsa. Meus dedos trêmulos encontram as chaves e quase todo o restante do conteúdo dela antes de localizar a bombinha. Eu a sacudo e dou uma tragada.

"Você está bem?", pergunto antes de dar outra.

"Te avisei que isso era uma má ideia", responde Adam.

Já mordi a língua tantas vezes nessa viagem que ela deve estar cheia de buracos.

"Não me lembro de você ter tido uma melhor", retruco.

"Uma viagem de oito horas de carro para um fim de semana fora..."

"Faz muito tempo que a gente fala como seria bom visitar as Highlands."

"Também seria bom visitar a Lua, mas prefiro conversar sobre isso antes de você nos colocar em um foguete. Você sabe como as coisas estão corridas para mim no momento."

Correria se tornou uma palavra-chave em nosso casamento. Adam usa sua correria como um distintivo. Como um escoteiro. É um motivo de orgulho: um símbolo de status de seu sucesso. Isso o faz se sentir importante e me dá vontade de arremessar os romances que ele adapta em sua cabeça.

"Estamos onde estamos porque você está sempre muito ocupado", digo com os dentes cerrados e rangendo. Faz tanto frio no carro agora que consigo ver minha própria respiração.

"Desculpa, você está sugerindo que a culpa é minha por estarmos na Escócia? Em fevereiro? No meio de uma tempestade? Isso foi ideia sua. Pelo menos não vou ter que ouvir suas reclamações intermináveis quando formos esmagados por uma árvore caindo ou morrermos de hipotermia nesse carro de merda que você insiste em dirigir."

Nunca brigamos assim em público, apenas em particular. Nós dois somos muito bons em manter as aparências, e acho que as pessoas veem o que querem ver. Mas, por trás de portas fechadas, as coisas não têm dado certo para o sr. e a sra. Wright há muito tempo.

"Se eu estivesse com meu telefone, já estaríamos lá", resmunga ele, remexendo no porta-luvas em busca de seu amado celular, que não consegue encontrar. Meu marido acha que engenhocas e bugigangas são a resposta para todos os problemas da vida.

"Perguntei se você tinha tudo de que precisava antes de sairmos de casa", digo.

"Eu estava com tudo. Meu telefone estava no porta-luvas."

"Nesse caso, ainda estaria aí. Não é meu trabalho arrumar suas coisas pra você. Não sou sua mãe."

Me arrependo de imediato de ter dito isso, mas as palavras não vêm com recibo de troca para você devolvê-las. A mãe de Adam está no topo da longa lista de coisas sobre as quais ele não gosta de falar. Tento ser paciente enquanto ele continua procurando o celular, apesar de saber que nunca o encontrará. Adam tem razão. Ele o colocou no porta-luvas. Mas eu o tirei antes de sairmos hoje de manhã e o escondi em casa. Pretendo ensinar ao meu marido uma lição importante neste fim de semana e ele não precisa do celular para isso.

Quinze minutos depois, estamos de volta à estrada e parece que estamos progredindo. Adam olha para a escuridão enquanto estuda as instruções que imprimi — a menos que seja um livro ou um manuscrito, qualquer coisa escrita em papel em vez de uma tela parece confundi-lo.

"Você precisa pegar a primeira à direita na próxima rotatória", diz, parecendo mais confiante do que eu esperava.

Logo passamos a depender da lua para iluminar o caminho e indicar subidas e descidas da paisagem nevada à nossa frente. Não há postes de iluminação pública e os faróis do Morris Minor mal iluminam a estrada. Percebo que estamos com pouca gasolina de novo, mas há quase uma hora não vejo nenhum lugar para abastecer. A neve está implacável agora, e não há nada além dos contornos escuros de montanhas e lagos por quilômetros.

Quando finalmente avistamos uma antiga placa para Blackwater coberta de neve, o alívio no carro é palpável. Adam lê as últimas instruções quase com entusiasmo.

"Atravesse a ponte e vire à direita quando passar por um banco com vista para o lago. A estrada vai se curvar para a direita, levando ao vale. Se passar pelo pub, você foi longe demais e perdeu a curva para a propriedade."

"Jantar no pub pode ser bom mais tarde", sugiro.

Nenhum de nós diz nada quando a Estalagem Blackwater aparece à distância. Desvio antes de chegarmos ao pub, mas ainda assim passamos perto o suficiente para ver que as janelas estão fechadas com tábuas. O prédio fantasmagórico parece estar abandonado há muito tempo.

A estrada sinuosa que desce até o vale é ao mesmo tempo espetacular e assustadora. Parece que foi esculpida à mão na montanha. A pista quase não é larga o suficiente para nosso pequeno carro, e há um despenhadeiro em um dos lados, sem uma única barreira de proteção.

"Acho que estou vendo alguma coisa", comenta Adam, inclinando-se para perto do para-brisa e olhando para a escuridão. Tudo o que consigo ver é a escuridão do céu e um manto branco cobrindo tudo abaixo dela.

"Onde?"

"Ali. Logo depois daquelas árvores."

Reduzo um pouco a velocidade enquanto ele aponta para o nada. Mas então percebo o que parece ser um grande prédio branco solitário ao longe.

"É apenas uma igreja", lamenta ele, parecendo derrotado.

"É isso mesmo!", digo, lendo uma velha placa de madeira à frente. "A Capela Blackwater é o que estamos procurando. Acho que chegamos!"

"Dirigimos tudo isso para ficarmos em... uma igreja velha?"

"Uma ex-capela, sim, e *eu* dirigi tudo isso."

Reduzo a velocidade e sigo a trilha de terra coberta de neve que se afasta da estrada de pista única e entra para o fundo do vale. Passamos por um pequeno chalé com telhado de palha à direita — a única outra construção que consigo avistar —, depois atravessamos uma pequena ponte e damos de cara com um rebanho de ovelhas. Elas estão amontoadas, iluminadas de forma estranha por nossos faróis e bloqueando o caminho. Acelero com cuidado e tento buzinar, mas elas não se mexem. Seus olhos brilhando na escuridão parecem um tanto sobrenaturais. Então, ouço rosnados vindos da traseira do carro.

Bob — nosso labrador preto gigante — ficou quieto durante a maior parte da viagem. Com sua idade, ele gosta mesmo de dormir e comer, mas tem medo de ovelhas. E de penas. Eu também tenho medo de coisas bobas, mas tenho meus motivos. O rosnado de Bob nem sequer move o rebanho. Adam abre a porta do carro sem pensar e uma enxurrada de neve sopra imediatamente para dentro do carro, atingindo-nos de todas as direções. Observo enquanto ele sai, protege o rosto e, em seguida, afasta as ovelhas, antes de abrir um portão que estava escondido atrás delas. Não sei como Adam o viu no escuro.

Ele volta para o carro sem dizer uma palavra e fico na minha enquanto percorremos o resto do caminho. A pista fica tão perto da margem do lago que chega a ser perigoso, e entendo por que deram a esse lugar o nome de Blackwater, "água escura". Quando paro em frente à antiga capela branca, começo a me sentir melhor. Foi uma viagem exaustiva, mas conseguimos chegar, e digo a mim mesma que tudo vai ficar bem assim que entrarmos.

Sair em uma nevasca é um choque para o corpo. Aperto o casaco em volta de mim, mas o vento gelado ainda surra meus pulmões e a neve açoita meu rosto. Pego Bob do porta-malas e nós três caminhamos pela neve em direção a duas grandes portas de madeira de aparência gótica. A princípio, uma antiga capela parecia uma ideia romântica. Peculiar e divertida. Mas agora que estamos aqui, parece um pouco como o início do nosso próprio filme de terror.

As portas da capela estão trancadas.

"Os proprietários mencionaram alguma coisa sobre as chaves?", pergunta Adam.

"Não, eles só disseram que as portas estariam abertas."

Olho fixamente para o imponente edifício branco, protegendo meus olhos da neve implacável, e aprecio a vista das largas paredes de pedra branca, da torre do sino e dos vitrais. Bob começa a rosnar de novo, o que não é típico dele, mas talvez haja mais ovelhas ou outros animais por aí? Algo que Adam e eu não conseguimos ver?

"Talvez tenha outra porta nos fundos?", sugere Adam.

"Espero que você esteja certo. O carro parece já ter atolado na neve."

Nós nos dirigimos para a lateral da capela, com Bob abrindo caminho, esticando a guia como se estivesse rastreando algo. Embora haja uma infinidade de vitrais, não encontramos mais nenhuma porta. E, apesar de a frente do prédio ser iluminada por luzes externas — as que podíamos ver à distância —, por dentro, está completamente escuro. Continuamos, com as cabeças abaixadas contra o clima implacável, até completarmos o círculo.

"E agora?", pergunto.

Mas Adam não responde.

Olho para cima, protegendo os olhos da neve, e vejo que ele encara a frente da capela. Agora, as enormes portas de madeira estão escancaradas.

Adam

Se toda história tivesse um final feliz, não teríamos motivo para recomeçar. A vida tem tudo a ver com escolhas e com aprendermos a nos recompor quando nos desintegramos, o que todos nós fazemos. Mesmo as pessoas que fingem o contrário. O fato de eu não conseguir reconhecer o rosto de minha esposa não significa que eu não saiba quem ela é.

"As portas estavam fechadas antes, certo?", pergunto, mas Amelia não responde.

Ficamos lado a lado diante da capela, ambos tremendo de frio, com a neve soprando ao nosso redor em todas as direções. Até Bob parece infeliz, e ele está sempre feliz. Foi uma viagem longa e tediosa, piorada pela dor de cabeça latejante na base do meu crânio. Bebi mais do que devia com alguém que não devia na noite passada. De novo. Em defesa do álcool, já fiz algumas coisas igualmente estúpidas estando completamente sóbrio.

"Não vamos tirar conclusões precipitadas", diz minha esposa, mas acho que nós dois já mergulhamos em várias.

"As portas não se abriram sozinhas..."

"Talvez a zeladoria tenha ouvido a gente bater?", interrompe ela.

"A zeladoria? Em que site você reservou esse lugar mesmo?"

"Não foi um site. Ganhei um fim de semana fora no sorteio de Natal dos funcionários."

Não respondo por alguns segundos, mas o silêncio pode esticar o tempo e fazê-lo parecer ainda mais longo. Além disso, meu rosto está tão gelado que não tenho certeza se consigo mexer a boca. Mas consigo.

"Deixa eu ver se entendi… você ganhou um fim de semana fora, para ficar em uma antiga igreja escocesa, em um sorteio para os funcionários do Abrigo para Cães de Battersea?"

"O que há de errado nisso? Fazemos sorteio todo ano. As pessoas doam presentes, ganhei algo bom para variar."

"Ótimo", respondo. "Definitivamente, isso tem sido 'bom' até agora."

Ela sabe que detesto viagens longas. Odeio carros e dirigir, ponto final — nunca sequer tirei a habilitação —, portanto, oito horas preso em uma lata velha sobre quatro rodas, durante uma tempestade, não é o que chamo de diversão. Olho para o cachorro em busca de apoio moral, mas Bob está muito ocupado tentando comer os flocos de neve que caem do céu. Amelia, sentindo a derrota, usa aquele tom passivo-agressivo que eu costumava achar engraçado. Hoje em dia, me faz desejar ser surdo.

"Vamos entrar? Aproveitar ao máximo? Se for muito ruim, vamos embora, procuramos um hotel ou dormimos no carro, se for preciso."

Preferia comer meu próprio fígado a voltar para o carro dela.

Nos últimos tempos, minha esposa repete as mesmas coisas, de novo e de novo, e suas palavras são como um beliscão ou um tapa. *Não te entendo* é o que mais me irrita, por que o que há para entender? Ela gosta mais de animais do que de pessoas; prefiro ficção. Acho que os problemas reais surgiram quando começamos a preferir essas coisas a um ao outro. Parece que os termos e condições de nosso relacionamento foram esquecidos ou nunca foram lidos de forma adequada. Não é como se eu não fosse um *workaholic* quando nos conhecemos. Ou *roteiholic,* como ela gosta de chamar. Todas as pessoas são viciadas, e todos os viciados desejam a mesma coisa: uma fuga da realidade. Calhou do meu trabalho ser minha droga favorita.

Igual, mas diferente, é o que digo a mim mesmo quando começo um novo roteiro. É isso que acho que as pessoas querem, e por que mexer em um time que está ganhando? Posso dizer nas primeiras páginas de um livro se ele funcionará para a tela ou não — o que é bom, pois recebo mais do que consigo ler. Mas só porque sou bom no que faço, não significa que quero fazer isso pelo resto da vida. Tenho minhas próprias histórias para contar. Só que Hollywood não está mais interessada em originalidade, apenas querem transformar romances em filmes ou programas de TV, como vinho em água. Diferente, mas igual. Será que essa regra também se aplica aos relacionamentos? Se interpretarmos os mesmos personagens por muito tempo em um casamento, não é inevitável que fiquemos entediados com a história e desistamos, ou nos desliguemos antes de chegar ao fim?

"Vamos?", diz Amelia, interrompendo meus pensamentos e olhando para a torre do sino no topo da capela assustadora.

"Primeiro as damas." Não se pode dizer que não sou um cavalheiro. "Vou pegar as malas no carro", acrescento, ansioso para aproveitar meus últimos segundos de solidão antes de entrarmos.

Passo muito tempo tentando não ofender as pessoas: produtores, executivos, atores, agentes, autores. Acrescente a essa mistura a cegueira facial e acho que é justo dizer que sou um atleta olímpico quando se trata de pisar em ovos. Certa vez, conversei com um casal em um casamento por dez minutos antes de perceber que eram os noivos. Ela não usava um vestido tradicional e ele parecia um clone de seus muitos padrinhos. Mas consegui me safar porque encantar as pessoas faz parte do meu trabalho. Conseguir que um autor me confie o roteiro do seu romance pode ser mais difícil do que convencer uma mãe a deixar um estranho cuidar de seu filho primogênito. Mas sou bom nisso. Infelizmente, encantar minha esposa parece ser algo que esqueci como fazer.

Nunca conto às pessoas que tenho prosopagnosia. Em primeiro lugar, não quero que isso me defina e, sinceramente, quando alguém sabe, só quer falar disso. Não preciso nem quero a piedade de ninguém, e não gosto que me façam sentir como uma aberração. O que as pessoas parecem nunca entender é que, para mim, é normal não ser capaz de reconhecer rostos. É apenas uma falha em minha programação, que não pode ser corrigida. Não estou dizendo que não me importo com isso. Imagine não ser capaz de reconhecer seus próprios amigos ou familiares? Ou não saber como é o rosto de sua esposa? Detesto encontrar Amelia em restaurantes, pois posso me sentar na mesa errada; se dependesse de mim, sempre pediria comida para viagem. Às vezes, não reconheço nem mesmo meu próprio rosto quando me olho no espelho. Mas aprendi a conviver com isso. Como todos fazemos quando a vida não é tão perfeita.

Acho que também aprendi a conviver com um casamento não tão perfeito. Mas não é isso que todo mundo faz? Não estou sendo derrotista, apenas honesto. Não é disso que se trata um relacionamento bem-sucedido? Compromisso? Será que algum casamento é realmente perfeito?

Amo minha esposa. Só acho que não gostamos mais um do outro tanto quanto antes.

"Isso é quase tudo", digo, voltando a me juntar a ela nos degraus da capela, carregando mais malas do que o necessário para algumas noites fora. Ela crava os olhos no meu ombro como se algo a tivesse ofendido.

"Essa é a mochila do seu computador?", pergunta, sabendo muito bem o que é.

Não sou bem um principiante, então não posso me justificar ou desculpar meu erro. Imagino Amelia fazendo uma cara de *vá dormir no sofá*. Esse não é um bom começo. Não terei permissão para escrever neste fim de semana. Se nosso casamento fosse um jogo de Banco Imobiliário, minha esposa me cobraria o dobro toda vez que, sem querer, eu pisasse em um de seus hotéis.

"Você prometeu não trabalhar", diz ela naquele tom desapontado e queixoso que se tornou tão familiar. Meu trabalho pagava nossa casa e nossas férias; disso, ela não reclamava.

Quando penso em tudo o que temos — uma bela casa em Londres, uma vida boa, dinheiro no banco — penso a mesma coisa de sempre: *deveríamos* ser felizes. Mas todas as coisas que não temos são mais difíceis de ver. A maioria dos amigos de nossa idade têm pais idosos ou filhos pequenos com quem se preocupar, mas nós só temos um ao outro. Sem pais, sem irmãos, sem filhos, só nós. A falta de pessoas para amar é algo que sempre tivemos em comum. Meu pai foi embora quando eu era muito pequeno para me lembrar dele e minha mãe morreu quando eu ainda estava na escola. A infância de minha esposa não foi menos *Oliver Twist*, ela ficou órfã antes de nascer.

Bob nos salva de nós mesmos ao rosnar de novo nas portas da capela. É estranho, porque ele nunca faz isso, mas sou grato pela distração. É difícil acreditar que ele já foi um filhote minúsculo, abandonado em uma caixa de sapatos e jogado em uma caçamba. Desde então, ele cresceu e se tornou o maior labrador preto que já vi. Agora, ele coleciona pelos grisalhos no queixo e anda mais devagar do que costumava, mas o cachorro ainda é o único capaz de amar de modo incondicional em nossa família de três pessoas. Tenho certeza de que todos acham que o tratamos como um filho, mesmo que sejam educados demais para dizer isso. Eu sempre falei que não me importava por não ter um filho de verdade. As pessoas que não têm a chance de dar nomes aos seus filhos podem escolher nomear um futuro diferente. Além disso, qual é o sentido de querer algo que você sabe que não pode ter? Agora é tarde demais para isso.

Normalmente, não sinto que tenho 40 anos. Às vezes, tenho dificuldade para entender onde os anos se passaram e quando passei de menino para homem. Talvez o fato de trabalhar com o que amo tenha algo a ver com isso. Meu trabalho faz com que me sinta jovem, mas minha esposa faz com que me sinta velho. A terapeuta para casais foi ideia de Amelia e essa viagem foi ideia delas. A tal "especialista", "Pode me chamar de Pamela", achou que um fim de semana *fora* poderia nos consertar. Pelo visto, todos os fins de semana e noites passados juntos em *casa* não valem de nada, não fazem efeito. Visitas semanais para compartilhar os cantos mais privados de nossas vidas com uma completa estranha custavam mais do que apenas o preço extorsivo. Por esse valor e por vários outros motivos, insistia em chamar a mulher de Pammy ou Pam toda vez que nos encontrávamos. "Pode me chamar de Pamela" não gostava, mas eu não gostava muito dela, então isso ajudava a equilibrar as coisas. Minha esposa não queria que ninguém mais soubesse que estávamos tendo problemas, mas suspeito que algumas pessoas tenham percebido. A maioria consegue ver a pichação no muro, mesmo que nem sempre consigam ler o que está escrito.

Um fim de semana fora pode mesmo salvar um casamento? Foi o que Amelia disse quando "Pode me chamar de Pamela" sugeriu isso. Acho que não. Foi por isso que fiz meu próprio plano para nós muito antes de concordar com o dela. Mas agora estamos aqui... subindo os degraus da capela... não sei se posso ir adiante com ele.

"Tem certeza de que quer fazer isso?", pergunto, parando um pouco antes de entrar.

"Sim. Por quê?", retruca ela, como se não ouvisse o cachorro rosnando e o vento uivando.

"Não sei. Algo não parece certo..."

"Isso não é uma história de terror escrita por um de seus autores favoritos, Adam. É a vida real. Talvez o vento tenha aberto as portas."

Ela pode dizer o que quiser, mas as portas não estavam apenas fechadas antes. Elas estavam trancadas e nós dois sabemos disso.

Nos encontramos no que as pessoas chiques chamam de foyer e eu coloco as malas no chão. Uma poça de neve derretida se forma ao redor dos meus pés. O piso de pedra parece muito antigo e há um armário embutido ao longo da parede dos fundos com cubículos de madeira rústica projetados para botas. Há também fileiras de ganchos para casacos, todos vazios. Não tiramos os sapatos ou casacos cobertos de neve. Em parte, porque está tão frio aqui dentro quanto estava lá fora, mas talvez também porque ainda pareça incerto se vamos ficar.

Uma parede está coberta de espelhos pequenos, não maiores do que minha mão. Todos têm formas e tamanhos estranhos, com molduras de metal cheias de detalhes, e foram pendurados ao acaso no lugar com pregos enferrujados e barbante de juta. Deve haver uns cinquenta pares de nossos rostos sendo refletidos de volta para nós. Quase como se todas as versões que nos tornamos para tentar fazer nosso casamento dar certo tivessem se reunido para dar uma olhada de cima a baixo em quem nos tornamos. Parte de mim está feliz por não conseguir reconhecê-los. Não tenho certeza se gostaria do que veria, se conseguisse.

Essa não é a única característica interessante da decoração interior. Os crânios e os chifres de dois veados foram colocados como troféus na parede caiada mais distante, com quatro penas brancas saindo dos buracos onde um dia seus olhos estiveram. É um pouco estranho, porém minha esposa se aproxima para olhar e parece fascinada, como se estivesse visitando uma galeria de arte. Há um velho banco de igreja no canto que chama minha atenção. Ele parece antigo e está coberto de poeira, como se ninguém passasse por aqui há muito tempo. No que diz respeito às primeiras impressões, essa não é das melhores.

Lembro-me de como Amelia e eu costumávamos ficar juntos, no início. Naquela época, nós nos encaixávamos sem complicações — gostávamos da mesma comida, dos mesmos livros, e o sexo era o melhor que eu já havia feito. Tudo o que eu conseguia e não conseguia ver nela era lindo. Tínhamos muito em comum e queríamos as mesmas coisas na vida. Ou, pelo menos, era o que achava. Agora, ela parece querer outra coisa. Talvez outra *pessoa*. Porque não fui eu quem mudou.

"Você não precisa desenhar no pó para passar seu recado", diz Amelia. Fico olhando para o pequeno rosto sorridente e infantil a que ela está se referindo no banco da igreja. Eu não havia notado antes.

Não fui eu quem o desenhou.

As grandes portas externas de madeira se fecham atrás de nós antes que eu possa me defender.

Nós dois nos viramos, mas não há ninguém aqui, exceto nós. A construção inteira parece tremer, os pequenos espelhos na parede balançam um pouco nos pregos enferrujados e o cachorro choraminga. Amelia olha para mim, com os olhos arregalados e a boca formando um "O" perfeito. Minha mente tenta encontrar uma explicação racional, porque é isso que ela sempre faz.

"Você achou que o vento poderia ter aberto as portas... talvez as tenha fechado", digo, e Amelia concorda com a cabeça.

A mulher com quem me casei há mais de dez anos jamais acreditaria nisso. Mas, hoje em dia, minha esposa só ouve o que quer ouvir e vê o que quer ver.

Pedra

Palavra do ano:
limerência *substantivo* estado mental involuntário causado por uma atração romântica por outra pessoa combinada com uma necessidade avassaladora e obsessiva de ter seus sentimentos correspondidos.

Outubro de 2007

Querido Adam,
  Quando nos conhecemos, foi algo à primeira vista.
  Não tinha certeza do que era, mas sei que você também sentiu. A ida ao Electric Cinema foi um primeiro encontro incomum. Nós dois tínhamos ido ver um filme sozinhos, mas me sentei em sua poltrona por engano, começamos a conversar e saímos juntos depois do filme. Todos pensaram que éramos loucos e que o romance não duraria, mas sempre tive grande satisfação em provar que as pessoas estavam erradas. Assim como você. Essa é uma das muitas coisas que temos em comum.
  Confesso que morar juntos não foi exatamente como eu imaginava. É mais difícil esconder o seu lado ~~mais sombrio~~ verdadeiro de alguém com quem você mora, e você era melhor em esconder toda a bagunça

quando eu só vinha visitar. Rebatizei o corredor de Rua das Histórias, porque ele é ladeado por tantas pilhas de manuscritos e livros, que temos que desviar para conseguir atravessá-lo. Eu sabia que ler e escrever eram uma grande parte de sua vida, mas talvez precisemos encontrar algo maior do que uma quitinete no porão de uma antiga casa em Notting Hill, agora que também moro aqui. Apesar disso, estou muito feliz. Me acostumei a tocar o segundo violino na nossa orquestra de dois, e aceito que sempre haverá três de nós nesse relacionamento: você, eu e sua escrita.

Essa foi a causa da nossa primeira grande discussão, lembra? Acho que não devia ter vasculhado as gavetas de sua mesa, mas estava apenas procurando por fósforos. Foi então que encontrei o manuscrito de *Pedra Papel Tesoura*, seu nome digitado com cuidado em Times New Roman na primeira página. Estava sozinha no apartamento com uma boa garrafa de vinho, então li tudo naquela noite. Pela sua cara quando chegou em casa, qualquer um pensaria que eu tinha lido seu diário.

Mas acho que agora entendo. Aquele manuscrito não era apenas uma história não vendida, era como uma criança abandonada. *Pedra Papel Tesoura* foi seu primeiro roteiro, mas nunca chegou às telas. Você colaborou com três produtores, dois diretores e um ator de primeiro escalão. Você passou tantos anos escrevendo rascunho após rascunho, mas mesmo assim nunca passou da pré-produção. Deve ser triste que sua história favorita tenha sido esquecida, deixada para morrer em uma gaveta da escrivaninha, mas tenho certeza de que não será assim para sempre. Me tornei sua leitora beta oficial desde então — uma função da qual me orgulho muito — e sua escrita está cada vez melhor.

Sei que você preferiria ver seus próprios contos transformados em filmes, mas, por enquanto, tudo se resume às histórias de outras pessoas. Ainda não me acostumei com a quantidade de tempo que você passa lendo os romances delas, porque alguém em algum lugar acha que eles podem funcionar na tela. Mas já vi você desaparecer dentro de um livro como um coelho dentro da cartola de um mágico e aprendi a aceitar que, às vezes, você ~~é um pouco egocêntrico~~ só volta à superfície depois de alguns dias.

Por sorte, os livros são outra coisa que temos em comum, embora eu ache justo dizer que temos gostos diferentes. Você gosta de histórias de terror, suspense e romances policiais, que não são nem um pouco a minha praia. Sempre achei que deve haver algo muito errado com as pessoas que escrevem ficção sombria e perturbadora. Prefiro uma boa história de amor. Mas tentei ser compreensiva em relação ao seu trabalho — mesmo que às vezes doa quando você escolhe passar seu tempo em um mundo de fantasia, em vez de aqui, no mundo real, comigo.

Acho que foi por isso que fiquei tão chateada quando você disse que não poderíamos ter um cachorro. Desde que nos conhecemos, tudo que tenho feito é apoiar você e sua carreira, mas às vezes me preocupa que nosso futuro fosse realmente só seu. Sei que trabalhar para o Abrigo para Cães Battersea não é tão glamouroso quanto ser roteirista, mas gosto do meu trabalho, ele me faz feliz. Seus motivos para não ter um cachorro foram racionais (você sempre é racional). O apartamento é ridículo de pequeno e nós dois trabalhamos muitas horas, mas eu sempre disse que poderia levar o cachorro comigo para o trabalho. Afinal, você traz seu trabalho pra casa.

Vejo cachorros abandonados todos os dias, mas esse era diferente. Assim que vi aquela linda bola de pelo preto, soube que era ele. Que tipo de monstro coloca um pequeno filhote de labrador em uma caixa de sapatos, joga em uma caçamba e o deixa lá para morrer? O veterinário disse que ele não tinha mais de seis semanas de idade e a raiva que senti me consumiu por completo. Sei bem como é ser abandonado por alguém que deveria amá-lo. Não há nada pior.

Queria trazer o filhote pra casa no dia seguinte, mas você disse que não e partiu meu coração pela primeira vez desde que nos conhecemos. Achei que ainda tinha tempo para convencê-lo, mas, na tarde seguinte, uma das recepcionistas do Battersea veio ao meu escritório e disse que alguém tinha vindo adotar o cachorro. É meu trabalho avaliar todos os possíveis tutores de animais de estimação, portanto, enquanto caminhava pelo corredor para encontrá-los, em segredo, esperava que eles fossem inaptos. Ninguém vai para uma casa onde não será amado de verdade sob minha supervisão.

A primeira coisa que vi quando entrei na sala de espera foi o filhote. Sozinho, sentado no meio do chão frio de pedra. Ele era uma coisinha tão pequena. Então notei a pequena coleira vermelha que ele estava usando e a plaqueta de identificação prateada em forma de osso. Não fazia sentido. Eu ainda não conhecia os possíveis donos, então eles não tinham por que se comportar como se o cachorro já fosse deles. Peguei o cachorro do chão para dar uma olhada mais de perto na inscrição no metal brilhante:

QUER CASAR COMIGO?

Quase o deixei cair.

Não sei que cara fiz quando você saiu de trás da porta. Sei que chorei. Lembro que metade da minha equipe parecia estar nos assistindo pela janela de observação. Eles também estavam com lágrimas nos olhos e grandes sorrisos nos rostos. Todos sabiam, menos eu! Quem diria que você era tão bom em guardar segredos?

Me desculpe por não ter dito sim de imediato. Acho que entrei em choque quando você se ajoelhou. Quando vi a aliança de noivado de safira — que sabia que tinha sido de sua mãe — fui tomada por uma onda de emoções impossíveis de elaborar. E com todos olhando para nós, me senti completamente pressionada.

"Acho que é melhor tomar todas as decisões importantes da vida com um jogo de pedra, papel, tesoura", provoquei, porque acredito em sua escrita tanto quanto acredito em nós, e acho que nunca devemos desistir de nenhum dos dois.

Você sorriu. "Então, só para deixar claro, se eu perder, é sim?"

Assenti com a cabeça e fechei o punho.

Minha tesoura cortou seu papel, como sempre faz quando jogamos esse jogo, portanto, não foi uma aposta tão arriscada. Sempre que ganho alguma coisa, você gosta de pensar que me deixou ganhar.

Nos primeiros meses de nosso relacionamento, eu zombava de você por usar tantas palavras longas e você me provocava por não saber o que elas significavam.

"Não sei se isso é limerência ou amor", foi o que você disse logo após me beijar pela primeira vez. Tive que pesquisar quando cheguei em casa. As coisas estranhas que você, às vezes, dizia junto com a disparidade de nosso vocabulário, deram início à nossa tradição de "palavra do dia" antes de dormir. Em geral, as suas são melhores do que as minhas porque, às vezes, também deixo você ganhar. Talvez pudéssemos começar a ter uma "palavra do ano"? A deste ano deveria ser limerência, pois ainda tenho um carinho por ela.

Sei que você acha que são importantes — o que faz sentido, dada a carreira que você escolheu — mas, recentemente, percebi que palavras são apenas palavras, uma série de letras, dispostas em uma determinada ordem, provavelmente no idioma que nos foi atribuído ao nascer. Hoje em dia, as pessoas são descuidadas. Elas desperdiçam palavras em um texto ou em um *tweet*, escrevem-nas, fingem lê-las, distorcem-nas, citam-nas erroneamente, mentem com, sem e sobre elas. As roubam e depois as dão. O pior de tudo é que se esquecem delas. As palavras só têm valor se nos lembramos de sentir seus significados. Não vamos nos esquecer, não é mesmo? Gosto de pensar que o que temos é mais do que apenas palavras.

Fico feliz por ter encontrado o roteiro secreto escondido em sua mesa e entendo por que ele significa mais para você do que qualquer outra coisa que tenha escrito. Ler *Pedra Papel Tesoura* foi como ter um pequeno vislumbre de sua alma, uma parte que você não estava pronto para me mostrar, mas não devemos esconder segredos um do outro ou de nós mesmos. Sua história de amor sombria e perturbadora sobre um homem que escreve uma carta para a esposa todos os anos no aniversário de casamento, mesmo depois que ela morre, me inspirou a começar a escrever algumas cartas minhas. Para você. Uma vez por ano. Não sei se vou compartilhá-las com você ainda, mas talvez um dia nossos filhos possam ler como escrevemos nossa própria história de amor e vivemos felizes para sempre.

Sua futura mulher
Beijinhos

Adam

Fechei as portas da capela com força. Não pretendia usar tanta, nem me dei conta que faria tamanho barulho. E não sei por que não confessei o que fiz em vez de culpar o vento. Talvez porque esteja cansado de ser repreendido por minha esposa a cada cinco minutos.

Há outra porta no foyer, bem no meio da parede de espelhos em miniatura. Bob começa a arranhá-la, deixando marcas na madeira. Assim como o rosnado anterior, isso é outra coisa que ele nunca fez antes.

Hesito antes de girar a maçaneta, mas quando a giro, a porta se abre, revelando um corredor longo e escuro. O som dos nossos passos no chão de pedra parece ecoar pelas paredes brancas, enquanto nós três caminhamos em direção à próxima porta. Quando passamos por ela, só consigo ver a escuridão. Mas quando meus dedos encontram um interruptor de luz, vejo que estamos em uma cozinha de aparência muito normal. Ela é enorme, mas ainda assim parece aconchegante e rústica. Se não fosse pelo teto abobadado, pelas vigas expostas e pelos vitrais, você nunca adivinharia que aquele cômodo faz parte de uma capela.

Um grande fogão da marca sueca Aga de cor creme ocupa o centro, cercado por armários de aparência cara. Há uma mesa de madeira de aparência bem sólida no meio da sala, cercada por bancos de igreja restaurados. É o tipo de cozinha que se vê nas revistas, exceto pela espessa camada de poeira que cobre todas as superfícies. Algo sobre a mesa chama minha atenção. Dou um passo à frente e vejo que é um bilhete datilografado, endereçado a nós.

Caros Amelia, Adam e Bob,

Por favor, sintam-se em casa.
O último quarto foi preparado para vocês. Há
comida no freezer, vinho na cripta e, se precisarem,
lenha extra no depósito de toras nos fundos.
Nós esperamos que aproveitem sua estadia.

"Bem, pelo menos sabemos que estamos no lugar certo", diz Amelia, girando a aliança de noivado no dedo. É algo que ela sempre faz quando está nervosa. Uma daquelas pequenas peculiaridades que eu costumava achar cativante.
"Quem é o 'nós' do bilhete?", pergunto.
"Quê?"
"Nós esperamos que aproveitem sua estadia. Você disse que ganhou este fim de semana num sorteio, mas a quem pertence esse lugar?"
"Não sei... Só recebi um e-mail dizendo que ganhei."
"De quem?"
Amelia dá de ombros. "A zeladoria. Me enviou as instruções e uma foto da capela com o lago Blackwater ao fundo. Parecia incrível. Mal posso esperar para que você a veja à luz do dia..."
"Tá, mas qual era o nome dela?"
Ela dá de ombros. "Não sei. O que faz você pensar que é uma mulher? Os homens também são capazes de limpar, mesmo que você nunca o faça."
Ignoro a bronca, aprendi que é melhor assim, mas mesmo minha esposa não pode negar que há algo muito estranho nisso tudo.
"Agora estamos aqui", afirma ela, me envolvendo com seus braços. O abraço parece estranho, como se tivéssemos perdido a prática. "Vamos tentar aproveitar ao máximo. É só por algumas noites e vai ser uma daquelas histórias engraçadas que poderemos contar pros nossos amigos depois."

Não consigo ver expressões em rostos, mas ela consegue, então tento manter a minha neutra e resisto a dizer que não temos mais amigos. Não compartilhados. Nosso círculo social se tornou um pouco quadrado. Ela tem sua vida e eu tenho a minha.

Exploramos o restante do andar térreo, que foi basicamente dividido em dois cômodos enormes: uma cozinha e uma grande sala de estar, que mais parece uma biblioteca. As estantes de madeira feitas sob medida revestem as paredes do chão ao teto — exceto pelo ocasional vitral — e todas as prateleiras estão abarrotadas de livros. Eles estão bem organizados e com cores coordenadas, é certo que arrumados por alguém com muito tempo livre.

Em um lado, uma detalhada escada de madeira em espiral domina o centro da sala. Do outro, há uma enorme lareira de pedra, escurecida pela fuligem e pelo tempo, grande o suficiente para se sentar nela, literalmente. A grade da lareira já foi preparada com papel, gravetos e toras e há uma caixa de fósforos ao lado. Acendo-a na mesma hora — o lugar está congelando e nós também. Amelia pega a caixa de fósforos da minha mão e acende as velas da igreja na lareira de aparência gótica, bem como algumas outras que ela encontra em lampiões espalhados pela sala. O local já parece muito mais aconchegante.

O piso irregular de pedra, que deve ser o mesmo de quando a capela ainda era uma capela, está coberto por tapetes de aparência antiga e dois sofás com padrão xadrez escocês, um de cada lado da lareira, que parecem bem usados e gastos. Há marcas no assento e nas almofadas, como se alguém tivesse se sentado ali momentos antes de chegarmos. Assim que começo a relaxar, ouço um som estranho de batidas e raspagens em uma das janelas. Bob late, e meu coração começa a acelerar um pouco quando vejo o que parece ser uma mão esquelética batendo no vidro. Mas é apenas uma árvore. Os galhos nus, semelhantes a ossos, estão sendo soprados contra o prédio pela ventania lá fora.

"Por que você não coloca uma música? Talvez possamos abafar o som da tempestade?", sugere Amelia e eu, obediente, procuro a bolsa onde coloquei as caixas de som de viagem. As músicas no meu celular são muito melhores do que as dela, mas então me lembro que ele não está no carro. Olho para minha esposa e me pergunto se isso foi um teste.

"Não estou com meu celular", digo, desejando poder ver sua expressão.

Não gosto de falar sobre cegueira facial, nem mesmo com ela. Raramente temos poder de escolha sobre as coisas que nos definem. Mas, às vezes, quando olho para o rosto de outras pessoas, seus traços parecem rodopiar como nas pinturas de Van Gogh.

"Na maioria das vezes, acho que nem um cirurgião conseguiria te separar do seu celular. Você tê-lo deixado em casa sem querer foi provavelmente uma benção disfarçada. Há alguns discos que você gosta no meu e descansar os olhos do dia inteiro nas telas vai te fazer bem", comenta Amelia.

Mas essa é uma resposta péssima e errada.

Eu a vi tirar meu celular do porta-luvas antes de sairmos de casa hoje de manhã. Sempre o coloco ali em viagens longas — sinto náuseas se olho para as telas nos carros ou táxis — e ela sabe disso. Eu a vi tirá-lo e colocá-lo de volta em casa. Depois a ouvi mentir sobre isso durante todo o trajeto até aqui.

Por estar casado há tanto tempo, sei que não posso pensar que minha esposa não tenha alguns segredos — sem dúvida, eu os tenho — mas nunca a vi se comportar dessa forma. Não preciso ver seu rosto para saber quando ela não está me dizendo a verdade. É possível sentir quando alguém que amamos está mentindo. O que ainda não sei é o porquê.

Amelia

Observo Adam enquanto ele coloca outra tora de madeira na fogueira. Ele está se comportando de forma ainda mais estranha do que o normal e parece cansado. Bob também não parece muito impressionado, estirado no tapete. Os dois são propensos ao mau humor quando estão com fome. Temos bastante ração — Adam sempre diz que cuido melhor do cachorro do que dele —, mas isso não ajuda a resolver o problema do que podemos comer. Eu devia ter trazido mais do que apenas biscoitos e lanches para a viagem. A loja em que eu pretendia parar fechou mais cedo devido à tempestade e meu plano de jantar na Estalagem Blackwater foi um fracasso épico — o pub negligenciado parecia estar abandonado há anos.

"O bilhete na cozinha dizia algo sobre ter comida no freezer. Por que não vemos o que encontramos?", sugiro, caminhando de volta para a cozinha sem esperar por uma resposta.

Os armários estão vazios e não consigo encontrar um freezer.

A geladeira também está vazia e nem sequer está ligada na tomada. Há uma cafeteira, mas não há café ou chá. Não há nem mesmo panelas e frigideiras. Encontrei dois pratos, duas tigelas, duas taças de vinho e duas facas e garfos, mas é só isso. A propriedade é tão grande que parece estranho ter apenas dois de cada coisa.

Posso ouvir Adam no outro cômodo. Ele colocou um dos álbuns que gostávamos de ouvir quando nos conhecemos, sinto meu coração amolecer um pouco. Aquela versão de nós era boa. Às vezes, meu marido me lembra os cães abandonados do trabalho — alguém que precisa ser protegido do mundo real. Provavelmente é por isso que ele passa tanto tempo de sua vida desaparecendo em histórias. Acreditar numa pessoa é um dos maiores presentes que você pode dar a alguém, não te custa nada, mas os resultados não têm preço. Tento aplicar essa regra tanto em minha vida pessoal quanto em meu trabalho.

Na semana passada, entrevistei três possíveis tutores em Battersea para um cachorro da raça cockapoo chamado Bertie. A primeira era uma mulher loira de 40 e poucos anos. Ambiente familiar estável, bom emprego, ótimo em teoria. Muito menos pessoalmente. Donna estava atrasada para nossa reunião, mas sentou-se em meu pequeno escritório sem nem mesmo pedir desculpas, vestida com uma roupa de corrida rosa chiclete e atacando seu telefone com unhas postiças que combinavam com o figurino.

"Isso vai demorar muito? Tenho um almoço", disse ela, mal levantando os olhos.

"Bem, sempre gostamos de conhecer novos tutores em potencial. Será que você poderia me dizer o que te chamou atenção para a adoção de Bertie?"

O rosto dela se contorceu, como se eu tivesse lhe pedido para resolver uma equação complexa.

"Bertie?" Ela franziu o cenho.

"O cachorro..."

Ela gargalhou.

"Claro, desculpe, vou mudar o nome dele para Lola assim que o levar para casa. Todo mundo tem um cockapoo agora, né? Estão por todo o Insta."

"Não recomendamos mudar o nome de um cachorro quando ele já é um pouco mais velho, Donna. E Bertie é um menino. Mudar o nome dele para Lola seria como se eu a chamasse de Fred. Depois de conversarmos, vou te levar pra conhecer o Bertie e ver como vocês dois se dão. Mas, infelizmente, você não vai poder levá-lo pra casa hoje. Há várias etapas nesse processo. Para que possamos ter certeza de que vai ficar tudo bem."

"Tenho certeza de que ficarei bem."

"Ficar tudo bem com o cachorro."

"Mas... já comprei as roupinhas que combinam."

"Roupinhas?"

"Isso, no eBay. Fantasias dos Caça-fantasmas. Uma para mim e uma versão mini para a Lola. Meus seguidores no Instagram vão adorar! Ela sabe fazer truques?"

Rejeitei a solicitação de Donna. Rejeitei também as duas pessoas seguintes que vieram ver o Bertie, apesar de uma delas ter ameaçado "falar com meu gerente" e a outra ter me chamado de "até a próxima terça". Ninguém sob minha supervisão vai para um lar onde não será realmente amado.

Existem tantos tipos de coração partido quanto de amor, mas o medo é sempre o mesmo, e não tenho vergonha de admitir que tenho medo de muitas coisas no momento. Acho que talvez o verdadeiro motivo de ter tanto medo de perder — ou deixar — meu marido seja o fato de não haver mais ninguém. Nunca soube o que é ter uma família de verdade e sempre fui melhor em colecionar conhecidos do que em fazer amigos. Nas raras ocasiões em que sinto que encontrei alguém em quem posso confiar, me agarro. Com firmeza. Mas meu julgamento pode ser falho. Há algumas pessoas na minha vida das quais eu não devia ter me afastado: eu devia ter fugido.

Nunca conheci meus pais. Sei que meu pai gostava de carros antigos, talvez seja por isso que eu também goste, e por isso não consigo largar meu antigo Morris Minor, apesar das constantes reclamações de Adam. Acho difícil confiar em coisas, lugares ou pessoas novas. Meu pai trocou seu MG Midget vintage por um carro para família novinho em folha pouco antes de eu nascer. Novo nem sempre é sinônimo de melhor. Os freios falharam no caminho para o hospital quando minha mãe estava em trabalho de parto, um caminhão bateu no lado do motorista do carro deles e ambos morreram na hora. O médico, que estava dirigindo na direção oposta, de alguma forma me trouxe ao mundo no acostamento da rua. Ele me chamou de bebê-milagre e me deu o nome de Amelia devido à sua obsessão pela aviadora Amelia Earhart, que também gostava de voar para longe. Voei de um lar adotivo para outro até os 18 anos.

"Acho que as pessoas não ficam aqui com muita frequência. Está muito frio e tudo está coberto de poeira", diz Adam, aparecendo atrás de mim e me fazendo pular. "Desculpe, não queria te assustar."

Ele *me assustou.*

"Não estou assustada..."

Eu *estava.*

"...Só cansada da viagem e não consigo encontrar nada para comer."

"Você olhou aqui?", pergunta ele, dirigindo-se a uma porta em arco no canto da cozinha.

"Sim, mas está trancada", respondo, sem erguer os olhos. Adam sempre acha que sabe mais do que eu.

"Talvez a maçaneta estivesse um pouco emperrada", comenta ele, enquanto a porta se abre.

Adam mexe num interruptor e, quando o alcanço, vejo que a porta dá para o que parece ser uma despensa. Mas as prateleiras estão cheias de ferramentas em vez de alimentos. Há caixas bem empilhadas de pregos e parafusos, porcas, chaves e martelos de diferentes tamanhos e uma seleção de serras e machados pendurados na parede do fundo. Há também uma série de ferramentas menores de aparência estranha que não reconheço, como cinzéis em miniatura, facas curvadas e lâminas circulares, todas com cabos de madeira combinando. O espaço úmido e escuro é iluminado por uma única lâmpada pendurada no teto. Ela mal consegue iluminar tudo o que está ali, mas é impossível não notar o grande freezer no canto da sala. Ele é maior do que eu — do tipo que vemos em supermercado — e, ao contrário da geladeira, já sei que está ligado na tomada pelo zumbido que faz.

Hesito antes de levantar a tampa, mas não precisava ter me preocupado.

O freezer está cheio do que parecem ser refeições congeladas caseiras individuais. Cada recipiente de papel alumínio e cada tampa de papelão estão cuidadosamente identificados com uma caligrafia elaborada e apertada. Deve haver mais de cem jantares para uma pessoa aqui e um leque e tanto de opções: lasanha, espaguete à bolonhesa, rosbife, torta de carne, *toad in the hole*...*

"Curry de frango?", sugiro.

"Parece bom. Agora só precisamos de um vinho. Por sorte, acho que encontrei a cripta", diz Adam.

Ele pegou uma lanterna entre as outras ferramentas e ilumina o chão de pedra com ela. É só então que percebo que algumas das pedras gigantes sobre as quais estamos pisando são túmulos antigos. As pessoas foram enterradas aqui em algum momento e alguém achou que elas deveriam ser lembradas. Mas os nomes que foram gravados se desgastaram depois de anos sendo pisados.

"Aqui embaixo", informa Adam, apontando a lanterna para um alçapão de madeira de aparência antiga.

Sinto um calafrio, e não só porque o cômodo é inexplicavelmente frio.

---

* Prato típico inglês, uma torta com linguiças ou outros tipos de carne que parecem afundados ou atolados na massa. [NT]

Papel

Palavra do ano:
peripécias *substantivo plural* atividade ou manobra secreta ou desonesta. Comportamento bobo ou bem-humorado; travessura.

28 de fevereiro de 2009 — nosso primeiro aniversário de casamento

Querido Adam,

É nosso primeiro aniversário de casamento e, como prometido, estou escrevendo minha carta secreta anual para você, assim como os personagens de seu roteiro favorito. Estou convencida de que *Pedra Papel Tesoura* será um grande sucesso em Hollywood um dia e, mesmo que eu nunca deixe você ler as cartas que escrevo, ainda adoro a ideia de poder relembrar nossa verdadeira história quando formos mais velhos.

Os últimos doze meses foram uma grande montanha-russa para nós. Casar no dia 29 de fevereiro foi ideia minha, ir pra Escócia em nossa lua de mel foi sua. Se existe lugar mais bonito no mundo, ainda não o encontrei. Espero que possamos visitá-lo com frequência. Fui promovida no trabalho e você foi convidado a escrever uma adaptação moderna de *Um Conto de Natal*, de Charles Dickens, para um especial da BBC. Sei que não é o que você realmente quer fazer, mas o cachê foi um alívio. Depois de dois pilotos fracassados, seu trabalho como roteirista estava sendo menos procurado. Você sempre dizia que isso acontece com todo mundo, mas é óbvio que nunca pensou que aconteceria com você.

Tenho tentado ajudar — lendo livros sobre escrita e roteiros, aprendendo a contar histórias — e você sempre me pede para ler o que escreveu. Gosto de me sentir parte do processo e, além de ser sua leitora beta, comecei a editar alguns de seus trabalhos. Apenas algumas anotações num manuscrito aqui e ali, o que você ~~com frequência na maior parte do tempo às vezes~~ parece apreciar. Queria poder fazer algo mais para ajudar. Acredito em você e em suas histórias.

Ser casada com um roteirista não é tão glamouroso quanto as pessoas pensam, nem viver em uma quitinete em Notting Hill. Nossa rotina matinal como marido e mulher é quase sempre a mesma. Se fosse um dia normal, você teria me dado um beijo na bochecha, levantado, vestido seu roupão, feito café e torradas e depois se sentado em sua pequena mesa para começar a trabalhar. Seu trabalho parece envolver muito tempo ~~sonhando acordado~~ olhando para o laptop e, de vez em quando, encostando no teclado. Você gosta de começar cedo, mas isso nem sempre o impede de continuar escrevendo até tarde da noite. Às vezes, parece que você para apenas para dormir ou comer. Mas não me importo. Aprendi que você é intolerante ao tédio e que o trabalho é sua cura favorita.

Se este fosse um dia normal, eu teria passado meu uniforme na cama — não temos uma tábua e não há espaço ou necessidade real de uma — e depois me vestiria enquanto o tecido ainda estivesse quente. Teria servido um pouco do seu café que sobrou na minha térmica, pegaria o Bob e entraria no meu carro velho para ir ao trabalho. Todo dia é "dia de levar seu animal de estimação para o trabalho" no Abrigo para Cães de Battersea.

Mas hoje não foi um dia normal.

É nosso primeiro aniversário de casamento, é fim de semana e li algo muito empolgante assim que acordei.

"Ele está morto!"

"Quem está morto?", você perguntou, esfregando os olhos sonolentos.

Sua voz estava uma oitava abaixo do normal, como sempre acontece depois de muito vinho tinto na noite anterior. Você começou a beber mais do que antes e o álcool barato funciona como um lubrificante para a roda de hamster de escrever até tarde da noite em que você está preso. Mas não podemos nos dar ao luxo de comprar coisas boas. A corda bamba sobre a qual estamos vivendo parece um pouco desgastada, mas isso nos mantém acordados. Coloquei meu celular bem na frente do seu rosto para que você pudesse ler a manchete.

"Henry Winter."

"Henry Winter morreu?", você repetiu, sentando-se e me dando toda a atenção do mundo.

Eu sabia que ele era seu autor favorito, você falava muito sobre ele e seus livros e como adoraria vê-los na tela. O escritor é famoso por não ser famoso, raramente dá entrevistas e tem a mesma aparência há mais de vinte anos: um homem idoso sem sorriso, com um cabelo branco e os olhos mais azuis que já vi. Nas raras fotos dele na internet está sempre usando paletó de tweed e gravata-borboleta. Acho que é um disfarce: um personagem atrás do qual ele se esconde. Não compartilho do seu entusiasmo pelo homem ou por seu trabalho, mas isso não muda o fato de que ele é um dos autores mais bem-sucedidos de todos os tempos. Mais de cem milhões de cópias de seus mistérios de assassinato e suspenses assustadores foram vendidas em países de todo o mundo e ele é um gigante no mundo literário. ~~Embora esse seja um mundo hostil~~.

"Não, Henry Winter está vivo e bem." Resisti ao impulso de acrescentar a palavra "infelizmente". "Esse homem vai viver até os 100 anos. Foi o agente dele que morreu."

Esperei que você reagisse da maneira que eu imaginava, mas, em vez disso, você apenas bocejou.

"Por que você está me acordando com essa notícia?", perguntou, fechando os olhos e voltando para debaixo das cobertas. Seus 30 anos lhe caem bem. Você está ficando mais bonito.

"Você sabe por quê", falei.

Você parou de fingir que não sabia, mas negou com a cabeça. "Ele nunca disse sim a nenhuma adaptação de seus livros para a TV ou para o cinema. Nunca. A morte do agente dele não vai mudar isso e, mesmo que mudasse, Henry Winter nunca vai aceitar que *eu* escreva um roteiro de seu trabalho, quando ele passou a vida inteira dizendo não a todos os outros."

"Bem, concordo que, com essa atitude, você não vai ter nenhuma chance. Mas com o goleiro fora do jogo, não vale a pena tentar um chute a gol? Talvez fosse o agente dele que não gostasse da ideia? Alguns autores fazem tudo o que seus agentes lhes dizem para fazer. Imagine se ele dissesse sim."

Seu cabelo lhe caía sobre os olhos — sempre muito ocupado escrevendo para ir ao cabeleireiro —, então eu não conseguia ver o que você estava pensando. Mas eu não precisava ver. Nós dois sabíamos que se você conseguisse que Henry Winter o deixasse adaptar um de seus romances, isso seria um divisor de águas para sua carreira.

"Acho que você devia pedir ao seu agente para marcar uma reunião", sugeri.

"Meu agente está cansado de mim. Eu não gero dinheiro suficiente."

"Isso não é verdade. Escrever é um negócio inconstante, mas você é um roteirista vencedor de um prêmio Bafta..."

"O Bafta foi há anos..."

"Com um currículo invejável..."

"Não fui indicado a nenhum prêmio desde então..."

"E uma série de adaptações bem-sucedidas. Que mal poderia fazer?"

"Que bem poderia fazer? Além disso, se o agente de Henry Winter acabou de morrer, o pobre homem provavelmente está de luto. Seria inadequado."

"Assim como não pagar o aluguel deste mês."

Sua ingenuidade em relação a alguns dos autores que tanto admira me impressiona. Você é uma das pessoas mais inteligentes que já conheci, mas ~~se deixa enganar com facilidade~~ idealiza todos os autores. A capacidade de escrever um bom livro não faz de alguém uma boa pessoa.

Me dei conta de que não iria vencer essa batalha sem mudar de estratégia, então abri a gaveta da minha mesa de cabeceira e tirei um pequeno pacote de papel pardo.

"O que é isso?", você perguntou enquanto eu o colocava sobre a cama. "Abra e veja."

Você desamarrou o barbante com muito cuidado, como se quisesse manter com o embrulho. Nós dois não tínhamos muito o que chamar de nosso quando éramos crianças e acho que um pouco dessa mentalidade de "fazer e remendar" acompanha pessoas como nós na vida adulta. Arranjar o dinheiro para pagar nosso casamento foi outro desafio este ano. Não foi o local — as fileiras de cadeiras no cartório estavam quase vazias, sem família de ambos os lados e com poucos amigos próximos morando em Londres. Adoro a aliança de noivado de safira de sua mãe. Ela cabe perfeitamente — como se sempre tivesse sido minha — e nunca a tiro, mas ainda tínhamos que comprar as alianças de casamento, um terno e um vestido. Casar custa uma bela quantia, e dinheiro é ainda mais belo quando você não tem muito.

"É um tsuru", expliquei, evitando que você tivesse de perguntar qual era o presente quando o colocasse contra a luz. "O papel é o presente tradicional para o primeiro aniversário de casamento, então, quando um poodle abandonado chamado Origami foi jogado na porta do Abrigo para Cães de Battersea numa noite da semana passada, tive a ideia. Aprendi a fazê-lo sozinho assistindo a um vídeo no YouTube e escolhi o tsuru porque é um símbolo de felicidade e boa sorte."

"É... encantador", você disse.

"É para trazer boa sorte."

Sabia que você ia gostar mais quando soubesse disso. É o homem mais supersticioso que já conheci. Na verdade, gosto muito da maneira como você saúda as gralhas,* evita passar por baixo de escadas e fica horrorizado com as pessoas que abrem guarda-chuvas em ambientes fechados. Acho isso cativante. A sorte, seja ela boa ou má, é algo que você leva muito a sério.

Eu sorri quando você colocou o pequeno tsuru de papel dentro da carteira. Será que você o manterá lá para sempre? Espero que sim, gosto dessa ideia. A menos que algo que traga mais sorte apareça.

---

* Superstição britânica. [NT]

"Não me esqueci", você comentou. "Só não sabia que faríamos isso hoje. Tecnicamente, só faremos aniversário de casamento em 2012."
"Ah é?"
"Bem, nos casamos em 29 de fevereiro de 2008. Hoje é dia 28. Não teremos um ano bissexto de novo nos próximos três anos."
"Talvez estejamos mortos até lá."
"Ou divorciados."
"Não diga isso."
"Desculpa."

Você tem estado tão ocupado ultimamente. Não me surpreende que tenha se esquecido. Além disso, você é homem, esquecer aniversários é algo que você está pré-programado para fazer.

"Você vai ter que me compensar", falei.

Em seguida, você deslizou a mão por dentro da calça do meu pijama. Acho que você se lembrará do que fizemos depois disso sem que eu tenha que escrever. Não lhe contei, mas fiz um pedido. Se tivermos um bebê no ano que vem, você saberá que ele se tornou realidade.

Sabia que você precisava trabalhar neste fim de semana — apesar de ser nosso aniversário de casamento — e na quitinete mal cabem três pessoas, sendo muito otimista, então te deixei escrevendo, Bob dormindo e saí para passar uma tarde na cidade. Gosto muito da minha própria companhia, por isso nunca me importei com o fato de você precisar ficar sozinho também. Andei um pouco por Covent Garden e depois passei algumas horas na National Portrait Gallery. Adoro olhar para todos aqueles rostos e é um lugar onde nunca podemos ir juntos. Não ser capaz de reconhecer ninguém tornaria o passeio um pouco monótono pra você.

Quando cheguei em casa, nosso pequeno apartamento no subsolo estava tão cheio de velas que foi preciso remover as pilhas do alarme de fumaça. A mesa de centro — não temos espaço para uma mesa de jantar — estava com dois pratos, dois pares de talheres, duas taças e uma garrafa de champanhe. O cardápio de nosso delivery indiano favorito estava encostado nela, junto com um envelope com meu nome. Você e Bob me observavam enquanto eu o abria.

FELIZ ANIVERSÁRIO DE CASAMENTO!

Estava escrito na parte de fora. As três palavras no interior eram menos previsíveis:

Ele disse sim.

"O que isso quer dizer?", perguntei. O sorriso em seu rosto e seu olhar já me diziam a resposta, mas eu não conseguia acreditar.

"Você está diante do primeiro roteirista da história a quem foi confiado a adaptação de um dos romances de Henry Winter", você respondeu, radiante como um garotinho que acabou de marcar o gol da vitória.

"Tá falando sério?"

"Quase sempre."

"Então vamos abrir o champanhe!"

"Acho que foi o seu tsuru de papel da sorte quem fechou esse negócio", você admitiu, sacando a rolha e enchendo os copos — não temos taças de champanhe. "Meu agente me ligou, do mais completo nada, para dizer que Henry Winter queria me conhecer. No começo, achei que estava sonhando — já que você havia sugerido a ideia hoje de manhã mesmo — mas não estava, era real! Eu o conheci esta tarde."

Nós brindamos. Você deu um gole e eu virei o copo em um grande gole.

"E aí?"

"Meu agente me deu um endereço no norte de Londres, disse que eu tinha de estar lá à uma em ponto. Era um portão enorme, tive que tocar a campainha para me anunciar e então essa mulher — que imagino que seja algum tipo de empregada — me levou a uma biblioteca. Era como estar em um romance policial de Henry Winter e por um minuto pensei que as luzes se apagariam e alguém me atacaria com um castiçal. Mas então ele entrou, um pouco mais baixo na vida real do que eu esperava, mas usando um paletó de tweed e gravata-borboleta azul. Ele serviu dois copos de uísque — os primeiros de muitos — e depois ficamos conversando."

"E ele lhe pediu para escrever um roteiro de um de seus livros?"

Você balançou a cabeça. "Não, ele nem sequer mencionou o assunto."

Minha empolgação começou a diminuir um pouco quando você disse isso.

"Falamos apenas sobre os romances dele, todos eles, e ele fez muitas perguntas sobre mim... e sobre você. Mostrei a ele o tsuru que você fez e foi a única vez em que ele sorriu. A tarde inteira pareceu surreal, como se eu tivesse inventado tudo, mas meu agente me ligou de novo meia hora depois que saí e disse que Henry gostaria que eu escrevesse uma adaptação de seu primeiro romance, *O Doppelganger*. Se o Henry gostar, ele disse que eu posso vendê-lo! Que peripécia!"

"Ninguém usa a palavra peripécia desde a guerra", brinquei. Talvez essa possa ser a palavra do dia ou mesmo a do ano?

Então, chorei.

Você presumiu que eram lágrimas de felicidade e até que algumas delas eram.

"Estou tão orgulhosa de você", falei. "Tudo vai mudar agora, você vai ver. Depois que você escrever a primeira adaptação da obra de Henry Winter, não vai faltar estúdio batendo na porta implorando para que você escreva para eles", acrescentei, sabendo que era verdade. Em seguida, brindamos de novo e bebi o champanhe.

Terminamos a garrafa e comemoramos da minha maneira favorita — duas vezes em um dia! Como resultado, vários manuscritos foram danificados, mas não há muito espaço no apartamento e não conseguimos chegar ao quarto. De certa forma, esta noite pareceu ser a melhor noite de nossas vidas. Mas agora você está dormindo e estou bem acordada — como sempre — e, pela primeira vez desde que nos casamos, tenho um novo segredo que preciso esconder de você. Um segredo que não sei se algum dia poderei compartilhar. Tecemos nossas vidas entrelaçando oportunidades e chances, ninguém quer um futuro cheio de buracos. Mas me preocupo que, se você soubesse que Henry Winter só lhe confiou o livro dele por minha causa, isso poderia ser o nosso fim. Suponho que também não posso compartilhar esta carta com você agora. Quem sabe um dia.

Com todo o meu amor,
Sua mulher
Beijinhos

Amelia

Adam abre o alçapão frágil. Os degraus de pedra indicam uma descida e ele não hesita.

"Tenha cuidado", advirto-o e ele ri.

"Não se preocupe, acho que muitas capelas antigas têm criptas. Além disso, qual é a pior coisa que pode acontecer? A menos que seja uma masmorra secreta contendo os cadáveres apodrecidos das últimas pessoas que ficaram aqui. Isso pelo menos explicaria o cheiro."

Fico onde estou, mas ouço o som dos passos dele até perdê-lo de vista. A luz da lanterna pisca e depois se apaga.

Tudo fica em silêncio.

Percebo que estou prendendo a respiração.

Mas então Adam pragueja e uma luz se acende lá embaixo.

"Você está bem?", pergunto.

"Sim, só bati a cabeça no teto baixo quando a lanterna apagou. Provavelmente precisa de pilhas novas. Mas encontrei um interruptor de luz e tenho o prazer de informar que não há fantasmas ou gárgulas aqui embaixo, apenas prateleiras cheias de vinho!"

Adam ressurge feito um explorador triunfante, com um sorriso e uma garrafa empoeirada de vinho tinto. Consigo encontrar um saca-rolhas e — embora nenhum de nós seja metido a sommelier — tomamos um gole e concluímos que 2008 foi um excelente ano para Ribera del Duero. Algumas pessoas dizem que o casamento é como o vinho e melhora com o passar do tempo, mas acho que tudo depende das uvas. Sem dúvida, há anos que foram mais agradáveis do que outros e eu os teria engarrafado se pudesse.

Fico mais calma depois que comemos e tomo uma taça. Uma boa surpresa, o curry de frango congelado estava saboroso mesmo após ser torrado no micro-ondas e começo a relaxar enquanto tomamos vinho em frente à lareira, no salão que mais parece uma biblioteca. O chiado e o crepitar reconfortantes são hipnóticos e as chamas parecem saltar e oscilar, projetando sombras por toda a sala cheia de livros.

A tempestade lá fora se intensificou mais uma vez. A neve ainda está caindo e o vento agora está sibilando, mas está quente o suficiente no sofá em frente à lareira. Bob está roncando de leve no tapete a nossos pés e, talvez seja o cansaço da viagem ou o vinho, mas me sinto estranhamente... contente. Meus dedos se aproximam dos de Adam — não me lembro da última vez que nos tocamos — mas minha mão para, como se tivesse medo de se queimar. O afeto é como tocar piano e, se você não pratica, acaba esquecendo.

Sinto que ele está me encarando, mas continuo olhando para minhas mãos. O que será que ele vê quando olha para mim? Traços desfocados? Um contorno familiar, mas indefinível, de uma pessoa? Será que, para Adam, tenho a mesma aparência de todo mundo?

Dez anos é muito tempo para estar casado com alguém que você esquece.

Não fui totalmente sincera com ele sobre essa viagem. Não tenho sido totalmente sincera sobre muitas coisas e, às vezes, acho que *ele sabe*. Mas digo a mim mesma que isso não é possível. Tentamos noites de encontros e terapia de casal, mas passar mais tempo juntos nem sempre é o mesmo que passar menos tempo separados. Não se pode chegar tão perto da beira de um penhasco sem ver as pedras lá embaixo e, mesmo que meu marido não saiba a história completa, ele sabe que este fim de semana é a última tentativa de consertar o que foi quebrado.

O que ele não sabe é que, se as coisas não saírem conforme o planejado, apenas um de nós voltará para casa.

Adam

Ficamos sentados em silêncio depois do jantar. O curry congelado não estava tão ruim quanto eu esperava, e o vinho estava consideravelmente melhor. Tomaria outra taça. Percebo a mão de Amelia perto da minha no sofá. Sinto um desejo irresistível de segurá-la e não sei o que me deu — o afeto tem estado ausente, perdeu espaço há muito tempo em nosso casamento. Quando estou prestes a pegar sua mão, ela a retira para seu colo. É provável que seja melhor assim, considerando o que realmente está em jogo neste fim de semana e o que planejo fazer.

Fitando as chamas que dançam na enorme lareira, minha mente vagueia por outros caminhos, para outras coisas. Trabalho, principalmente. Adaptei três romances de Henry Winter para o cinema na última década e tenho orgulho de cada um deles. Conseguir carta branca para esses roteiros foi um verdadeiro divisor de águas na minha carreira, mas não falo com ele há muito tempo. Não sei por que estou pensando nele agora. Ele adoraria esta sala, que parece mais uma biblioteca do que uma sala de estar. No momento, estou num intervalo entre projetos. Parece que não consigo me empolgar com nada que meu agente me envia e me pergunto se não é hora de começar a trabalhar em algo próprio de novo. Quero fazer isso há algum tempo, mas acho que perdi a confiança. Talvez seja o momento ideal para...

"Talvez você possa dar uma olhada em seus próprios roteiros, se não trabalhar em outra coisa por um tempo", diz Amelia, interrompendo meus pensamentos como se pudesse ouvi-los. Detesto que ela sempre consiga ler minha mente, como as mulheres *conseguem fazer isso?*

"Não é o momento ideal", respondo.

"E aquele que você passou *anos* trabalhando, será que não vale a pena pensar no assunto?"

Ela não consegue sequer lembrar do nome do meu roteiro favorito. Não sei por que, mas isso me incomoda. Ela costumava se interessar muito mais pelo meu trabalho e parecia se importar de verdade com minha escrita. Agora, sua indiferença dói mais do que deveria.

"Meu agente disse que eu poderia me candidatar para um novo suspense em oito partes. Outra adaptação de um romance. Mas um antigo..." Olho por cima do ombro para todas as estantes de livros. "...Pode até ser que tenha uma cópia dele em uma dessas prateleiras."

"Combinamos que não trabalharíamos neste fim de semana", responde ela, perdendo o senso de humor.

"Eu estava brincando e foi *você* quem tocou no assunto!"

"Só porque dava pra te ouvir pensando nisso. E você estava fazendo aquela cara de perdido que faz quando não está aqui de verdade, ainda que esteja sentado ao meu lado."

Não consigo ver que cara *ela* está fazendo, mas não gosto do seu tom. A Amelia não entende. Sempre preciso me ocupar com uma história ou o mundo real fica muito barulhento. Nos últimos tempos, parece que não posso tocar em *nenhum* assunto sem que ela se chateie. Fica de mau humor quando estou *muito quieto*, mas abrir a boca é como pisar em um campo minado. Não é seguro. Não contei sobre o que aconteceu com Henry Winter porque isso é outra coisa que ela não entenderia. Henry e seus livros não eram apenas trabalho para mim, ele se tornou um substituto da figura paterna. Duvido que ele tenha se sentido da mesma forma, mas os sentimentos não precisam ser mútuos para serem reais.

O vento chacoalha os vitrais e sou grato a qualquer coisa que possa abafar os pensamentos que berram dentro da minha cabeça. Não gostaria que Amelia os ouvisse. Minhas mãos ainda precisam de algo para fazer — não quero mais segurar as dela e meus dedos parecem ociosos sem meu celular. Tiro a carteira do bolso e encontro o tsuru de papel amassado entre as dobras de couro. O velho pássaro bobo de origami sempre me trouxe sorte e conforto. Eu o seguro por um tempo e não me importo que Amelia me veja fazendo isso.

"Tenho carregado este pássaro de papel comigo há tanto tempo", digo.

Ela suspira. "Eu sei."

"Eu o mostrei a Henry Winter na primeira vez que o encontrei em sua elegante casa em Londres."

"Lembro da história."

Ela parece entediada e infeliz, e isso faz com que eu sinta o mesmo. Também já ouvi todas as suas histórias antes e nenhuma delas é particularmente eletrizante.

Queria que as pessoas se parecessem mais com os livros.

Se na metade de um romance, você se dá conta que não está mais gostando dele, é simples: pode parar e procurar algo novo para ler. O mesmo acontece com filmes e novelas na TV. Não há julgamento, não há culpa, ninguém precisa saber, a menos que você decida contar. Mas com as pessoas, você tende a precisar ir até o fim e é uma pena que nem todos vivam felizes para sempre.

A neve se transformou em granizo. Gotas grandes e furiosas caem nas janelas antes de escorrerem pelo vidro feito lágrimas. Às vezes, tenho vontade de chorar, mas não consigo. Porque isso não combinaria com o que minha esposa pensa que sou. Todos somos responsáveis por escolher as estrelas das histórias de nossas próprias vidas e ela me escolheu para o papel de seu marido. Nosso casamento foi um teste de elenco aberto, e não tenho certeza se algum de nós conseguiu os papéis que merecia.

O rosto dela é um borrão irreconhecível, suas feições se agitam como um mar revolto. Parece que estou sentado ao lado de uma estranha, não da minha esposa. Passamos o dia *todo* juntos e me sinto claustrofóbico. Sou alguém que precisa de espaço, um pouco de tempo sozinho. Não sei por que ela tem que ser tão... sufocante.

Amelia arranca o tsuru de papel da ponta de meus dedos.

"Você passa muito tempo vivendo no passado em vez de se concentrar no futuro", diz ela.

"Espera, não!", grito, enquanto ela joga meu amuleto da sorte no fogo.

Levanto-me e deixo o sofá com padrão xadrez escocês em um piscar de olhos e quase queimo a mão ao pegar o pássaro. Uma das margens está chamuscada, mas não está danificada. É isso aí. O ato final. Se eu não tinha certeza antes, agora tenho e estou contando as horas até que isso acabe de uma vez por todas.

Algodão

Palavra do ano:
resmungadoria *substantivo* um local de refúgio para ser usado quando alguém está se sentindo mal. Um cômodo privado, ou toca, para resmungar.

28 de fevereiro de 2010 — nosso segundo aniversário de casamento

Querido Adam,

Mais um ano, mais um aniversário, e este foi um dos bons! Desde que vendeu a primeira adaptação de Henry Winter, você está mais ocupado do que nunca. O estúdio de Hollywood que a comprou em um leilão pagou mais por aquelas 120 páginas do que eu poderia ganhar em dez anos. Foi incrível e estou muito feliz por você, mas muito triste por nós, porque agora nos vemos ainda menos do que antes. Parece que agora você não precisa ~~tanto~~ mais de mim ou da minha contribuição para o seu trabalho. Mas entendo. De verdade, eu entendo.

Muita coisa mudou para você nos últimos doze meses, mas, infelizmente, não pra mim. Ainda não temos um bebê. No entanto, você manteve sua palavra de tirar uma folga no nosso aniversário de casamento — algo que se tornou inconcebível nos últimos meses — para que pudéssemos passar o fim de semana fora. Você providenciou para que um vizinho cuidasse do Bob, pediu que eu fizesse uma mala e pegasse meu passaporte, mas não me disse para onde vamos. Troquei a calça jeans coberta de pelos de cachorro por um vestido de grife que encontrei em um brechó da caridade em Notting Hill e até investi uma grana num batom novo.

Você fez sinal para um táxi preto assim que saímos do apartamento pro nosso fim de semana de aniversário. Achei que ele nos levaria à estação St. Pancras... ou ao aeroporto. Mas, após trinta minutos enfrentando o horário de pico de Londres de todo dia, paramos em uma rua residencial em Hampstead Village, uma de suas áreas favoritas da cidade. Deve ser porque Henry Winter tem uma casa lá. É super chique, mas nunca imaginei que pessoas como nós precisassem de passaporte para visitar o local, então me perguntei por que você havia me dito para levar o meu.

Depois de pagar o motorista, incluindo uma gorjeta generosa, saímos para a calçada com as malas e você enfiou a mão no bolso.

"O que é isso?", perguntei, olhando para o presente pequeno, mas perfeitamente embrulhado em sua mão. A fita estava amarrada em um laço tão bonito que me perguntei se alguém o teria feito em seu lugar.

"Feliz aniversário de casamento", respondeu você com um sorriso.

"Não era para trocarmos presentes até domingo..."

"É mesmo? Então, vou pegar de volta."

Peguei o lindo pacote. "Agora já vi, então preciso abrir. Espero que seja de algodão. Esse é o presente tradicional por ter sobrevivido a dois anos de casamento."

"Acho que se trata de comemorar, não de sobreviver, e eu não sabia que tinha me casado com alguém tão exigente."

"Sim, você se casou", respondi, removendo o papel com cuidado.

Uma pequena caixa de veludo se revelou — do tipo que pode conter joias — e era turquesa, minha cor favorita. Acho que meio que esperava que fossem brincos, mas ao abrir a tampa, encontrei uma chave.

"Se você pudesse morar em qualquer casa desta rua, qual delas escolheria?", perguntou você.

Fiquei olhando para a casa vitoriana antiga, isolada e de fachada dupla que estava na nossa frente. As paredes de tijolos vermelhos estavam cobertas pelo que parecia ser uma mistura de galhos de glicínias e hera. Alguns dos vidros das janelas estavam quebrados, outros estavam fechados com tábuas. Era a definição de um "remendo" — quebrado, mas bonito — e não pude deixar de notar a placa de VENDIDA do lado de fora.

"Está falando sério?", perguntei.

"Quase sempre."

Me senti como uma criança recebendo a chave de uma fábrica de chocolate.

A porta da frente era da mesma cor turquesa que a caixa de veludo e havia sido pintada recentemente, ao contrário de qualquer outra parte do imóvel. Quando a chave abriu a porta, eu chorei — não conseguia acreditar que tínhamos uma casa de verdade, depois de tanto tempo lutando para pagar o aluguel de um apartamento ~~de merda~~ minúsculo.

O cenário interior era de tanto abandono quanto o lado de fora. O lugar cheirava a umidade, havia tábuas faltando no assoalho, o papel de parede estava descascado e utensílios e acessórios antigos estavam cobertos de poeira e teias de aranha. Havia fios soltos pendendo de buracos no teto, onde presumi que as luzes ficavam antes, e havia pichações em algumas das paredes. Mas eu já estava apaixonada. Andei pelos cômodos grandes e claros, todos vazios, mas cheios de possibilidade e potencial.

"Foi você mesmo quem decorou?", perguntei e você riu.

"Não, achei que talvez você pudesse. Sei que vai dar um pouco de trabalho..."

"Um pouco?"

"Mas, de outra forma, não teríamos condições de pagar por isso."

"Eu amei."

"Amou?", indagou você.

"Sim. Só te comprei um par de meias."

"Bom, você estragou a surpresa..."

"Pelo menos, meu presente era feito de algodão."

"Em que ano são os tijolos? Podemos esperar até lá..."

Minha ansiedade veio à tona e estragou o momento. "Podemos mesmo pagar por isso?"

Você sorriu para disfarçar a ~~mentira~~ hesitação, mas ainda assim a percebi. Você sempre gostou de pesar suas respostas antes de dá-las, nunca oferecendo muito ou pouco.

"Sim, foi um ano muito bom. Tenho estado um pouco ocupado demais para aproveitar, mas acho que é hora de começarmos a viver a vida que sempre sonhamos. Não acha? Pensei que podíamos reformar com calma... fazer parte do trabalho nós mesmos. Transformá-la em nossa própria resmungadoria e fazer dela nosso lar para sempre." Tratei de me esforçar para lembrar de pesquisar a palavra "resmungadoria". "Se achou o térreo bom, precisa ver o andar de cima", disse você.

Minhas mãos deslizavam pelo velho corrimão de madeira acima e meus pés iam cautelosos, tomando cuidado para não torcer o tornozelo em nenhum dos degraus quebrados na escuridão. Havia mais teias de aranha, poeira e sujeira cobrindo quase todas as superfícies, mas eu já conseguia ver o potencial para a beleza um dia. Nunca tive medo de trabalhar duro.

Eu o segui pelo corredor até chegarmos a um quarto grande. Engasguei alto quando vi a cama lindamente arrumada — era o único móvel da casa — e havia uma garrafa de champanhe em um balde com gelo no chão.

"Os lençóis são cem por cento de algodão egípcio. Viu, não me esqueci. Feliz aniversário de casamento, sra. Wright", disse você, envolvendo-me com seus braços.

"E os outros quartos?", perguntei.

"Bem, acho que está na hora de começarmos a preenchê-los, não acha?"

Estamos aqui há três dias, saindo apenas para caminhar e comprar comida. Obrigada pelo fim de semana maravilhoso, pelo aniversário de casamento feliz e por ser o amor da minha vida. Pretendo passar todo o meu tempo livre reformando esta casa e decorando todos os cômodos até que seja o eterno lar com que nós sonhamos. Não consigo imaginar ser mais sortuda do que sou agora.

Com todo o meu amor,
Sua mulher
Beijinhos

Amelia

Não consigo imaginar ser mais infeliz do que sou agora. Não tive a intenção de jogar o tsuru de papel na fogueira, apenas... surtei. Em primeiro lugar, a culpa não foi minha, foi dele por ter feito com que me sentisse tão louca. Observo enquanto Adam o coloca de volta na carteira antes de olhar para mim com ódio no olhar.

"Me desculpe, não sei por que fiz isso", digo, mas ele não responde.

Às vezes, me sinto como um dos bichos abandonados que vejo no trabalho todos os dias, com o jeito que meu marido desaparece o tempo todo enquanto escreve. Me deixando pra trás. Esquecida. Essa é sempre uma época difícil do ano no meu trabalho. Todas as pessoas que compraram filhotes para o Natal muitas vezes descobrem que não os querem para o resto da vida por volta do Dia de São Valentim. Um pastor alemão chamado Lucky foi trazido esta semana e, infelizmente, sua plaqueta de identificação não tinha endereço. Gostaria de ter conseguido localizar os donos e prendê-los. Lucky foi deixado amarrado a um poste de luz sob a chuva, desnutrido, faminto, coberto de pulgas e sujeira e completamente encharcado. O veterinário disse que os ferimentos só poderiam ser resultado de espancamentos regulares durante um longo período de tempo. Esse pobre cachorro, ao contrário do que seu nome indicaria, não teve "sorte" alguma, assim como o tsuru de papel que Adam guarda na carteira. É apenas uma superstição sem fundamento.

"Não sei por que você está sempre irritada", comenta ele.

Suas palavras me deixam ainda mais irritada.

"Não estou irritada", digo, soando irritadiça. "Só estou cansada de ser a única a se esforçar nesse relacionamento. Nós não conversamos mais. É como dividir a casa com um colega, não com um marido. Você nunca pergunta sobre *meu* dia, *meu* trabalho ou como *estou* me sentindo. Apenas o que *há para o jantar*? Ou *onde está minha camisa azul*? Ou *você viu minhas chaves*? Não sou uma dona de casa. Tenho uma vida e um emprego próprios. Você me faz sentir tão antipática, mal-amada, invisível e..."

É raro eu chorar, mas não consigo me controlar.

Adam quase nunca demonstra afeto hoje em dia, como se não se lembrasse de como se faz, mas então ele toma uma atitude estranha. Ele me abraça.

"Me desculpe", sussurra ele, e antes que eu possa perguntar por qual parte específica está se desculpando, Adam me beija. Do jeito que deve ser. Segurando meu rosto em suas mãos, como costumávamos nos beijar logo que começamos a namorar, antes que a vida nos afastasse.

Sinto as bochechas corarem, como se tivesse sido beijada por um estranho, não por meu marido.

Me tornei boa em me sentir culpada por fazer o que é melhor para mim. E a culpa é uma daquelas emoções difíceis de desligar. Às vezes, sinto que preciso fazer um check-out da vida da mesma forma que outras pessoas fazem check-out de hotéis. Assinar o que for preciso, entregar as chaves da vida que estou vivendo e procurar um lugar novo. Um lugar seguro. Mas talvez ainda haja algo pelo qual valha a pena ficar?

"Foi um dia longo, acho que nós estamos um pouco cansados", diz Adam.

"Podemos subir, achar o quarto e dormir cedo?", sugiro.

"Que tal outra taça de vinho antes?"

"Boa ideia. Vou tirar os pratos e pegar a garrafa."

Não sei por que ele a deixou na cozinha se queria mais, mas não me importo de ir buscá-la. Esse é o momento mais íntimo entre nós há meses. A música parou e consigo ouvir o vento assobiando por todas as rachaduras e fendas nas paredes da capela. O piso de pedra é tão frio que parece alfinetar meus pés calçados com meias. Estou com pressa de voltar para o calor do outro cômodo, mas algo nos vitrais chama minha atenção. Quando olho mais de perto, eles parecem muito incomuns. Não há cenas religiosas, apenas uma série de rostos de cores diferentes.

Fico paralisada quando um deles se move.

E então eu grito, porque o rosto branco na janela é real. Tem alguém lá fora me encarando.

Adam

"O que está acontecendo?", pergunto, correndo para a cozinha.

Ouvi algo se espatifar antes de Amelia começar a gritar e posso ver que ela deixou cair a garrafa de vinho tinto. Há cacos de vidro espalhados pelo chão de pedra, e agarro a coleira de Bob para impedi-lo de pisar neles. "O que aconteceu? Você está bem?"

"Não. Tem alguém lá fora!"

"O quê? Onde?"

"Na janela", diz ela, apontando.

Me aproximo e miro a escuridão. "Não vejo nada..."

"Bem, já foi embora. Correu assim que gritei", explica Amelia, começando a pegar os cacos de vidro quebrados.

"Vou lá fora dar uma olhada."

"Não! Você está doido? Estamos no meio do nada, quem sabe quem pode estar lá fora? Porra!"

Ela cortou o dedo em um pedaço afiado da garrafa e a visão do sangue me dá náuseas. Posso escrever sobre todos os tipos de coisas horríveis para a tela, mas quando se trata da vida real, sou um medroso.

"Aqui", falo, entregando a ela um lenço limpo.

Envolvo Amelia com meus braços e a abraço com força, perto o suficiente para sentir o cheiro de seu cabelo. O cheiro familiar de seu xampu desperta lembranças de tempos mais felizes. Não consigo ver um rosto bonito, mas sempre senti que tenho um instinto para a beleza interior. Quando penso na noite em que nos conhecemos, ainda consigo me lembrar de tudo sobre ela com tanta clareza e como eu queria, *necessitava*, conhecê-la melhor. Sempre confiei em meu instinto quando se trata de pessoas e é raro me enganar. Posso dizer se uma pessoa é boa ou má em poucos minutos após conhecê-la, e o tempo e a vida tendem a provar que estou certo. Quase sempre.

"Vou limpar isso", digo, me afastando e encontrando uma pá de lixo e uma escova no primeiro armário que abro.

"Como você sabia que isso estava aí?", pergunta ela, e hesito antes de responder.

"Acho que foi sorte. Você está bem? Precisa da bombinha?"

Amelia tem asma e, às vezes, as coisas mais estranhas podem desencadear um ataque. Uma vez, ela ficou de olho em um casaco rosa na vitrine de uma loja por meses. Chegou a guardar dinheiro para comprá-lo. Comprou o casaco, usou uma vez e, quando viu o preço reduzido pela metade no dia seguinte, ela literalmente teve um ataque. Amelia sempre foi uma pessoa que conta os centavos, mesmo que não precise mais fazer isso.

"Queria tanto que este fim de semana fosse perfeito", lamenta ela, parecendo que vai chorar. "Parece que nada está saindo conforme o planejado..."

"Olha, este lugar é meio assustador, tomamos um pouco de vinho e ambos estamos cansados. Você acha que pode ser fruto da sua imaginação?"

Usei o tom que uso com crianças pequenas ou para autores que demandam cautela e que não amam os roteiros de seus livros, mas percebo que não foi a coisa certa a fazer antes mesmo de ela entrar em erupção.

"Não, não foi a porra da minha imaginação. Tinha. Um. Rosto. Na janela. Lá fora. Olhando bem pra minha cara."

"Tá bom, desculpa!", exclamo, jogando o vidro quebrado na lixeira. "E como era?"

"Era um rosto!"

"Um homem? Uma mulher?"

"Não sei, foi tudo muito rápido... Eu te disse, assim que gritei, saiu correndo."

"Quem sabe não era a zeladora misteriosa?" Amelia me encara, mas não responde. "O quê?"

"Talvez devêssemos ligar para a zeladora e dizer que tem alguém lá fora."

"O que você acha que eles vão fazer a respeito?", pergunto, mas ela não ouve e já está procurando o telefone.

"Ótimo", diz ao encontrá-lo.

"Sem sinal?"

"Nem mesmo uma barrinha."

Bob, aparentando estar entediado com a nossa conversa, sai da cozinha e segue pelo corredor em direção ao foyer por onde entramos. Só percebemos que ele havia saído quando começou a rosnar para as velhas portas de madeira da capela, com os dentes arreganhados e o pelo todo arrepiado. É a terceira vez que nosso velho cão faz algo completamente fora do normal desde que chegamos.

"Chega. Vou lá fora dar uma olhada", anuncio, vestindo meu casaco.

"Por favor, não vá", sussurra Amelia, como se alguém pudesse nos ouvir.

"Não seja boba", digo a ela enquanto prendo a guia do cachorro na coleira. "O Bob vai me proteger. Não vai, garoto?"

Bob para de rosnar e abana o rabo ao ouvir o próprio nome.

"É o pior cão de guarda do mundo, ele tem medo de penas!", diz Amelia.

"Sim, mas ninguém sabe disso. Se tiver alguém lá fora, vou botar pra correr e podemos abrir outra garrafa de vinho."

A neve sopra para dentro assim que abro as portas e a rajada de frio congela o ar em meus pulmões. Bob perde o controle, rosna, late e esgarça tanto a guia que me esforço para segurá-lo. Está um breu e, a princípio, é difícil enxergar qualquer coisa, mas, à medida que piscamos na escuridão, logo fica terrivelmente claro porque o cão está tão irritado. Do lado de fora, a não mais que alguns metros de distância, há vários pares de olhos nos encarando.

Couro

Palavra do ano:
biblioclepta *substantivo* pessoa que rouba histórias. Um ladrão de livro.

28 de fevereiro de 2011 — nosso terceiro aniversário de casamento

Querido Adam,
    Desconfio que a maioria dos casais comemoram aniversários de casamento a sós — uma mesa para dois em um restaurante especial, talvez — mas não a gente. Não este ano. Esta noite, passamos nosso aniversário com centenas de estranhos e parecia que todos os olhos estavam voltados para nós. Nunca conheci alguém que detestasse festas tanto quanto você e mesmo assim você parece ir a várias agora. Não estou sugerindo que você seja antissocial e entendo por que as odeia. Reuniões com mais do que um punhado de gente são complicadas quando você não consegue reconhecer um único rosto. Portanto, uma festa chique da indústria cinematográfica na Tower Bridge, com centenas de pessoas ~~pretensiosas~~ que acham que você deveria saber quem são, deve ser como entrar de olhos vendados em um campo minado de egos.
    "Por favor, pode entrar direto, sr. Wright", disse a mulher na porta, com um sorriso largo e uma prancheta que parecia cheia.

Observei enquanto ela verificava com cuidado os nomes de outras pessoas em sua lista colorida, mas não havia necessidade de verificar o seu. Todo mundo sabe quem você é agora — o novato que vingou. A escrita de roteiros é um negócio pra quem ri por último. Nenhuma dessas pessoas teria sequer te enxergado quando você estava sem sorte, mas com um sucesso de bilheteria em seu currículo — graças ao romance de Henry Winter — todos querem ser seus melhores amigos de novo. Por enquanto.

O motivo pelo qual você começou a me convidar para as grandes festas, eventos e cerimônias de premiação foi para que eu pudesse sussurrar quem eram as pessoas quando elas se aproximavam de nós, para evitar que você passasse pelo constrangimento de não reconhecer alguém que deveria. Não que eu me importe. Gosto muito disso — ao contrário de você — e é divertido me arrumar de vez em quando, fazer o cabelo e usar salto alto de novo. O tipo de coisa que é um tanto quanto desnecessário quando se trabalha com cães o dia todo.

Nossa rotina é muito boa agora. Depois de alguns anos ouvindo você falar sobre produtores, executivos, diretores, atores e autores, eu já tinha imaginado um elenco com seus rostos. Mas agora sei como eles são na vida real e passamos noites como essas conversando com pessoas do seu mundo. É raro que eu tenha algo em comum com eles, mas acho bastante fácil falar sobre livros, filmes e dramas de TV — todo mundo ama uma boa história.

Eu estava ansiosa para ver o interior da Tower Bridge pela primeira vez e a promessa de champanhe grátis e petiscos chiques criados por um chef com estrela Michelin ainda é uma dádiva. Mas assim que vi o nome de Henry Winter na lista de convidados, tive receio de entrar. A partir daquele momento, ficou óbvio que a verdadeira razão pela qual estávamos passando nosso aniversário com estranhos era porque você esperava encontrar Henry e convencê-lo a lhe dar outro livro. Você já pediu duas vezes. Eu lhe disse para não implorar, mas você ~~sempre se acha o sabichão~~ não me ouviu. Escrever é um jeito difícil de ter uma vida fácil.

A Tower Bridge estava iluminada e se destacava no céu noturno de Londres quando chegamos. A festa já estava em pleno andamento, com a batida monótona da música e das risadas altas competindo com o som suave das águas turvas do Tâmisa lá embaixo. Assim que o elevador nos levou para o último andar, percebi que seria uma noite interessante. O espaço era menor do que havia imaginado, pouco mais do que um longo corredor repleto de figuras da indústria cinematográfica. Um garçom se espremia com uma bandeja de champanhe e fiquei feliz em aliviar o trabalho dele ao pegar duas taças. Tendo feito um teste de gravidez naquela manhã, por precaução, sabia que não havia motivo para não beber. Parei de lhe dar as más notícias mensais e você parou de perguntar.

"Feliz aniversário de casamento", sussurrou pra mim, e nós brindamos antes de você dar um gole.

Eu mesma dei vários, de modo que minha taça de champanhe já estava meio vazia. Acho que o álcool ajuda a afogar minha ansiedade social, que ainda sinto toda vez que participo de um evento como este. Todos aqui sabem quem você é. As únicas expectativas que você ainda luta para corresponder são as suas próprias. Mas nunca senti que me encaixava com essas pessoas, talvez porque não me encaixe. Prefiro cachorros. Dei mais um gole, depois fiz o que havia ido fazer lá, examinando a sala com sutileza, meus olhos procurando o que os seus não conseguiam ver.

Trocamos presentes esta manhã. Eu lhe dei uma bolsa de couro com suas iniciais gravadas em letras douradas. Eu o vi carregando seus preciosos manuscritos em bolsas horrorosas por anos, então me pareceu um presente apropriado. Seu presente para mim foi um par de botas de couro na altura do joelho que eu estava de olho. Achei que talvez fosse muita velha para usá-las — aos 32 anos —, mas é claro que você discordou. Usei-as pela primeira vez esta noite e notei que você olhava para minhas pernas no táxi a caminho da festa. Foi bom me sentir desejada.

"Alguém está se aproximando", murmurei em seu ouvido enquanto caminhávamos pelo corredor lotado de arroz de festa.

"A coisa tá boa, ruim ou feia?", perguntou você.

"Ruim. A produtora que queria que você trabalhasse naquela adaptação de um romance policial no mês passado... aquela que ficou nervosinha quando você recusou. Lisa? Linda? Liz?"

"Lizzy Parks?"

"Sim."

"Merda. Toda festa tem um estraga-prazeres. Ela parece irritada?"
"Bastante."
"Ela já nos viu?"
"Afirmativo."
"Droga. Aquela mulher trata os roteiristas como pastelarias e nosso trabalho como pastéis. O livro nem era dela para ser adaptado. Ela é uma biblioclepta ambulante e falante..."
"Código vermelho."
"Lizzy, querida, como você está? Você está maravilhosa", disse você, com aquela voz que só usa quando fala com crianças pequenas ou pessoas pretensiosas. Espero que você nunca fale comigo assim, vou ficar chateada *se* você falar.

Vocês beijaram o ar ao lado das bochechas um do outro e fiquei embasbacada com o modo como você faz o que faz. É como se possuísse um botão, um que é óbvio que me falta. Você se torna uma versão diferente de si mesmo nas festas, aquela que todos adoram: charmoso, elogioso, inteligente, popular, o centro das atenções. Nada parecido com o homem tímido e quieto que conheço e que desaparece em seu novo e adorável escritório anexo todos os dias. Foi como assistir a uma apresentação. Adoro todas as suas várias versões, mas prefiro o meu Adam, o verdadeiro, que só eu vejo.

"Alguém está se aproximando", murmurei de novo, depois de saborear uma vieira perfeitamente cozida, coberta com um pouco de purê de ervilha, servida em uma concha em miniatura e com uma pequena colher de prata.

"Quem é agora?", perguntou você.
Esse eu conhecia. "Nathan."
Vi você apertar a mão dele e ouvi enquanto conversavam sobre negócios. O chefe do estúdio que estava organizando a festa é um daqueles homens que está sempre cumprimentando todos os presentes. Constantemente olhando por cima do ombro dele ou do seu, para ver com quem mais poderia ou deveria estar conversando. Ele era um homem que gostava de taxar a alegria, sempre tirando um pouco da de outra pessoa para aumentar a sua própria. Você me apresentou, e eu me senti encolher um pouco sob o olhar dele.

"E o que você faz?", perguntou Nathan.

Era uma pergunta que eu odiava. Não por causa da resposta, mas por causa da reação das outras pessoas a ela.

"Trabalho no Abrigo para Cães de Battersea", respondi, forçando um sorriso.

"Meu Deus. Que bom."

Decidi não explicar como ou por que não era bom o fato de tantas pessoas serem cruéis ou irresponsáveis quando se trata de animais. Também achei melhor ignorar o tom condescendente. Fui ensinada a ser sempre educada: você não vai conseguir atravessar uma ponte se atear fogo nela. Ainda bem que a conversa e a companhia seguiram em frente, como sempre acontece nessas ocasiões, e finalmente ficamos sozinhos.

"Algum sinal dele?", sussurrou você.

Não precisei perguntar de quem. "Receio que não. Podemos tentar do outro lado?"

Fomos para o segundo corredor, um túnel que ligava uma torre à outra acima da famosa ponte. A vista do Tâmisa e de Londres iluminada lá embaixo era espetacular.

"Vê o Henry agora?", perguntou você de novo e pareceu desolado quando respondi que não o via. Parecia um garotinho que havia levado um bolo da garota dos seus sonhos.

Havia uma fila invisível de pessoas se preparando para atacá-lo durante toda a noite, esperando a chance de cumprimentá-lo: produtores que queriam trabalhar com você, executivos que desejavam não ter sido indelicados com você no passado e outros escritores que desejavam ser você. Meus pés estavam começando a doer, então fiquei muito contente — e também surpresa — quando sugeriu irmos embora mais cedo.

Você fez sinal para um táxi preto e, assim que nos sentamos no banco de trás, me beijou. Sua mão encontrou o topo das minhas botas de couro novas, depois deslizou por entre minhas pernas e por baixo do meu vestido. Assim que chegamos em casa, você começou a tirar minhas roupas ainda no corredor, até que eu estivesse vestida apenas com as botas. Transar na escada recém-reformada foi uma experiência nova. Ainda dava pra sentir o cheiro do verniz.

Depois, bebemos uísque na cama, conversamos sobre a festa e sobre todas as pessoas que havíamos conhecido naquela noite: as boas, as ruins e as feias.

"Você ainda me ama tanto quanto quando nos casamos?", perguntei.

"Quase sempre", respondeu você com um sorriso malicioso. É uma de suas frases favoritas. Mas você estava tão bonito que só pude rir.

Eu quase sempre amo você também. Porém, não mencionei que tinha visto Henry Winter várias vezes durante a noite, usando o paletó de tweed característico, gravata-borboleta e uma expressão estranha no rosto cheio de rugas. Ele parecia mais velho do que nas fotos de autor. Com o cabelo branco espesso, olhos azuis e pele extremamente pálida, era como se eu estivesse vendo um fantasma. Não lhe disse que seu autor favorito olhava para nossa direção, seguindo-nos o tempo todo pela festa, tentando desesperadamente chamar sua atenção.

Três anos e tantos segredos.

Você também esconde algo de mim?

Com todo o meu amor,
Sua mulher
Beijinhos

Amelia

Adam ri quando as ovelhas do lado de fora da capela começam a balir. Até eu acho difícil não sorrir enquanto ele arrasta Bob — que ainda está latindo feito louco — de volta para dentro.

Quando vimos pela primeira vez os vários pares de olhos olhando em nossa direção, parecia uma cena de um filme de terror, mas a lanterna de Adam logo revelou que os únicos vizinhos intrometidos à espreita do lado de fora da capela eram o pequeno rebanho de ovelhas pelo qual passamos na trilha mais cedo. É provável que tenham nos seguido até aqui esperando que alguém as alimentasse. No escuro, seus corpos se misturavam com a espessa camada de neve branca que cobre tudo desde que chegamos, de modo que tudo o que podíamos ver eram seus olhos.

"Um dia ainda vamos rir disso", disse Adam, tirando o casaco de novo.

Não tenho tanta certeza.

Mantenho meu casaco — estou congelando — e observo enquanto ele tranca as portas da frente com uma chave gigante e antiga. Nunca a vi antes, mas estou tão cansada que talvez ela estivesse lá o tempo todo e passou despercebida por mim. Há muito tempo venho planejando essa viagem, não via a hora de viajar e praticamente o intimei a vir para cá, mas agora sinto uma estranha saudade de casa.

Adam é um eremita confesso. Ele é mais feliz quando está no seu escritório anexo com seus personagens, se perdendo dentro do mundo imaginário de sua cabeça, de forma que às vezes precisa lutar para encontrar o caminho de volta. Juro que nunca iríamos a lugar algum se não fosse por mim. Ele tem orgulho de nossa casa e eu também, mas isso não significa que nunca precisamos sair. A casa vitoriana isolada, com fachada dupla, em Hampstead Village, fica muito longe do bairro onde ele cresceu, mas Adam não conta às pessoas sobre essa parte de seu passado. Ele não apenas reescreve sua própria história, ele a apaga.

Nem sempre sinto que pertenço a uma região tão rica de Londres, mas ele se encaixa com perfeição, apesar de ter deixado a escola aos 16 anos para trabalhar em um cinema, com muita ambição e pouca qualificação. Acontece que todo mundo admira os persistentes e Adam nunca aprendeu a desistir. A duas casas da nossa, vive um diretor de teatro; um apresentador de jornal à nossa direita e uma atriz indicada ao Oscar mora na casa ao lado, à esquerda. Isso pode ser intimidador: me preocupar com quem vou encontrar quando passear com o cachorro. Tenho pouco em comum com nossos vizinhos autônomos, ao contrário do meu marido. Não que eu tenha algo contra os alpinistas sociais — sempre achei que quanto mais alto você sobe na vida, melhor é a vista. Mas, às vezes, o sucesso dele faz com que eu me sinta um fracasso. Adam é um legítimo roteirista hoje em dia, enquanto eu ainda sou mais um primeiro rascunho, uma obra em desenvolvimento.

Então, ele me beija na testa. É tão gentil quanto um pai dando um beijo de boa noite em seu filho antes de apagar as luzes. Recentemente, houve muitas vezes em que ele me fez sentir como se eu não fosse boa o suficiente. Mas talvez esteja projetando minhas próprias inseguranças. Talvez ele ainda se importe *de verdade*.

"Não precisa ficar com vergonha", diz ele, e me preocupo com a possibilidade de estar pensando em voz alta.

"Com o quê?"

"Por ter achado que viu um rosto na janela e acabar quebrando aquela ótima garrafa de vinho." Ele sorri para mim e forço um sorriso de volta, até que ele fala: "Você só precisa relaxar".

Sempre que meu marido me diz para relaxar, o efeito tende a ser o oposto. Não respondo nada — ele não me levaria a sério se eu dissesse algo — mas não acho que o rosto na janela foi imaginação. Ao contrário dele, vivo na realidade, em tempo integral. Tenho certeza do que vi, quase certeza, e não consigo me livrar da sensação de estar sendo observada.

Robin

Robin se afastou da janela da capela assim que a mulher que estava lá dentro a viu, mas já era tarde demais. Quando ela começou a gritar, Robin correu.

Fazia muito tempo que ninguém vinha visitar Blackwater. Faz mais de um ano que ela não vê ninguém inesperado por aqui, além de um andarilho ocasional — perdido apesar de todas as engenhocas e bugigangas que parecem carregar hoje em dia —, e sempre há muitos veados e ovelhas no vale. Mas não há pessoas. É uma região muito remota e muito distante da trilha batida para a maioria dos turistas visitarem e até mesmo os habitantes locais sabem que devem ficar longe. O lago Blackwater e a capela ao lado dele têm uma reputação antiga e ela nunca foi boa.

Ainda bem que Robin gosta de sua própria companhia e não tem medo de fantasmas. Os vivos sempre foram um motivo de preocupação maior para ela e é por isso que está de olho nos visitantes e seu cachorro desde que chegaram.

Robin sabia que uma tempestade estava chegando, por isso foi uma surpresa quando eles passaram de carro pelo seu pequeno chalé com teto de palha no final da trilha. Ela não achava que alguém seria louco o suficiente para pegar a estrada costeira ou se arriscar nas trilhas das montanhas com esse tempo. Robin não tem tv, mas havia vários avisos no rádio e não era preciso ser um meteorologista para olhar pela janela. Há dias que o tempo está nublado e muito frio, como sempre acontece antes da neve chegar. Robin vive nas Highlands há um bom tempo, então ela sabe que não se deve confiar no clima escocês, pois ele tem vida própria e não segue regras. Quando uma tempestade se aproxima, todos os habitantes locais reservam um tempo para se preparar e tomar as precauções necessárias, já que sabem, por experiência própria, que isso pode significar ficar preso em casa por dias. Ninguém em sã consciência viria para cá nessa época do ano. A menos que *quisessem* ficar isolados do resto do mundo.

Robin olhava pela janela de seu chalé, escondida atrás das cortinas improvisadas, quando avistou o carro dos visitantes se aproximando e ficou paralisada. Era um negócio antigo, verde-menta, que parecia pertencer a um museu, não a uma estrada. Era um mistério ou um milagre como eles haviam conseguido chegar até Blackwater. Robin não conseguia se decidir.

Ela continua olhando enquanto eles seguem pela pista em direção à capela, antes de estacionarem muito perto da margem do lago, um perigo. Estava um breu lá fora. O vento estava soprando mais forte e a neve caía intensamente, mas os visitantes pareciam não se dar conta do perigo. A capela ficava a uma curta distância a pé de seu chalé, então ela os seguiu para dar uma olhada mais de perto, mantendo distância.

Robin os vê sair do carro e se alegra ao ver o grande cachorro preto saltar do porta-malas. Sempre gostou de animais, mas ovelhas não são, por assim dizer, a melhor companhia. Mesmo a poucos metros de distância, ela acha que o homem aparenta estar cansado e infeliz, mas viagens longas costumam fazer isso com as pessoas e os dois pareciam ter encarado uma. Robin permanece imóvel enquanto o casal e o cachorro caminham até a antiga capela, mas as portas estão trancadas e não há ninguém para recebê-los. Os dois deviam estar morrendo de frio, arriados. Alguém precisava colocá-los para dentro.

Era a mulher que estava dirigindo o carro e Robin ficou fascinada com tudo nela: as roupas da moda que usava, os longos cabelos loiros e a maquiagem bem-feita. Robin não usa nada de novo há anos, ela se veste para se aquecer e se sentir confortável. Não há nada em seu guarda-roupa que não seja feito de algodão, lã ou tweed. Na maioria dos dias, está de uniforme composto por camisas de mangas compridas por baixo de seu antigo macacão, além de dois pares de meias tricotadas para manter os pés aquecidos. O cabelo de Robin agora é longo e grisalho, e ela mesma o corta quando os nós começam a dar trabalho demais. Suas bochechas rosadas são resultado dos ventos gelados, não são coradas, e até mesmo ela tem dificuldade de se lembrar como era e vivia antes.

Robin os observa entrar e depois dá a volta na capela, olhando através dos vitrais. Queria poder ouvir o que eles estavam dizendo, mas o vento roubava as palavras de seus ouvidos. As camadas de roupa que estava usando tinham valido a pena, mas ela não era imune ao frio, ou à curiosidade. Apesar da poeira que havia se depositado desde a última vez que alguém habitou o local, os visitantes logo pareceram se sentir em casa. Acenderam velas e a fogueira que havia sido preparada para eles, esquentaram comida e beberam um pouco de vinho. O cachorro se esticou no tapete e o casal quase se deu as mãos em um determinado momento. De fora, olhando para dentro, era uma cena bastante romântica. Mas as aparências enganam, todo mundo sabe disso.

Eles não pareciam nem um pouco *assustados*.

Ela se perguntava se era porque estavam juntos. O mundo pode parecer menos assustador quando você não tem que enfrentá-lo sozinho. Mas a vida é um jogo de escolhas e algumas das de Robin foram ruins. Consegue admitir isso agora, mesmo que apenas para si mesma, porque não há mais ninguém para ouvi-la. Ao ver o casal começar a relaxar dentro da capela, ela sabia que eles também tinham feito escolhas ruins. Talvez vir para cá estivesse no topo dessa lista.

Amelia

"O que foi?", questiona Adam. É uma pergunta que meu marido faz com frequência, sem querer saber realmente a resposta.

"Nada. Por quê?", respondo enquanto estamos no foyer, olhando um para o outro. Vejo meu reflexo em alguns dos espelhos em miniatura na parede e desvio o olhar. Este lugar parece um pouco *Alice no País das Maravilhas* demais para o meu gosto. Só falta um coelho branco.

"Estava ansioso por outra taça de vinho, mas você acabou com essa ideia quando deixou a garrafa cair...", fala Adam.

"Bem, você disse que a cripta estava lotada delas. Podemos abrir outra..."

"É verdade, estava mesmo, e é sua vez de ir lá embaixo."

"Quê?"

"Quando você perceber que não há nada a temer, o medo vai passar."

Não sei se concordo com essa lógica, mas tenho uma formação feminista e tudo o que meu marido pode fazer, eu também posso. Portanto, apesar de não querer descer à cripta, eu vou. Para marcar uma posição e também para obter o tão necessário álcool.

Percebo que Adam fecha cada porta atrás de nós enquanto voltamos para a cozinha, como se estivesse tentando manter algo *do lado de fora*. Embora eu tenha certeza de que ele deve estar apenas tentando manter o calor *aqui dentro*. Quando chegamos à despensa, ele abre o alçapão no chão e meus sentidos são atacados na mesma hora por um cheiro úmido, de mofo.

"O que é isso?", pergunto.

Ele dá de ombros. "Umidade?"

É muito mais pungente do que qualquer cheiro de mofo que eu já tenha sentido antes.

"Passa a lanterna", peço.

"A bateria está completamente descarregada, mas há um interruptor de luz lá embaixo. Fica à direita, assim que você chega lá embaixo."

Ele segura o alçapão aberto e começo a descer os degraus de pedra. Não há corrimão para me segurar, por isso desço pela parede. Não é apenas frio, é úmido. Viscoso, para ser mais precisa. Meus dedos encontram o interruptor e um tubo fluorescente horroroso no teto ganha vida, criando um brilho verde assustador. O zumbido que faz é estranhamente reconfortante.

Adam estava certo, não há fantasmas ou gárgulas, mas é certo que o lugar *parece* aterrorizante. Tudo é feito de pedra de aparência muito antiga — as paredes, o teto, o piso — e está tão frio aqui embaixo que consigo ver minha respiração. Conto três anéis de metal enferrujados embutidos na parede e faço o possível para não pensar na finalidade para a qual foram usados. Avisto as prateleiras de vinho ao longe e corro para dar uma olhada mais de perto, ansiosa para voltar para o andar de cima. Algumas garrafas estão cobertas com tanta sujeira e poeira que é impossível ler os rótulos, mas vejo o que parece ser uma garrafa de Malbec.

Então, as luzes se apagam.

"Adam?", chamo.

O alçapão acima de mim se fecha abruptamente.

"Adam!", grito, mas ele não responde, e só consigo ver a escuridão.

Robin

Robin nunca teve medo do escuro. Ou de tempestades. Ou das coisas estranhas que às vezes acontecem na Capela Blackwater. Mas, ao contrário dos visitantes, Robin está sempre preparada.

Hoje cedo, ela fez sua ida mensal à cidade para comprar tudo o que precisava. A viagem pelo vale e pelas montanhas leva pouco mais de uma hora, ida e volta, e fazer compras nunca foi uma das coisas favoritas de Robin. Ela está um pouco enferrujada quando se trata de habilidades sociais; viver tanto tempo sozinha pode fazer isso com uma pessoa. Aprendeu a conviver com a solidão da vida, mas ainda se preocupa com os sons estranhos que sua boca faz hoje em dia, nas raras ocasiões em que a abre. Por isso, ela tende a mantê-la fechada.

Ser tímida e ser antipática não são a mesma coisa, é triste que a maioria das pessoas não consiga perceber a diferença. Seu velho Land Rover já viu dias melhores — um pouco como sua dona — mas, pelo menos, é fácil de dirigir e confiável, mesmo quando o tempo fecha. A "cidade" é, na verdade, apenas o vilarejo mais próximo. Um lugar pacato chamado Hollowgrove, na intocada costa oeste da Escócia. Consiste em pouco mais do que um punhado de casas e um "mercado local". O mercado — que também funciona como agência dos correios — só estoca itens essenciais, isso se você tiver sorte. Todos começam a comprar desesperados quando sabem que há uma tempestade a caminho, e muitas prateleiras já estavam vazias. As frutas e os legumes frescos tinham acabado, assim como o pão e os rolos de papel higiênico. O motivo pelo qual as pessoas precisavam estocar esses produtos estava além da sua compreensão.

Robin pegou o último litro de leite, um pouco de queijo, alguns fósforos, velas e seis latas de um macarrãozinho da Heinz em formato de argolinhas. Ela já tinha pelo menos vinte latas de feijão cozido da Heinz em casa e um armário só de tangerinas enlatadas da Del Monte, além de caixas de leite longa vida suficientes para hidratar uma escola primária. Suas escolhas alimentares não têm nada a ver com a tempestade. Robin gosta de comida enlatada. E gosta de sempre ter em casa uma quantidade suficiente para ter certeza de que vai demorar para passar fome.

Ela pega os últimos vidrinhos de papinha de bebê nas prateleiras e coloca na cesta. A mulher atrás do caixa fez uma pausa antes de examiná-los — como sempre — e Robin sentiu-se encolher um pouco sob o peso de seu olhar. Ela tem comprado papinha de bebê nesse mercado há muito tempo, mas as pessoas sabiam que não deveriam perguntar sobre um bebê. Todos sabiam que ela não tinha um.

O crachá do caixa dizia: PATTY. O nome somado ao rosto da mulher fez Robin pensar em carne crua de hambúrguer,* o que a deixou com náuseas. Patty estava na casa dos 50 anos, mas parecia mais velha em suas roupas desalinhadas e avental vermelho. Tinha cabelo loiro bagunçado e infantil, pele amarelada e sombras escuras sob os olhos redondos. Robin notou que a mulher engolia em seco sem motivo algum, o que só parecia acentuar sua papada caída. Patty era uma pessoa que se revolvia entre fofocas maliciosas e autopiedade. Robin não pretendia julgar a mulher que a estava julgando, ela tendia a se afastar de seres humanos rudes ou indelicados e já havia testemunhado Patty sendo ambos. A mulher ostentava sua amargura como uma medalha, feito o tipo de pessoa que escreve resenhas de livros ruins pelo prazer de dar uma única estrela.

---

* Além de um nome próprio comum, a palavra *patty* também é utilizada para se referir à massa de carne moída e crua que pode ser usada para fazer hambúrgueres. [NT]

Robin pensou em cumprimentá-la, pois sabia que era isso que as "pessoas normais" faziam. Mas, se houvesse um teste de gentileza, era claro que Patty seria mil vezes reprovada. Então, embora Robin às vezes desejasse iniciar uma conversa, só para ver se ainda conseguia, Patty era alguém com quem ela não queria interagir.

Quando Robin voltou para o chalé, a energia já havia acabado e o lugar estava escuro e frio. Não era grande coisa — uma pequena construção de pedra com dois quartos, um telhado de palha e um banheiro externo. Mas era dela. E era o mais próximo de um lar que tinha. O chalé havia sido construído à mão há mais de duzentos anos, para o padre que cuidava da capela quando ela ainda era usada para seu propósito original. Algumas das grossas paredes de pedra branca desmoronaram em alguns lugares, revelando tijolos de granito escuro. As impressões digitais dos homens que os fizeram ainda são visíveis, dois séculos depois, e sempre anima Robin pensar que ninguém desaparece por completo. Todos nós deixamos uma pequena parte de nós mesmos para trás.

A mãe de Robin às vezes dormia nesse chalé. Anos atrás, quando Robin era apenas uma criança e as coisas estavam... difíceis em casa. Sua mãe tinha uma chave e vinha para cá sempre que precisava fugir ou se esconder. Era uma mulher feliz aprisionada em uma triste. Adorava cantar, cozinhar, costurar, e tinha a incrível habilidade de fazer com que tudo — inclusive ela mesma — parecesse belo. Até mesmo esse chalé triste. Robin a seguia até aqui — ela sempre ficava do lado da mãe em qualquer discussão — e elas se sentavam juntas em frente à lareira, consolando uma à outra sem palavras e esperando que a última tempestade conjugal passasse. O lugar se tornou um refúgio improvisado para as duas. Elas o tornaram aconchegante, com cortinas e almofadas feitas em casa, velas para iluminá-lo e cobertores para mantê-las aquecidas. Mas tudo isso já havia desaparecido há muito tempo quando Robin voltou anos depois. Assim como a mãe de Robin. Uma memória reduzida ao pó.

A palha é um pouco mais recente do que as paredes do chalé e está com alguns buracos, mas eles podem ser consertados quando o tempo esquentar. O que acontecerá, porque sempre acontece. Isto é o que Robin aprendeu sobre a vida agora que está mais velha: o mundo continua girando e os anos passam, indiferente ao quanto ela gostaria de poder voltar no tempo. Ela se pergunta muito por que as pessoas só aprendem a viver no presente quando o presente já passou.

Robin tem poucos móveis. Sua cama é feita de uma série de paletes de madeira que ela encontrou na beira da estrada, mas é surpreendentemente confortável, graças a uma espessa camada de cobertores de lã e almofadas feitas em casa. Na sala da lareira — onde ela passa a maior parte do tempo para se aquecer — há uma pequena mesa com uma perna torta e uma velha poltrona de couro que ela resgatou de uma caçamba em Glencoe. Ter seus próprios pertences era mais importante para Robin do que a aparência ou a procedência dos objetos. Não possuía muito quando chegou aqui, apenas uma mala cheia de suas coisas favoritas. Robin deixou todo o resto para trás.

Os pratos, talheres, xícaras e copos da casa de campo foram todos emprestados — alguns diriam que foram levados — de cafés e pubs que ela visitou nas Highlands. Robin nunca via como roubo quando colocava os itens sujos em sua bolsa, pois sempre deixava uma gorjeta. Uma vez, pegou um livro de visitas de uma casa de chá, embora não soubesse bem por quê. Talvez todas as mensagens amigáveis, escritas à mão, a fizessem se sentir menos solitária. Robin juntou tudo que *precisava* antes que o dinheiro acabasse. Ela não tinha tudo o que queria, mas isso era outra história. O dinheiro que lhe restava era guardado apenas para emergências e é certo que essa era uma delas.

Sem previsão da eletricidade voltar num futuro próximo, ela acende algumas velas antes de montar uma pequena fogueira na grade da lareira para se aquecer. Em seguida, ela prende uma lata de feijão cozido sobre as chamas. Refeições quentes são importantes em climas frios e essa não é a primeira vez que Robin cozinha para si mesma em uma tempestade. Quando a lata estiver vazia, vai lavá-la e esculpirá dois olhos e um sorriso nela, então vai usá-la como castiçal. Há rostos em latas por toda a sua pequena casa. Alguns felizes, outros tristes. Alguns com raiva.

Usando luvas de forno que não combinam entre si, ela retira a lata de cima do fogo e come o feijão quente direto dali. Isso economiza tempo e louça. Quando termina o jantar, ela abre uma papinha de bebê e coloca o conteúdo em uma tigela. Sabe que ele comerá quando estiver com fome.

Robin se acomoda na velha poltrona de couro. Está usando luvas sem dedos dentro de casa, mas suas mãos ainda estão geladas. Ela joga outra tora no fogo e, em seguida, procura o cachimbo de madeira no bolso do cardigã, segurando-o como se fosse um velho amigo. Ele nem sempre foi dela — é mais uma coisinha que ela pegou emprestado. Às vezes é suficiente apenas senti-lo, mas não esta noite. Ela o tira do bolso, junto com uma pequena lata redonda de tabaco. É um cachimbo Rattrays, produzido na Escócia, assim como ela. Um clássico *Black Swan*.

Ela abre a lata e coloca três pitadas de tabaco, como *ele* lhe ensinou quando era pequena. A sensação é de estar emplumando um ninho antes de queimá-lo. Alguns fios caem em seu colo, onde ficam, abandonados por mãos instáveis. Ela percebe a pele seca e as unhas roídas ao riscar um fósforo, então fecha os olhos por um breve momento para se esconder de si mesma enquanto desfruta do cheiro do cachimbo e da dose de nicotina que desejou durante todo o dia.

Robin encara a capela ao longe. Da janela, ela consegue ver que as luzes ainda estão acesas. Ao contrário de seu pequeno chalé, a capela ainda tem energia, porque o proprietário sofreu muitas tempestades escocesas e instalou um gerador há alguns anos. O que foi ótimo para eles. Ela ouve o rádio enquanto espera; Robin é boa em esperar. A paciência é a resposta para muitas das perguntas da vida. Continua sentada, à espera, mesmo quando o cachimbo está vazio e o fogo já se apagou. Ela ouve as vozes no rádio — tão familiares quanto velhas amigas — enquanto informam que a tempestade já causou vários acidentes de trânsito. Robin se pergunta se os visitantes sabem da sorte que tiveram ao chegar aqui inteiros. Quando olha pela janela de novo e vê que a capela está na mais completa escuridão, pensa que a boa sorte deles pode estar prestes a mudar.

Talvez ela tenha se esgotado por completo. Só o tempo dirá.

Então, Robin ouve algo, pequenos passos na escuridão atrás dela. A tigela de papinha de bebê está vazia. Ela foi completamente lambida e isso a deixa feliz. Companhia é companhia, seja qual for a forma que ela assuma.

Amelia

Só posso estar louca para pensar isso, mas acho que não estou sozinha na cripta. Pisco os olhos na escuridão e me viro, mas não consigo ver nada. Na minha cabeça, as paredes estão se fechando sobre mim e acho que ouvi meu nome sendo sussurrado nas sombras.

Amelia. Amelia. Amelia.

Logo, começo a perder o controle da respiração. Sinto o peito apertar como se um algo muito pesado pressionasse meus pulmões e imagino mãos invisíveis me estrangulando quando minha garganta começa a se fechar.

Então, o alçapão se abre acima, mas ainda não consigo enxergar.

"Você está bem?" A voz de Adam me chama na escuridão.

"Não! O que aconteceu?"

"Não sei, acho que um corte de energia. Deixei a porta cair quando as luzes se apagaram, desculpa. Tente vir em direção aos degraus."

"Eu... não consigo... respirar!"

Ele não apenas ouve as palavras, mas também o som ofegante de minha respiração entre elas.

"Cadê sua bombinha?", grita Adam.

"Não... sei. Na bolsa de mão."

"Onde está isso?"

"Não me lembro. Na cozinha... na mesa?"

"Espera aí", diz ele, como se eu tivesse escolha.

Tenho asma desde pequena — o fato de ter sido criada por pessoas que fumavam como chaminés e de ter vivido em apartamentos no centro da cidade provavelmente não ajudou. Nem todos os meus pais adotivos se preocupavam com crianças. Nos últimos tempos, a asma não é um problema tão grande, mas ainda há coisas que podem desencadear um ataque. Ficar presa em uma cripta subterrânea no escuro parece ser uma delas. Me inclino para frente tentando encontrar os degraus para sair daqui, mas meus dedos só encontram uma parede úmida e uma argola de metal frio. Isso me dá calafrios. Se ao menos as pilhas da lanterna não tivessem acabado ou se eu estivesse com meu celular. Penso em todas as velas da biblioteca, desejando ter uma agora, mas então me lembro da caixa de fósforos que usei para acendê-las. Ela ainda está no meu bolso.

O primeiro fósforo que acendo se apaga quase que de imediato — é uma caixa velha.

Uso o segundo para tentar me orientar, mas ainda não consigo ver os degraus e estou lutando para encher os pulmões de ar.

O terceiro fósforo que acendo ilumina parte da parede por um segundo e percebo todas as marcas de arranhões em sua superfície. É como se alguém, ou algo, já tivesse tentado sair daqui usando suas garras.

Tento manter a calma, lembrar de respirar, mas então a chama queima as pontas dos meus dedos e deixo cair o último fósforo no chão.

Tudo fica escuro.

E então, ouço de novo. Meu nome sendo sussurrado. Bem atrás de mim.

Amelia. Amelia. Amelia.

Minha respiração está muito fraca, mas não consigo controlá-la e acho que vou desmaiar. Não importa para qual direção eu olhe, tudo o que vejo é escuridão. Então, ouço o som de arranhões.

Adam

Demoro muito mais do que deveria para encontrar a bombinha de Amelia.

Seus ataques de asma são raros, mas sempre acho que é bom estar preparado para o pior. A vida me fez pensar assim e acho que é melhor, mesmo. Procurar a bolsa da minha esposa nunca é uma tarefa fácil — nem mesmo para ela —, mas tentar adivinhar onde ela pode tê-la deixado em um lugar desconhecido, na escuridão total, é algo que leva tempo. Tempo que sei que ela não tem. Quando finalmente sinto a bolsa de couro, encontro a bombinha dentro dela e corro de volta para o alçapão. Bob começou a arranhar a madeira, e consigo ouvir Amelia chorando.

"Você precisa encontrar os degraus", digo.

"O que... acha... que estou tentando... fazer?"

Ela não consegue respirar.

"Está bem, vou descer."

"Não! Não, você vai... cair."

"Pare de falar e concentre-se em sua respiração. Já estou indo."

Me aproximo devagar, um pé tocando um degrau de cada vez, o som da respiração em pânico de Amelia me guiando na escuridão. Eu a encontro contra a parede oposta de onde ela precisava estar e coloco a bombinha em suas mãos trêmulas. Ela a sacode e ouço duas tragadas.

Então a energia retorna, a lâmpada fluorescente no teto volta a brilhar e a cripta é banhada por uma luz fantasmagórica.

"Deve ter um gerador", digo, mas Amelia não responde.

Em vez disso, ela apenas se agarra a mim e eu a envolvo com os braços. Ficamos assim por um longo tempo e me sinto estranhamente protetor em relação a ela.

O que eu *deveria* sentir é culpa, mas não sinto.

Amelia

Ele me abraça e eu deixo, enquanto espero minha respiração voltar ao normal. Penso no que a terapeuta para casais perguntou na primeira sessão. "Pode me chamar de Pamela" — como Adam a apelidou — sempre pareceu entender do que estava falando, mas confesso que minha confiança nela diminuiu um pouco quando descobri que ela mesma havia se divorciado duas vezes. *O que o casamento significa para você?* Lembro-me de como ela fez a pergunta e lembro-me da resposta de Adam. *O casamento pode ser um bilhete de loteria premiado ou uma camisa de força.* Ele achou engraçado. Eu não achei.

Ele me beija na testa, gentil, como se estivesse com medo de que eu me quebrasse. Mas sou mais forte do que ele imagina. E mais esperta também. O beijo parece antisséptico, feito um tranquilizante.

"Que tal levarmos essa garrafa para a cama?", pergunta ele, pegando o Malbec e segurando minha mão enquanto me leva para fora da cripta. Às vezes, é melhor deixar que as pessoas pensem que você vai segui-las, até ter certeza de que você não vai se perder sozinho.

Há uma escada circular de madeira no meio da biblioteca, que leva ao que deve ter sido um balcão no primeiro andar, quando ainda era uma capela. Acho que a madeira é toda original, certamente parece ser, e cada degrau range de forma bastante teatral. Bob vai na frente, subindo as escadas trotando, quase como se soubesse para onde está indo.

Não consigo evitar olhar para as fotos pelas quais passamos nas paredes brancas de pedra. A série de retratos emoldurados em preto e branco começa na parte inferior da escada e vai até o topo, como uma árvore genealógica fotográfica. Algumas das fotos estão quase completamente desbotadas, suas vidas se esvaindo devido à luz do sol e ao tempo, mas as mais recentes — mais próximas do térreo — estão em boas condições e até parecem um pouco familiares. No entanto, não reconheço os rostos nelas. E não faz sentido perguntar ao Adam, que nem mesmo reconhece o próprio rosto no espelho. Percebo que três molduras estão faltando, restam apenas formas retangulares descoloridas e pregos cor de ferrugem na parede onde costumavam estar penduradas.

Um tapete vermelho preso com hastes de metal percorre o meio da escada — diferente do piso frio de pedra lá embaixo — e ela termina em um patamar estreito. Há quatro portas à nossa frente. Todas estão fechadas e têm exatamente a mesma aparência, exceto uma que tem uma placa vermelha que diz PERIGO — MANTENHA DISTÂNCIA pendurada na maçaneta. Há uma caminha de cachorro com estampa de xadrez escocês em frente a ela, junto com um bilhete datilografado como o que encontramos na cozinha quando chegamos:

Nada de cachorro no quarto.
Por favor.
Esperamos que aproveitem a estadia.

O "por favor" parece uma reflexão tardia e um pouco passivo-agressiva, solitário ali em uma nova linha, mas talvez eu esteja interpretando demais. Bob cheira a caminha, abana o rabo e se senta contente como se fosse a sua própria cama. Meu cão não sofre de ansiedade de separação como eu, e — ao contrário de mim — consegue dormir em qualquer lugar, a qualquer hora.

"Bem, ele já se virou. O bilhete anterior não dizia que um dos quartos tinha sido preparado para nós?", diz Adam.

"Sim, mas não me lembro qual."

"Só há um jeito de descobrir."

Ele tenta abrir cada uma das portas disponíveis, todas estão trancadas, até que a última se abre com um rangido dramático que combina com a trilha sonora das escadas. Somado com o vento uivante do lado de fora, é o suficiente para dar a qualquer um uma boa dose de calafrios.

"Um pouco de limpeza não faria mal a esse lugar", comenta Adam, acendendo a luz, e eu o sigo para dentro do cômodo.

Fico chocada com o que vejo.

O quarto é igualzinho ao nosso em casa. Não é uma cópia fiel — os móveis são diferentes — mas a cama é coberta com os mesmos travesseiros, cobertores e mantas. E as paredes foram pintadas exatamente com o mesmo tom: um cinza chamado Mole's Breath, da marca Farrow and Ball. Redecorei de surpresa há alguns anos e nunca vou me esquecer do quanto Adam odiou.

Nós dois ficamos parados e nos entreolhamos por um momento.

"Não entendo o que estou vendo", sussurro.

"Suponho que seja um pouco parecido com o nosso..."

"Um pouco?"

"Bem, não temos vitrais em Londres."

"Isso é muito estranho."

"Também não temos um relógio de pêndulo", diz ele, e é verdade. O relógio que parecia antigo no canto da sala parece fora do lugar e o som do tique-taque soa mais alto em meus ouvidos.

"Adam, estou falando sério. Você não acha que tudo isso é um pouco esquisito?"

"Sim e não. Devem ter tirado essa ideia do mesmo lugar que você. Não foi você que comprou tudo o que havia no nosso quarto de uma empresa porque conseguiu um desconto de cinquenta por cento na promoção? Você se apaixonou pela foto de um quarto no folheto deles e comprou literalmente tudo. Me lembro bem da fatura do cartão de crédito. Talvez o proprietário deste lugar tenha feito o mesmo."

O que ele está dizendo é verdade. *De fato*, me apaixonei pela foto de um quarto em um folheto e comprei quase tudo que havia nele, apesar dos preços ridículos. Suponho que não seja impossível que quem renovou a capela tenha um gosto semelhante. O local foi decorado de um jeito lindo, apesar de todas as superfícies estarem cobertas de poeira. O que me faz notar que — ao contrário do resto da propriedade — o quarto está impecável. Sinto até o cheiro de lustra-móveis.

"Está limpo", digo.

"Com certeza isso é uma coisa boa."

"Todos os outros quartos estavam cobertos de poeira e..."

"Talvez devêssemos substituir nossas luminárias de mesa por essas em casa?", sugere Adam, interrompendo-me e acendendo um dos antigos castiçais ao lado da cama. Ele tinha uma caixa de fósforos no bolso, como se soubesse que estariam aqui. Quando as luminárias começam a piscar e a projetar sombras pelo quarto, não consigo deixar de pensar que parecem emprestadas do cenário de *Um Conto de Natal*. Ainda estão com o preço colado na parte de baixo.

"Parecem tão antigas, mas devem ser novas", fala Adam, levantando uma delas.

"Tudo parece tão... falso, como se estivéssemos em um filme de nossas vidas e alguém tivesse criado o cenário com réplicas baratas dos originais."

"Eu acho que eles são legais."

"Acho que são um risco de incêndio eminente."

Abro outra porta e encontro um banheiro que não se parece em nada com o nosso em casa. Tudo é genuinamente antigo e há marcas na parede e no chão onde, imagino, havia uma banheira com pés em forma de garra. O mesmo do banheiro de baixo — não havia banheira, apenas um espaço vazio onde com certeza houve uma. Há bolor nos azulejos da parede e na pia. Quando abro as torneiras, tudo que sai é um som estranho.

"Suspeito que os canos estejam congelados", fala Adam, de dentro do quarto.

"Ótimo. Estava desejando tomar um banho quente", respondo, deixando o cômodo para me juntar a ele. O quarto agora está iluminado apenas a luz de velas e parece mais aconchegante. Percebo que ele abriu o vinho e serviu duas taças. Quero aproveitar desta vez, então vou fechar as cortinas; ainda estou um pouco assustada com a possibilidade de, mais cedo, alguém ter estado do lado de fora nos observando. Há um aquecedor velho embaixo da janela, mas está muito gelado, o que explica eu também estar.

"Há outras maneiras para nos aquecermos", insinua Adam, deslizando seus braços ao redor da minha cintura e beijando meu pescoço.

Já faz algum tempo que não durmo com meu marido.

Era diferente no começo do nosso relacionamento — não conseguíamos tirar as mãos um do outro naquela época —, mas tenho certeza de que esse é o caso de muitos casais. Parece besteira, já que estou casada há tanto tempo, mas a ideia de tirar a roupa me apavora. Meu corpo não se parece mais com o que era antes.

"Só vou me trocar", digo, pegando algo da mala antes de me retirar para o banheiro. "Dê uma olhada embaixo da cama para ver se não há fantasmas enquanto espera."

"E aí?"

"Espere."

Com a porta fechada entre nós, começo a me sentir mais calma de novo. Mais no controle. Finjo não saber por que estou tão nervosa em ter um momento íntimo com meu próprio marido, mas é uma daquelas pequenas mentiras que conto a mim mesma. Como todos nós fazemos. Fico descalça no chão frio de azulejos do banheiro desconhecido e encaro a mulher no espelho, depois desvio o olhar enquanto tiro o resto das roupas. A nova camisola preta de seda e renda que comprei só para essa viagem não me transforma em outra pessoa, mas pode ajudá-lo a se excitar. É errado querer ser desejada pelo homem com quem me casei?

Abro a porta do banheiro, tentando parecer sexy ao sair de trás dela, mas não precisava ter me incomodado. O quarto está vazio. Adam se foi.

Adam

Uma placa de MANTENHA DISTÂNCIA não faz com que todos queiram ver o que há por trás dela? Sempre me senti bastante atraído pelo perigo.

Sei que Amelia levará uma eternidade para se "trocar" no banheiro e a espera me entedia. Então, tomo um gole de vinho e volto para o corredor para ver se Bob quer me fazer companhia. Mas ele já está dormindo profundamente. E roncando.

É então que a placa de PERIGO — MANTENHA DISTÂNCIA chama minha atenção e não consigo resistir a experimentar mexer na maçaneta da porta em que ela está pendurada. É certo que não há nada *tão* perigoso se escondendo atrás dela. Todas as outras portas aqui em cima estavam trancadas, mas quando girei a maçaneta, esta se abriu. Não sei o que eu estava esperando, mas acho que algo mais emocionante do que uma escada estreita de madeira que leva para cima. Posso ver outra porta no topo dela. Bob abriu um olho e resmungou em minha direção. Mas a curiosidade matou o gato, não o cachorro ou o homem, e agora quero mesmo saber o que há no topo da escada.

Não há luz, então pego uma das velas do quarto e subo, um degrau por vez, e eles rangem. Sinto algo tocar meu rosto na escuridão e imagino dedos minúsculos, mas são apenas teias de aranha. Acho que ninguém limpa essa parte da casa há muito tempo também. Imagino que a porta no topo da escada proibida esteja trancada. Mas não está. Assim que a abro, uma enorme rajada de vento apaga a vela e quase me derruba.

A torre do sino.

O ar gélido lá fora parece um tapa na cara, mas a vista de cima da capela é espetacular. Sinto que posso ver o mundo inteiro daqui— o vale, o lago, as montanhas ao longe, tudo iluminado por uma lua cheia. Enfim a neve parou e as nuvens se abriram para revelar um céu escuro decorado com estrelas. O sino — que é bem maior do que parece visto do chão — é cercado por quatro paredes brancas na altura dos meus joelhos. Não há corrimão de segurança e mal há espaço suficiente para contornar a atração principal, mas vale a pena correr o risco para apreciar a vista de 360 graus de todos os ângulos possíveis.

Quando olho para o céu noturno, me parece quase inconcebível que algo tão mágico esteja ali o tempo todo. Estamos todos muito ocupados olhando para baixo e não nos lembramos de olhar para cima, para as estrelas. Fico triste quando penso em todas as coisas que já devo ter perdido na vida, mas pretendo mudar isso.

Pego o celular do bolso para tirar uma foto — o celular que minha esposa acha que ainda está em casa, em Londres. Fiquei enojado quando a vi tirá-lo do porta-luvas do carro antes de sairmos, antes de escondê-lo em casa. Me senti ainda pior quando ela mentiu sobre onde ele estava, *me* culpando por tê-lo esquecido. Ela vem se comportando de forma estranha há meses e agora sei que não estou imaginando.

Amelia visitou um consultor financeiro esses dias. Ela não me contou sobre isso até ter ido. Disse que eu passava muito tempo me preocupando com o passado e que ela queria se preparar melhor para o futuro. No início, não percebi que estava se referindo ao *dela*, não ao *nosso*. Que outra explicação existe para ter feito um seguro de vida em meu nome e ter me pedido para assiná-lo quando achou que eu estava bêbado há algumas semanas?

"Só acho que estamos em uma idade em que precisamos planejar com antecedência", disse ela, depois das onze da noite em um dia de aula, com uma caneta na mão.

"Só tenho 40 anos."

"E se algo acontecesse com você?", insistiu Amelia. "Eu não teria condições de pagar uma casa grande em Hampstead Village sozinha com meu salário. Bob e eu viraríamos sem-teto." O cachorro — ao ouvir o próprio nome — olhou para mim, como se estivesse envolvido.

"Você não viraria *sem-teto*. Na pior das hipóteses, teria que se mudar para uma casa menor..." Ela balançou a cabeça e virou a caneta para mim. Assinei a papelada, pois estava cansado demais para discutir e porque minha esposa é uma daquelas mulheres a quem é difícil dizer não.

Talvez seja porque seus pais morreram quando ela nasceu, ou talvez seja por causa de todas as coisas tristes que vê no trabalho quase todos os dias, mas Amelia pensa na morte mais do que eu acho normal. Ou saudável. Em especial agora que parece tão preocupada com a minha.

Minha esposa está planejando algo, tenho certeza disso. Só não sei o quê.

Não estou tendo uma crise de meia-idade.

Nos últimos tempos, ela vive me acusando disso.

Acho que todo mundo chega a uma idade em que começa a questionar o que conquistou na vida, se acertamos nas escolhas que fizemos. Mas também acredito que o que eu faço — contar histórias — é importante. As histórias nos ensinam sobre nosso passado, enriquecem o presente e podem prever o futuro. Então, eu diria que é isso. As palavras que escrevi são tudo o que restará de mim quando eu morrer.

Atores e diretores recebem toda a glória no meu ramo e a maior parte da minha carreira foi dedicada à adaptação de romances de outras pessoas, mas são as minhas palavras que você ouve quando assiste a um programa de TV ou filme em que trabalhei. *Minhas*. Nem sequer li o livro que me pediram para adaptar no ano passado. Decidi que, de uma forma ou de outra, a história que fosse criada pertenceria a mim. A produtora do programa disse que gostou mais da minha versão do que do romance e fiquei extasiado. Por um tempo. Mas aí ela pediu alterações, porque é isso que essas pessoas fazem. Então eu as fiz e entreguei o próximo rascunho. Em seguida, o diretor pediu alterações, porque é isso que *eles* fazem. Alguns meses depois, até mesmo um dos atores pediu alterações, porque é claro que eles conhecem os personagens melhor do que eu, mesmo que tenham saído da *minha* cabeça. Portanto, embora eu jure que meu terceiro ou quarto rascunho era muito melhor do que a versão final, fiz as alterações porque, se não as fizesse, teria sido demitido e algum outro idiota teria me substituído. Porque é assim que esse ramo funciona.

Minha vida é igual ao meu trabalho, com pessoas sempre querendo me mudar. Tudo começou com minha mãe. Quando meu pai se foi, ela fazia turnos duplos no hospital para me criar e manter um teto sobre nossas cabeças. Morávamos no décimo terceiro andar de um bloco de apartamentos em um conjunto habitacional no sul de Londres. Não tínhamos muito, mas sempre tivemos o suficiente. Ela costumava me repreender por assistir muita TV enquanto ela trabalhava — dizia que meus olhos iam ficar quadrados —, mas não havia muito mais o que fazer que não envolvesse me meter em encrenca. Ela preferia que eu lesse, então eu lia e no meu aniversário de 13 anos, ela me deu 13 livros. Eram, todos eles, edições especiais de autores que eu adorava quando era garoto, e ainda os tenho até hoje em uma pequena prateleira no escritório anexo onde escrevo. Ela deixou um recado em uma primeira edição do meu romance favorito de Stephen King: *Aproveite as histórias da vida das outras pessoas, mas não se esqueça de viver a sua própria.*

Minha mãe morreu três meses depois. Saí da escola quando tinha 16 anos porque precisei fazer isso, mas sempre estive determinado a deixá-la orgulhosa. Tudo o que fiz desde então foi no intuito de me tornar alguém que ela não tentaria mudar.

Tive uma série de namoradas que também tentaram me mudar, mas não conseguiram, até que conheci minha mulher. Pela primeira vez na vida, encontrei alguém que me amava por quem eu era e não queria mudar isso. Finalmente pude ser eu mesmo e escrever minha própria história, sem medo de ser abandonado ou substituído. Talvez seja por isso que eu a amasse tanto, no início. Mas o casamento muda as pessoas, quer elas gostem ou não. Não se pode voltar o ovo para a casca quando já se preparou uma omelete.

Tento afastar os pensamentos negativos de minha mente e me concentrar na vista. Estar tão alto me faz lembrar de quando morava no décimo terceiro andar quando era criança. À noite, quando não conseguia dormir — o apartamento tinha paredes finas —eu abria a janela do meu quarto até o limite e ficava olhando para o céu noturno. O que mais me lembro são os aviões — nunca havia andado em um. Costumava contá-los e imaginar todas aquelas pessoas inteligentes, sortudas e ricas o suficiente para estarem voando para algum lugar, ao contrário de mim. Eu me sentia preso, mesmo naquela época. Ao contrário da vista de um bloco de conjunto habitacional em Londres, aqui não há prédios em nenhuma direção, nenhum sinal de vida, e tudo está coberto de neve, banhado pela luz da lua. Estamos realmente sozinhos aqui, que era o que Amelia queria.

As pessoas deveriam ter mais cuidado com o que desejam.

Há um lado de minha esposa que ninguém mais vê, porque ela é muito boa em escondê-lo. Só porque Amelia trabalha em uma instituição de caridade para animais, isso não faz dela uma santa. Isso não significa que nunca tenha feito nada de ruim, muito pelo contrário. Há florestas menos sombrias do que a minha esposa. Ela pode enganar todo mundo, mas eu sei quem ela é de verdade e do que é capaz. É por isso que estou com o emocional falido hoje em dia — Amelia gastou todo o amor que eu tinha por ela.

Não estou fingindo que não tenho culpa em tudo isso.

Nunca pensei que eu seria o tipo de homem que trai a esposa.

Mas traí. E, de alguma forma, ela descobriu.

Suponho que isso me faça parecer o vilão, mas também há uma vilã nessa história. Dois errados, às vezes, deixam a coisa feia. E não fui o único que dormiu com alguém que não devia. A Santa Amelia também.

Amelia

"Adam?"

Estou no patamar da escada, segurando uma vela e chamando seu nome. Mas ele não responde. Bob me encara, irritado por eu ter perturbado seu sono, depois olha para a porta com a placa de PERIGO — MANTENHA DISTÂNCIA e suspira. Às vezes, acho que nosso cão é mais esperto do que imaginamos. Mas então me lembro de todas as vezes em que o vi correndo em círculos atrás do próprio rabo e percebo que ele está tão perdido na vida quanto todos nós.

Nunca fui muito boa em seguir regras, então ignoro a placa e abro a porta. Ela revela uma escada estreita de madeira, que leva a outra porta no topo. Dou alguns passos e quase deixo a vela cair quando me deparo com uma teia de aranha. Tento desesperadamente afastá-la do meu rosto, mas ainda sinto como se algo estivesse roçando minha pele no escuro.

"Adam? Você está aí em cima?"

"Sim, a vista é incrível. Traga o vinho e alguns cobertores", diz ele, e o alívio que sinto me surpreende. Cinco minutos depois, estamos juntos na torre do sino da capela e ele tem razão, a vista é realmente mágica. Não há muito espaço e estou com frio — mesmo com o cobertor em volta dos ombros —, mas o vinho está ajudando e, quando Adam vê que estou tremendo, me abraça.

"Não consigo me lembrar da última vez que vi uma lua cheia", sussurra ele.

"Ou tantas estrelas", respondo. "O céu está tão limpo."

"Não há poluição luminosa. Está vendo aquela estrela brilhando mais forte, logo à esquerda da lua?", pergunta ele, apontando para o céu. Nego com a cabeça e observo enquanto ele move o dedo como se estivesse fazendo um W. "Essas cinco estrelas formam a constelação Cassiopeia." Adam é tomado por conhecimentos aleatórios, às vezes acho que é por isso que não há espaço em sua cabeça para pensar em nós ou em mim.

"Quem é Cassiopeia mesmo?"

"Cassiopeia foi uma rainha da mitologia grega cuja vaidade e arrogância levaram à sua queda." Meu marido sabe mais do que eu sobre muitas coisas. Ele é muito culto e um pouco arrogante quando se trata de conhecimentos gerais. Mas se existisse um teste de QI para inteligência emocional, eu sempre me sairia melhor. Há um toque de humor em seu tom quando ele fala sobre as estrelas e não acho que estou imaginando isso.

Há pouco tempo, eu estava fazendo uma pequena faxina, separando coisas antigas, e encontrei uma linda caixa de lembranças de casamento. Era como uma cápsula do tempo do casamento. Uma cápsula que eu havia organizado com cuidado e depois escondido para que meu futuro eu a encontrasse. Havia alguns cartões de amigos e colegas de Battersea, pequenos topos de bolo de Lego dos noivos e uma moeda da sorte. As superstições do Adam insistiam que eu precisava disso em nosso grande — até que pequeno — dia e concordamos que a aliança de safira da mãe dele seria meu "algo emprestado" e "algo azul".* No fundo da caixa, encontrei um envelope com nossos votos escritos à mão. Todas aquelas boas intenções em forma de promessa me fizeram chorar. Lembrei de quem costumávamos ser e de quem eu achava que seríamos para sempre. Mas as promessas perdem valor quando quebradas ou trincadas, como antiguidades cheias de pó e esquecidas. A triste verdade sobre o presente sempre coloca um ponto final nas lembranças felizes de nosso passado.

---

* Antiga tradição supersticiosa para noivas, baseada na rima "something old, something new, something borrowed and something blue" [Algo velho, algo novo, algo emprestado e algo azul]. [NT]

Me pergunto se todos os casamentos acabam da mesma forma. Talvez seja apenas uma questão de tempo até que a vida leve o amor a se desfazer. Mas então penso naqueles casais idosos que vemos nos noticiários todo Dia dos Namorados, aqueles que estão juntos há sessenta anos e ainda são muito apaixonados, sorrindo com suas dentaduras para as câmeras feito namorados adolescentes. Me pergunto qual é o segredo deles e porque ninguém nunca o compartilhou conosco.

Meus próprios dentes começam a tremer. "Talvez a gente devesse entrar."

"O que você quiser, meu amor." Adam só me chama de "meu amor" quando está bêbado e percebo que a garrafa está quase vazia, embora eu tenha tomado apenas uma taça.

Tento me virar de volta para a porta, mas ele me segura. A vista passa de espetacular a sinistra; se qualquer um de nós caísse da torre do sino, morreria. Não tenho medo de altura, mas tenho medo de morrer, então me afasto. Ao fazer isso, esbarro no sino. Não com força suficiente para fazê-lo tocar, apenas para balançar, e, assim que isso acontece, ouço sons bizarros de estalos, seguidos por uma cacofonia de guinchos estridentes. Minha mente leva um segundo para processar o que está vendo e ouvindo.

Morcegos, muitos deles, voam do sino em direção às nossas caras. Adam cambaleia para trás de um modo perigoso, perto da parede baixa, jogando os braços na frente do rosto e tentando afastar os bichos. Ele tropeça e, então, tudo acontece em câmera lenta. Sua boca está aberta e seus olhos estão arregalados e desesperados. Ele está caindo de costas e tentando se segurar em mim ao mesmo tempo, mas pareço estar congelada ali, paralisada de medo enquanto os morcegos continuam a voar ao redor de nossas cabeças. É como se estivéssemos presos em nosso próprio filme de terror feito sob encomenda. Adam bate com força contra a parede e berra enquanto parte dela desmorona. Saio do meu transe, agarro seu braço e em um puxão o afasto da beirada. Segundos depois, ouve-se um forte estrondo dos antigos tijolos caindo no chão. O som parece ecoar pelo vale enquanto os morcegos voam ao longe.

Eu o salvei, mas Adam não me agradece, nem demonstra qualquer sinal de gratidão. A sua expressão é uma que nunca vi em seu rosto e isso me assusta.

Adam

Ela quase me deixou cair.

Sei que Amelia também estava assustada, mas ela *quase me deixou cair*. Isso não é algo fácil de esquecer. Ou perdoar.

Vamos embora. Não me importa se está tarde ou que tenha neve na estrada. Não me lembro nem de termos discutido isso. Estou apenas feliz por estarmos indo embora deste lugar. Mesmo que eu não queira admiti-lo — para mim ou para qualquer outra pessoa — estou encurralado. Neste carro, neste casamento, nesta vida. Há dez anos, eu achava que podia fazer qualquer coisa, ser qualquer pessoa. O mundo parecia cheio de possibilidades infinitas, mas agora não passa de uma série de becos sem saída. Às vezes, quero apenas... recomeçar.

A estrada à frente está escura, não há iluminação pública e sei que não temos muita gasolina no tanque. Amelia não está falando comigo — não diz uma palavra há mais de uma hora —, mas o silêncio é um alívio. Agora que desistimos de passar o fim de semana fora, a única coisa que ainda me preocupa é o clima. A neve parou, mas há uma chuva forte ricocheteando no capô do carro, tocando numa percussão desagradável. Deveríamos reduzir a velocidade, mas acho melhor não dizer isso — ninguém gosta de um motorista no banco do passageiro. É assustador o fato de não termos visto nenhum outro carro ou casa desde que saímos.

Sei que é de madrugada, mas até as estradas parecem estranhas. A vista quase não muda, como se estivéssemos presos em um círculo. Todas as estrelas sumiram e o céu parece um tom mais escuro de preto. Também me dou conta de que estou com mais frio do que antes.

Viro-me para olhar para Amelia e ela é um borrão irreconhecível, as feições de seu rosto se agitam feito um mar revolto. Parece que estou sentado ao lado de uma estranha, não da minha esposa. O fedor do arrependimento se espalha pelo carro como um aromatizador barato e é impossível não perceber o quanto nós dois estamos infelizes. Quando se trata de casamento, nem sempre é possível dar um jeito, remendar. Tento falar, mas as palavras ficam presas em minha garganta. Nem sei ao certo o que eu ia dizer.

Então, avisto a forma de uma mulher caminhando na estrada à distância.

Ela está vestida de vermelho.

A princípio, acho que é um casaco, mas à medida que nos aproximamos, vejo que ela está usando um quimono vermelho.

A chuva está ainda mais forte, ricocheteando no asfalto, e a mulher está encharcada até os ossos. Ela não devia estar fora de casa. Não devia estar na rua. Está segurando alguma coisa, mas não consigo ver o quê.

"Vai devagar", digo, mas Amelia não me ouve, quando muito parece acelerar. "Vai devagar!", repito, mais alto desta vez, mas ela pisa no acelerador.

Olho para o velocímetro enquanto ele sobe de 115 quilômetros por hora para 130, depois 145, antes de o mostrador girar fora de controle. Coloco as mãos na frente do rosto, como se estivesse tentando me proteger da cena à minha frente e vejo que meus dedos estão cobertos de sangue. O tamborilar das gotas de chuva do tamanho de balas no carro é ensurdecedor e, quando olho para cima, vejo que a chuva ficou vermelha.

A mulher está quase na nossa frente agora.

Ela vê nossos faróis, protege os olhos, mas não sai do caminho.

Grito quando ela bate no capô do carro. Depois, horrorizado, vejo seu corpo quicar no para-brisa rachado e voar pelos ares. Seu quimono de seda vermelha se estende atrás dela como uma capa rasgada.

Amelia

"Acorda!"

Repito três vezes, sacudindo-o gentilmente, antes que Adam abra os olhos.

Ele me encara. "A mulher, ela..."

"Que mulher?"

"A mulher de vermelho..."

De novo isso. Eu devia imaginar.

"A mulher de quimono vermelho? Ela não é real, Adam. Você se lembra? Foi só um sonho."

Ele olha para mim como uma criança pequena olha para os pais quando está com medo. Toda a cor de seu rosto se esvaiu e ele está coberto de suor.

"Tudo bem", digo, pegando em sua mão molhada de suor. "Não há nenhuma mulher de quimono vermelho. Você está aqui comigo. Está seguro."

As mentiras podem tanto curar quanto machucar.

Ele mal falou comigo quando descemos da torre do sino mais cedo. Não sei se foi o choque de quase ter caído com a parede que desmoronou, os morcegos ou o excesso de vinho tinto, mas ele se despiu, subiu na cama desconhecida — que se parece com a nossa em casa — e dormiu direto sem dizer uma palavra.

Já faz algum tempo que Adam não tem um de seus pesadelos, mas eles acontecem com bastante frequência e são sempre os mesmos, exceto pelo fato de que ele vê o acidente de um ponto de vista diferente. Às vezes, nos sonhos, Adam está no carro, outras vezes está andando na rua ou assistindo à cena da janela de um apartamento de moradia comunitária no décimo terceiro andar de uma torre, batendo com os punhos no vidro. Ele nunca me reconhece de imediato — o que é normal para nós, devido à sua cegueira facial — mas às vezes pensa que sou outra pessoa. Sempre é preciso vários minutos para acalmá-lo e convencê-lo de que não sou outra pessoa. Seus sonhos têm o hábito de assombrá-lo, independentemente de estar dormindo ou acordado. Seu inconsciente não está escavando em busca do pote de ouro no fim do arco-íris, mas procurando algo muito mais sombrio. Pequenas pepitas de arrependimentos enterrados às vezes escapam pelas frestas, mas as lembranças mais pesadas tendem a afundar em vez de vir à tona.

Queria saber como interrompê-las.

Penso em fazer carinho nas sardas de seu ombro ou fazer cafuné em seu cabelo grisalho, como costumava fazer. Mas não faço. Porque ouço sinos.

Depois de tocar uma melodia assustadora, o relógio de pêndulo no canto do quarto começa a badalar à meia-noite feito um aprendiz de Big Ben. Se ainda não estávamos totalmente acordados, agora estamos.

"Desculpe-me por tê-la acordado", fala Adam, com a respiração ainda mais rápida do que o normal.

"Tudo bem. Se você não tivesse me acordado, com certeza o relógio teria", digo a ele. Depois, faço o de sempre: pego meu bloco e um lápis e escrevo tudo o mais rápido possível. Porque não é apenas um sonho — ou um pesadelo — é uma lembrança.

Ele balança a cabeça. "A gente não precisa fazer isso hoje..."

Em silêncio, registro suas emoções, riscando os padrões repetidos, um por um: medo, arrependimento, tristeza e culpa. É sempre a mesma coisa.

"A gente precisa, sim", retruco, já tendo encontrado uma das poucas páginas em branco que restaram. Sempre achei que poderia escavar suas memórias infelizes e substituí-las por outras melhores, de nós. Hoje em dia, não tenho tanta certeza.

Adam suspira, recosta-se na cama e me conta tudo o que consegue lembrar antes que as margens do sonho fiquem embaçadas demais para serem vistas.

Os pesadelos sempre começam do mesmo jeito: com a mulher de quimono vermelho.

Apesar do traje, ela não é japonesa. Adam acha difícil descrever seu rosto — ele tem dificuldades com as feições nos sonhos da mesma forma que na vida real —, mas sabemos que é uma mulher britânica de 40 e poucos anos, mais ou menos a minha idade agora. Ela é atraente. Ele sempre se lembra de seu batom vermelho, do exato tom de seu quimono. Ela também tem longos cabelos loiros como eu, mas os dela são mais curtos, na altura dos ombros. Hoje, ele não diz o nome dela, mas nós dois sabemos qual é. A ordem do que acontece no sonho às vezes muda, mas a mulher de vermelho está sempre lá. Assim como o carro na chuva. Essa é a razão pela qual Adam não tem um carro e não dirige. Ele nunca quis aprender a dirigir.

Também há um adolescente em seus pesadelos, e ele está apavorado. Adam viu tudo acontecer: a mulher, o carro, o acidente.

Não apenas em sonho, mas na vida real.

Foi na noite em que sua mãe morreu. Ele tinha 13 anos.

Vinte e cinco anos atrás, Adam não conseguiu reconhecer a pessoa por trás do volante, que subiu na calçada e atropelou sua mãe enquanto ele observava. Mas isso não significa que ele não sabia quem era a pessoa. Pode ter sido um amigo, um professor, um vizinho — todos os rostos são iguais para ele. Imagine não saber se alguém conhecido foi responsável pela morte de alguém que você amava. Não é de se admirar que ele tenha dificuldades para confiar nas pessoas, até mesmo em mim. Se meu marido não sofresse de prosopagnosia, toda a sua vida poderia ter evoluído de forma diferente, mas ele não foi capaz de descrever quem tinha visto para a polícia. Nem naquela época, nem agora. E ele ainda se culpa. A mãe dele estava passeando com o cachorro quando tudo aconteceu, porque ele era preguiçoso demais para isso.

Me entristece que ele idolatre um fantasma.

Ao que tudo indica, a mãe de Adam era uma mulher bastante agradável — ela era enfermeira e muito popular no conjunto onde moravam —, mas não era perfeita. E definitivamente não era uma santa. Acho estranho como ele compara todas as outras mulheres de sua vida a ela. Inclusive eu. O pedestal em que Adam colocou sua falecida mãe não está só bambo, está quebrado. Por exemplo, é muito conveniente que ele pareça ter esquecido porque ela estava usando o quimono vermelho. Era o que ela sempre usava — com o batom combinando — sempre que "amigos" vinham visitar o pequeno apartamento onde moravam. O lugar tinha paredes delgadas, finas o suficiente para Adam ouvir que sua mãe levava um "amigo" diferente para a cama quase toda semana.

As lembranças mudam de forma e os sonhos não são delimitados pela verdade, é por isso que escrevo tudo o que ele escolhe lembrar. Quero dar um jeito nele. E quero que ele me ame por isso. Mas nem tudo que está quebrado pode ser consertado.

Um dia Adam vai conseguir se lembrar do rosto que viu naquela noite e as perguntas sem resposta que o assombraram durante anos poderão enfim ser respondidas. Me esforcei muito para dar um fim aos pesadelos: remédios à base de ervas, podcasts de atenção plena antes de dormir, chá especial... mas nada parece ajudar. Depois de anotar tudo, apago a luz para que fiquemos na escuridão de novo e espero que ele consiga voltar a dormir.

Não demora muito.

Logo, Adam está roncando de leve, mas parece que eu não consigo apagar.

Engulo um comprimido para dormir — eles são vendidos com receita médica e só os tomo quando nada mais funciona —, mas nos últimos tempos tenho tomado mais do que o normal. Estou muito preocupada com o crescente número de rachaduras em nosso relacionamento, aquelas que são grandes demais para serem preenchidas ou ignoradas. Sei o motivo exato e a época em que nosso casamento começou a se desfazer. A vida é imprevisível, na melhor das hipóteses, e imperdoável, na pior.

Devo ter cochilado em algum momento — o comprimido enfim está fazendo efeito —, porque acordo com uma perturbadora sensação de déjà-vu. Demora alguns segundos para que me lembre onde estou — o quarto está escuro como breu —, porém, ao piscar na escuridão e meus olhos se ajustarem à luz, me lembro que estamos na Capela Blackwater. Um feixe de luar entre a cortina da janela e a parede ilumina um canto minúsculo do cômodo, e me esforço para ver as horas no relógio de pêndulo. Os ponteiros finos de metal ainda sugerem que é meia-noite e meia, o que significa que não estou dormindo há muito tempo. Minha mente está confusa, mas então me lembro do que me acordou, porque o ouço de novo.

Há um barulho no andar de baixo.

Robin

Robin também não consegue dormir.

Ela está preocupada com os visitantes. Eles não deveriam ter vindo para cá.

Quando, de trás de sua cortina, vê que a capela está completamente escura, ela sabe o que precisa fazer.

Parece mais longe do que é. Mas Robin acha que a distância entre os lugares às vezes pode ser tão difícil de perceber quanto a distância entre as pessoas. Alguns casais parecem mais próximos do que de fato são, já outros parecem mais distantes. Enquanto ela os observava comendo seus jantares congelados com as bandejas no colo, os visitantes não pareciam bem felizes juntos. Ou apaixonados. Mas o casamento pode fazer isso com as melhores pessoas, assim como com as piores. Ou talvez fosse apenas a imaginação dela.

A caminhada pelo campo de seu chalé até a capela não costumava durar mais do que dez minutos. Menos tempo ainda correndo, como ela descobriu horas antes. Mas agora, após nevar tanto, leva mais tempo do que deveria para percorrer o caminho sem escorregar. Não ajuda o fato de seu par de galochas ser vários números maior. Elas são de segunda mão: Robin não tem um par próprio. Teria que dirigir até Fort William para comprar, pois não há lojas de sapatos que vendam calçados perto do lago Blackwater ou mesmo em Hollowgrove. Ela poderia ter comprado pela internet, mas isso exigiria um cartão de crédito em vez de dinheiro, que é só o que ela tem hoje em dia. Robin picotou todos os cartões há muito tempo. Não queria que ninguém tivesse como encontrá-la.

Ela gosta do som da neve sendo comprimida sob seus pés, pois é o único ruído a abalar o silêncio, além dos estalos distantes dos morcegos. Ela gosta de vê-los dando rasantes sobre o lago à noite, é um belo espetáculo. Robin leu recentemente que eles dão à luz seus bebês enquanto estão pendurados de cabeça para baixo. Depois, têm que pegá-los antes que os filhotes caiam muito longe, mas isso é igual para todos os pais. Esta noite seu caminho é iluminado pela luz da lua cheia, sem ela o céu noturno seria um mar escuro já que as nuvens esconderam todas as estrelas, exceto as mais brilhantes. Mas tudo bem. Robin nunca teve medo do escuro.

Ela não se incomoda com uma tempestade de neve ou com o vento uivante, e não se importa de ficar isolada do resto do mundo por alguns dias — não é tão diferente de sua rotina normal, para ser honesta. E Robin sempre tenta ser verdadeira. Em especial, com ela mesma. Agora, já se acostumou a viver aqui, mesmo que tenha planejado ficar apenas por um curto período quando chegou. A vida faz outros planos quando as pessoas se esquecem de viver. Semanas se transformaram em meses, meses se transformaram em anos e quando o que aconteceu, aconteceu, ela sabia que não poderia ir embora.

Os visitantes também não vão poder ir embora quando quiserem. Não que saibam disso ainda. É impossível não sentir um pouquinho de pena deles.

Robin chega ao carro coberto de neve e se detém por um momento. Ela reconheceu o homem assim que ele saiu do carro e essa lembrança a atordoa. Não sabia se o veria de novo na vida. Nem mesmo tinha certeza se queria. Ele está mais velho, mas é raro que ela esqueça um rosto e jamais conseguiria esquecer o dele. Sua mente volta no tempo e ela pensa no que aconteceu quando ele era um garoto. O que ele viu e o que não viu. A história é tão trágica agora quanto era na época, e Robin se pergunta se ele ainda tem pesadelos com a mulher de vermelho. Ela acha que chegou a hora de lhe contar a verdade, mas ele não vai gostar. As pessoas raramente gostam.

Quando Robin chega às grandes portas de madeira da capela, ela dá uma última olhada ao redor, mas não há ninguém aqui para ver o que está prestes a fazer. A luz da lua, que teve a gentileza de iluminar o caminho, revela o lago e as montanhas à distância, e ela não consegue deixar de notar como esse lugar é intocado e bonito. As pessoas que fazem coisas ruins não pertencem a este lugar, pensa Robin, enquanto olha para o Morris Minor dos visitantes coberto de neve. Esse é seu tipo de clima favorito, porque a neve cobre o mundo com um lindo manto branco, escondendo tudo o que é sombrio e feio por baixo.

A vida é como um jogo em que os peões podem se tornar rainhas, mas nem todos sabem jogar. Algumas pessoas permanecem peões a vida inteira porque nunca aprenderam a fazer os movimentos certos. Isso é apenas o começo. Ninguém jogou suas cartas ainda, porque não sabia que estavam sendo dadas.

Robin tira uma chave do bolso do casaco e entra silenciosamente na capela.

Linho

Palavra do ano:
ludibriar *verbo* levar a melhor sobre alguém através de trapaça ou enganação.

29 de fevereiro de 2012 — nosso quarto aniversário de casamento

Querido Adam,

Sinto como se sempre tivéssemos compartilhado os mesmos sonhos — e pesadelos —, mas este tem sido um ano difícil. Você ~~me decepcionou~~ deveria ter ficado ao meu lado, mas não ficou. Fiquei sentada na sala de espera sozinha e com medo, apesar de você ter prometido estar lá comigo.

Depois de três anos de tentativas, dois anos de consultas, todo um elenco de diferentes médicos e enfermeiros, idas a hospitais e clínicas que pareciam intermináveis nos últimos doze meses e uma rodada fracassada de fertilização *in vitro*, me sinto arrasada. Não era assim que eu queria passar nosso aniversário de casamento.

Eu deveria saber que o dia de hoje seria péssimo, pois ele não começou bem. Dois jovens cães foram resgatados ontem à noite de um apartamento no sul de Londres. Eles foram levados para Battersea e fui uma das primeiras a vê-los. Apesar de todos os meus anos de trabalho, até eu fiquei chocada. Os beagles haviam sido deixados sozinhos por um longo período. O veterinário de plantão calculou que pelo menos uma semana. Se não tivessem bebido água da privada, já estariam mortos. Seus corpos emaciados faziam com que parecessem pelúcias sem o enchimento. Fizemos tudo o que podíamos para tentar salvá-los, mas eles morreram hoje de manhã. No fim, não havia mais nada que pudéssemos fazer e foi melhor sacrificá-los. A dona deles estava de férias na Espanha e, em vez deles, queria que tivéssemos dado a injeção letal nela. Às vezes, os seres humanos me geram desprezo, então talvez seja melhor que nunca tenhamos conseguido criar essa injeção.

Deveríamos nos encontrar na London Bridge à uma da tarde. Nos últimos tempos, tenho tido problemas para dormir, estou exausta, mas ainda assim fui e cheguei no horário, porque a consulta na clínica de fertilidade era importante para mim. Achei que fosse importante para nós, mas você tem sido mais egoísta e distraído do que nunca ultimamente. Estava preocupada que você esquecesse, então mandei uma mensagem para lembrá-lo.

Cinco vezes.

Você não respondeu.

Nessa ocasião, acho de verdade que você devia ter colocado sua esposa à frente da sua escrita.

A London Bridge estava movimentada, barulhenta, e não só com pedestres. Homens de capacete pareciam estar por toda parte quando saí da estação e havia um impressionante conjunto de guindastes bloqueando minha vista do céu. O Shard está em plena construção e, de acordo com o que ouvi dos pedestres, será o edifício mais alto da Europa. Tenho certeza de que, por um tempo, vai ser. Até que alguém construa algo mais alto. Posso apostar que não vai demorar muito, porque os seres humanos estão sempre tentando superar uns aos outros.

Mesmo quando fingem se importar.

Liguei para você quando cheguei à entrada da clínica. Seu telefone tocou duas vezes antes da ligação cair na caixa postal. Sei com quem você estava: uma produtora que demonstrou interesse em seu primeiro roteiro, *Pedra Papel Tesoura*. É o manuscrito que encontrei em uma gaveta que me inspirou a escrever minhas próprias cartas secretas para você. Uma centelha de atenção de alguém do ramo sobre uma história que você escreveu, em vez de uma adaptação de outra pessoa, e você parece um cachorro no cio. Todos os escritores sãoególatras com baixa autoestima? Ou será que é só você? Você disse que a reunião de almoço com ela não demoraria muito, mas acho que tocar a produção do seu primogênito era mais importante do que nós criarmos um filho de verdade.

Nosso clínico geral nos encaminhou para a clínica em London Bridge. Por fim. Tudo relacionado à nossa tentativa de ter um filho tem sido uma batalha desde o primeiro dia. Só nunca pensei que isso resultaria em uma briga entre nós. Me acostumei a esse lugar estéril e sem alma nos últimos meses. Se fosse somar todas as horas em que fiquei sentada naquela sala de espera — muitas vezes sozinha —, acho que devo ter passado vários dias da minha vida lá. Esperando por algo que eu sempre soube que nunca aconteceria.

Levou meses para conseguir uma consulta, seguidos de vários outros sendo cutucada, espetada e entrevistada por terapeutas que se intrometiam em nossa mais íntima angústia. Olhando para trás, às vezes me pergunto como conseguimos sobreviver por tanto tempo. Sempre que me sentia mais solitária, dizia a mim mesma que você me amava e que eu o amava. Isso se converteu num mantra silencioso na minha cabeça que me segurava sempre que eu sentia que ia cair. Mas nosso casamento não é tão sólido ou estável quanto eu pensava.

Sei que você achou as consultas difíceis. Tenho certeza de que entrar em uma sala reservada, poder trancar a porta, escolher um filme pornô pra assistir e se masturbar em um potinho deve ser muito estressante. Perdão. Não quero menosprezar sua experiência, mas acho que a maioria das pessoas de bom senso concordaria que sua contribuição para esse processo foi menos dramática, ainda que psicologicamente invasiva.

Tive que arreganhar as pernas, às vezes para uma sala cheia de médicos e enfermeiras, e deixar que enfiassem instrumentos de metal em meu corpo. Os mesmos estranhos me viram nua, me examinaram, me apalparam, me tocaram, alguns deles até enfiaram suas mãos dentro de mim. Fui submetida a exames, repetidas vezes espetada com agulhas, dopada, colocada para dormir e operada. Meus óvulos foram colhidos, depois, urinei sangue por dias e não conseguia ficar de pé, muito menos andar, devido à dor incapacitante após uma operação malfeita. Mas passamos por tudo isso juntos. Você disse que tudo ficaria bem. Você prometeu e eu acreditei.

Afinal de contas, outras pessoas têm filhos.

Pessoas que conhecemos, pessoas que não conhecemos. Elas fazem parecer tão fácil. Algumas até engravidam por acidente, nem precisam tentar. Algumas matam as crianças que crescem dentro delas, porque nem sequer as desejam. Algumas das pessoas que conhecemos não queriam ter filhos, mas os tiveram mesmo assim. Porque podiam. Porque todo mundo consegue. Todo mundo, exceto nós. É assim que nos sentimos: como se fôssemos o único casal na história com quem isso aconteceu. Às vezes, é ainda pior do que isso: parece que estou sozinha no mundo e que foi você quem me abandonou.

Eu queria tanto um bebê que chegava a doer fisicamente. Aí, hoje, em nossa primeira consulta após a segunda — e é provável que última — rodada de fertilização *in vitro*, você não estava lá.

Não estava lá quando a recepcionista nos chamou e tive que entrar naquela sala sozinha. Nem quando o homem que apelidamos de Doutor Ruína se sentou atrás da própria mesa e apontou para as duas cadeiras vazias à frente. Nem enquanto esperávamos por você em um silêncio constrangedor e ele verificava os documentos para se lembrar de nossos nomes. É verdade que a clínica nunca nos tratou como seres humanos, mas como solitários talões de cheques ambulantes.

O pior de tudo é que você não estava lá para ouvir as notícias que estávamos esperando.

Depois de tudo que passamos, o médico finalmente disse que eu estava grávida.

No começo, não acreditei. Pedi para que repetisse. Depois, fiz com que ele verificasse o documento, convencida de que estava lendo os resultados das anotações de outra pessoa. Mas era verdade.

O Doutor Ruína até me fez deitar na maca para examinar minha barriga. Ele apontou uma pequena mancha na tela e disse que era o nosso embrião. O conteúdo do seu potinho e o meu óvulo, cultivados juntos em um laboratório, tinham sido implantados com sucesso no meu útero e estava lá na tela. Vivo e crescendo dentro de mim.

Você perdeu.

Você chegou à recepção da clínica no momento em que eu estava saindo e, quando começou a tentar explicar, eu lhe disse para não se incomodar. Estou cansada de ouvir você falar sobre seu trabalho como se fosse a única coisa que importasse. Você ganha a vida inventando histórias que seu agente vende. Acho que já é hora de vocês se tocarem. Os produtores, diretores, atores e autores das histórias que você me conta parecem uma turma de crianças mimadas e eu não entendo por que você os aguenta, como aguenta as manhas deles. Você foi ludibriado por pelo menos um deles, mesmo que esteja cego demais para ver isso.

Lamento. Espero que você nunca encontre esta carta e, no caso improvável de encontrar, foi sem querer. Só estou sofrendo demais nesse momento e preciso colocar essa dor pra fora. Às vezes, me parte o coração a maneira como você dedica todo o seu tempo a essas pessoas e não sobra nada pra mim. Sou sua esposa. Minhas histórias são reais. Isso faz com que não valha a pena ouvi-las?

Queria pegar o metrô, mas você insistiu para pegarmos um táxi. Me neguei a falar com você durante a primeira metade da viagem. Agora também lamento por isso, mas nunca fui de lavar roupa suja em público. No entanto, gostaria de ter lhe contado antes. Poderíamos ter sido mais felizes por mais tempo do que fomos.

Não lhe contei até chegarmos em casa. Eu já tinha colocado a mesa da cozinha com uma toalha de linho — um aniversário de casamento sempre merece ser comemorado — mas meu rosto deu a notícia quando peguei uma garrafa de champanhe da nova geladeira da marca Smeg. A reforma da casa ajudou a me manter ocupada e a parar de pensar em outras coisas. O andar térreo enfim foi finalizado e estou orgulhosa de ter feito a maior parte do trabalho sozinha: lixar os pisos, rebocar as paredes, fazer as persianas romanas — é incrível o que se pode aprender apenas assistindo a alguns vídeos no YouTube.

Você chorou quando contei que estava grávida. Chorei quando mostrei o ultrassom. Tendo sonhado com esse momento por tanto tempo, aquela imagem em preto e branco foi a única coisa que fez com que tudo parecesse real. Como você não estava lá para ouvir, fiquei preocupada com a possibilidade de ter imaginado o que o médico disse.

"Espero que seja uma menina", sussurrei.

"Por quê? Espero que seja um menino. Vamos tirar no 'pedra, papel, tesoura'."

Eu ri. "Você quer brincar de pedra, papel, tesoura para determinar o sexo do nosso filho que ainda não nasceu?"

"Tem um jeito mais científico?", perguntou você, com uma cara séria. Minha tesoura cortou seu papel, como sempre.

"Você me deixou ganhar!", exclamei.

"Sim, porque na verdade não me importo se é menino ou menina. Vou amar de qualquer jeito, mas sempre te amarei mais."

Você abriu o champanhe — só tomei uma tacinha — e pedimos uma pizza. "A propósito, não me esqueci do nosso aniversário", disse você, devorando sua terceira fatia de pizza de pepperoni uma hora depois.

"É mesmo?", perguntei, bebendo limonada em uma taça de champanhe.

"Tive dificuldades com o tal do linho e, hoje de manhã, estava preocupado achando que comprei a coisa errada..."

"Então me dá agora. Assim você vai saber."

Você colocou a mão dentro da bolsa de couro que eu te dei no ano anterior e me entregou um pacote quadrado. Era macio. Normalmente, sou muito cuidadosa ao desembrulhar as coisas, mas sabia que a pizza estava esfriando e rasguei o papel. Tinha uma almofada de linho dentro. Meu nome estava costurado nela com as seguintes palavras embaixo:

Ela acreditava que conseguiria e conseguiu.

Tentei evitar, mas chorei de novo. Lágrimas de felicidade. Parecia que você já sabia que eu estava grávida. Você acreditou em mim, mesmo quando eu não era capaz de acreditar em mim mesma.

Estava prestes a lhe agradecer, quando olhei para cima e notei a expressão estranha em seu rosto. Você estava olhando para as minhas pernas e, quando segui seu olhar, entendi o porquê. Um fio espesso de sangue vermelho vivo havia escorrido até meus chinelos. Quando me levantei em pânico, veio mais.

De acordo com o primeiro médico que nos atendeu no pronto-socorro, eu não estava grávida a tempo suficiente para chamar aquilo de aborto espontâneo. O ginecologista que me examinou em seguida foi um pouco mais compreensivo, mas não muito. Pensando agora, queria nunca ter te contado — você não seria capaz de sofrer por algo que nunca soube que tinha. Sinto muito e estou devastada por nós dois.

Fui direto para o nosso quarto quando chegamos em casa e até deixei Bob se esticar na beirada da cama. Tentei chorar até dormir, mas não funcionou, nada funciona. Talvez eu converse com o clínico geral sobre a possibilidade de tomar algum remédio para dormir. Notei que meu relógio havia parado às oito e três e me perguntei se aquele era o momento exato em que nosso bebê morreu. Tirei o relógio do pulso e não quero vê-lo ou usá-lo nunca mais. Sempre me lembrarei do que você disse quando subiu as escadas e me abraçou.

"Eu te amo. Sempre amei e sempre vou amar."

"Não quase sempre?", perguntei, tentando fazer você sorrir, embora eu estivesse arrasada.

Mas você não sorriu. Em vez disso, pareceu mais sério do que jamais o vi.

"Sempre, sempre. Sinto muito por não conseguirmos ter filhos, porque sei o quanto isso significa para você e como você seria uma mãe maravilhosa. Mas isso não muda nada para mim. Estou com você para o resto da vida, não importa o que aconteça, porque esta é a nossa família: você, eu e o Bob. Não precisamos de mais ninguém nem de mais nada. Nada jamais vai mudar isso."

Mas palavras não podem dar um jeito em tudo, não importa o quanto você é apegado a elas.

Horas mais tarde, quando você estava dormindo, mas eu ainda não conseguia, achei melhor me levantar e descer as escadas. Bob me seguiu, como se soubesse que algo estava muito errado. Coloquei a pizza fria e não comida — que ainda estava onde a havíamos deixado quando comecei a sangrar — na lixeira, junto com a almofada de linho que você havia me dado. As palavras costuradas nela são dolorosas demais para serem lidas de novo. Você acreditava que eu conseguiria, então, por um segundo, eu acreditei. Agora não tenho certeza de nada. Não sei quem devo ser se não posso ser o que sonhei que seria. E não sei o que isso significa para nós.

Gosto muito de escrever cartas que nunca vou te deixar ler. Acho isso catártico. Elas fazem com que eu me sinta melhor, embora saiba que você ficaria destruído se as encontrasse. É por isso que as escondo. Vou guardar o exame do hospital junto com esta. Uma lembrança do que quase tivemos. Já o guardei dentro do envelope que a clínica me deu com meu nome:

Sra. A. Wright.

Estou segurando o envelope agora. Não consigo soltar. A recepcionista usou uma caligrafia ondulada em minha inicial, como se fosse algo bonito. Lembro-me de que, quando nos casamos e eu usei seu sobrenome pela primeira vez, pratiquei a nova assinatura por semanas com minhas próprias letras onduladas. Fiquei muito feliz por ser sua esposa, mas nenhum dos desejos que pedi desde então se tornou realidade. Acho que deve ser culpa minha, não sua. Espero que, se algum dia você descobrir a verdade, possa me perdoar e me amar, não importa o que aconteça. Sempre, sempre. Como você prometeu.

Sua mulher
Beijinhos

Amelia

Ouço outro barulho no andar de baixo da capela e sei que não é minha imaginação.

Sem enxergar, tento alcançar o interruptor de luz ao lado da cama, mas ele não funciona. Ou houve outro corte de energia — o que é estranho se há um gerador — ou alguém desligou a energia. Tento não permitir que minha imaginação hiperativa torne essa experiência ainda mais assustadora do que já é. Digo a mim mesma que deve haver uma explicação racional. Mas, então, ouço o som inconfundível de um passo na base da escada que range.

Prendo a respiração, determinada a não ouvir nada além de silêncio.

Mas as tábuas do velho assoalho gemem mais uma vez, seguido de outro rangido, e o som de alguém subindo a escada vai ficando mais alto. E mais perto. Tenho que cobrir a boca com a mão para não gritar quando os passos param bem em frente à porta do quarto.

Quero chamar o Adam, mas estou imobilizada pelo medo.

Quando ouço o som da maçaneta da porta começando a girar, praticamente caio da cama na pressa de fugir de quem quer que esteja lá fora e desejo estar usando mais do que apenas uma camisola fininha. Agarro-me à mobília desconhecida, abrindo caminho nas sombras, o mais rápido e silenciosa possível em direção ao banheiro. Tenho quase certeza de que a porta tem uma fechadura. Assim que encontro o que estou procurando, fecho a porta atrás de mim e me escondo lá dentro. O interruptor de luz daqui também não está funcionando, mas talvez isso seja bom.

Ouço a porta do quarto se abrir devagar e mais passos arrastados. Pisco os olhos na escuridão, querendo que meus olhos se ajustem à pouca luz, então prendo a respiração e me afasto o máximo que posso enquanto o ranger das tábuas do assoalho se aproxima. Percebo que estou girando meu anel de noivado no dedo — o que só faço quando estou muito ansiosa. O anel — que pertenceu à mãe do Adam — não sai mais do meu dedo e começou a ficar muito apertado. Meu peito também está, e meu coração está batendo tão forte que tenho medo de que quem quer que esteja lá fora possa ouvi-lo agora que parou bem em frente à porta do banheiro.

A maçaneta gira muito devagar. Quando descobrem que a porta está trancada, tentam de novo. Desta vez, com mais agressividade. Sinto como se estivesse no filme *O Iluminado*, mas a única janela desse banheiro é um vitral — mesmo que fosse *possível* abri-la, eu nunca conseguiria passar por ela e é provável que a queda dessa altura até o chão me matasse. Procuro uma arma, qualquer coisa para me defender, mas só encontro a minha lâmina de barbear Gillette Venus, que mal serve de consolo. Mesmo assim, eu a empunho na minha frente enquanto, sem conseguir me afastar mais, empurro a parede com as costas. Os azulejos em minhas costas nuas estão gelados.

Tudo fica quieto por alguns segundos. Então o silêncio é quebrado pelo som de um punho batendo na porta. Estou tão assustada que começo a chorar, as lágrimas escorrem pelo meu rosto.

"Amelia, você está aí? Está tudo bem?"

A voz do meu marido me confunde e me acalma ao mesmo tempo.

"Adam? É você?"

"Quem mais poderia ser?"

Abro a porta e o vejo em pé, de pijama, abafando um bocejo, com os cabelos de quem estava dormindo, os fios espetados em todas as direções. A luz do antiquado castiçal que ele carrega lança sombras fantasmagóricas pelo quarto, de modo que agora sinto como se estivesse em um romance de Charles Dickens.

"Por que está chorando? Você está bem?", pergunta Adam.

As palavras tropeçam em si mesmas na minha pressa em dizê-las. "Não, não estou. Alguma coisa me acordou, ouvi um barulho no andar de baixo, as luzes não funcionavam, depois ouvi alguém subindo as escadas e..."

"Era só eu, boba. Eu estava com sede e fui pegar um copo d'água. Mas acho que todos os canos devem estar congelados porque nenhuma das torneiras está funcionando."

"Não tem água?"

"Nem energia. A tempestade deve ter queimado o gerador. Tentei encontrar uma caixa de fusíveis enquanto estava lá embaixo, só para tentar consertar alguma coisa, mas sem sucesso. Ainda bem que temos esses castiçais sinistros!"

Ele segura a chama tremeluzente abaixo do queixo e faz uma série de caretas, como as crianças fazem com lanternas no Halloween. Começo a me sentir melhor. Um pouco. Pelo menos há uma explicação racional. Então, me sinto boba...

"Pensei ter ouvido um barulho lá embaixo. O som de alguém se arrastando. Fiquei tão assustada..."

"Eu também, foi isso que me acordou", me interrompe Adam.

Depois de uma breve pausa, meu terror retorna. "O quê?"

"Essa foi a outra razão pela qual desci, para ver se estava tudo bem. Mas as portas da frente ainda estão trancadas, não há outra maneira de entrar ou sair, este lugar é como o Fort Knox.* Dei uma boa olhada em volta, nenhum ladrão — ou ovelha — conseguiu entrar e está tudo bem. Exatamente como deixamos. Além disso, Bob teria latido se um estranho tivesse entrado."

Isso é verdade: Bob rosna quando um estranho chega à porta da frente de casa, mas somente até que seja aberta. Então ele abana o rabo em velocidade dupla e rola para mostrar a barriga aos visitantes — os labradores são muito amigáveis para serem bons cães de guarda.

Voltamos para a cama e faço a pergunta que ele nunca quer responder: "Você já desejou que tivéssemos tido filhos?".

"Na verdade, não."

"Por quê?"

---

* Base militar do Exército dos Estados Unidos considerada uma das mais impenetráveis. [NT]

Espero que Adam mude de assunto — é o que costuma acontecer —, mas ele não muda. "Às vezes, fico feliz por não termos filhos, porque tenho medo de que pudéssemos tê-los desgraçado de alguma forma, assim como nossos pais nos desgraçaram. Talvez nossa linhagem tenha chegado ao fim por uma razão."

Acho que preferia quando ele não respondia. Não gosto que ele nos descreva dessa forma, mas parte de mim se pergunta se ele pode estar certo. Sempre me senti abandonada pelas pessoas com quem fui tola o suficiente para me importar, inclusive meus pais. Sim, eles morreram em um acidente de carro antes de eu nascer, mas o resultado — crescer sozinha — é o mesmo que se eles tivessem me abandonado de propósito. Se você não tiver ninguém para amar ou te amar quando criança, como vai aprender?

Mas então, o amor não é como respirar? Não é um instinto? Algo que já nascemos sabendo fazer? Ou o amor é como falar francês? Se ninguém te ensinar, você nunca vai ser fluente, e se não praticar, você se esquece como...

Me pergunto se meu marido ainda me ama de verdade.

"Não gostei daqui", confesso.

"Não, eu também não. Talvez a gente devesse ir embora pela manhã? Encontrar um bom hotel em algum lugar um pouco menos remoto?"

"Parece bom."

"Tá bom. Vamos tentar dormir um pouco até amanhecer lá fora, depois arrumar as coisas e ir embora. Quem sabe tomar outro comprimido para dormir possa te ajudar?"

Faço o que ele diz — apesar dos avisos na receita — porque estou exausta e, se vou ter que dirigir por horas de novo amanhã, preciso descansar um pouco. Mas antes de fechar os olhos, percebo que o relógio de pêndulo no canto do quarto parou. Fico feliz, pelo menos *isso* não nos acordará de novo durante a noite. Olho para a hora e vejo que parou às oito e três, o que me parece estranho — pensei que tínhamos ouvido os badalos à meia-noite —, mas minha cabeça está cansada demais para tentar entender. Adam passa o braço em volta da minha cintura e me puxa para ele. Não consigo me lembrar da última vez que ele fez isso na cama, nem que me fez sentir segura assim. Ao menos, a viagem já serviu para nos aproximar. Como sempre, ele adormece em poucos minutos.

Adam

Finjo estar dormindo e me pergunto quanto tempo terei de abraçá-la antes de voltar ao que estava fazendo no andar de baixo.

Amelia sempre teve dificuldade para dormir, mas os comprimidos ajudam e sua respiração muda quando eles surtem efeito. Portanto, tudo o que tenho a fazer é esperar. E escutar. Do mesmo jeito que fiz há pouco. O segundo comprimido deve dar um jeito — normalmente dá, mesmo quando eu os esmago em segredo e os coloco em seu chá. Ela é uma pessoa muito ansiosa. É para seu próprio bem. Assim que ela volta a dormir, saio de debaixo dos lençóis, pego o castiçal ao lado da cama e saio do quarto fazendo o máximo de silêncio possível. Na verdade, não preciso dele para iluminar o caminho — sei para onde estou indo —, mas presto atenção para evitar as tábuas mais barulhentas do assoalho: sei quais rangem.

Bob me segue pela escada de madeira em espiral e adoro essa parte de ter um cachorro: eles são tão amorosos e leais. Os cães não são rancorosos, nem desconfiados. Eles não são ciumentos nem briguentos, de forma que você tenha medo de estar com eles. Os cães não *mentem*. Ele pode estar um pouco surdo hoje em dia, mas Bob sempre fica feliz em me ver, enquanto Amelia só vê as coisas do ponto de vista dela.

Estou cansado. De tudo isso.

Eu costumava acreditar no amor, mas também costumava acreditar no Papai Noel e na Fada do Dente. Já ouvi pessoas descreverem o casamento como duas peças faltantes de um quebra-cabeça que se juntam e descobrem que se encaixam perfeitamente. Mas isso está errado. As pessoas são *diferentes* e isso é bom. Duas peças de quebra-cabeças diferentes não podem e não vão se encaixar, a menos que uma tenha sido forçada a se dobrar, quebrar ou mudar para se encaixar na outra. Percebo agora que minha esposa passou muito tempo tentando me mudar, fazendo com que *eu* me sentisse menor, para que nos encaixássemos melhor.

Ninguém deveria prometer amar outra pessoa para sempre, o máximo que qualquer pessoa sã deve fazer é prometer tentar. E se a pessoa com quem você se casou se tornar irreconhecível dez anos depois? As pessoas mudam e as promessas — mesmo as que tentamos cumprir — às vezes são quebradas.

Voltei a correr de novo há alguns meses. Escrever é uma profissão solitária e também não é muito ativa. Passo uma quantidade assustadora de tempo sentado sobre meu traseiro no escritório anexo, e a única parte do meu corpo que se exercita decentemente são meus dedos, batendo no teclado. Bob me leva para caminhar uma vez por dia, porém, como eu, ele está envelhecendo. A corrida era apenas para ficar em forma e tentar cuidar melhor de mim mesmo. Mas, é claro, minha esposa presumiu que isso significava que eu estava planejando ter um caso. Há algumas semanas, ela colocou meus tênis de corrida junto com o lixo na noite anterior à coleta. Eu a *vi* fazer isso. Esse não é um comportamento normal.

Acabei de comprar tênis de corrida novos, mas eles não são a única coisa em minha vida que precisa ser substituída. Talvez eu não seja bom em reconhecer rostos, mas posso dizer que estou parecendo mais velho. Com certeza me sinto assim. Talvez porque todo mundo no meu setor pareça estar ficando mais jovem atualmente: os executivos, os produtores, os agentes. Quase todo mundo na última sala de roteiristas da qual participei parecia estar na escola. Costumava ser eu. Já fui o novato no pedaço. É estranho quando você ainda se sente jovem, mas todos começam a tratá-lo como se fosse velho. Estou apenas na casa dos 40, ainda não estou pronto para a aposentadoria.

Me sinto atraído por outras pessoas? Claro, sou humano, fomos feitos para isso. Nunca por causa de um rosto bonito — de qualquer forma, não consigo vê-los. Nesse sentido, as pessoas são um pouco como livros para mim e costumo me sentir genuinamente atraído pelo que está no interior, não apenas por uma capa chamativa. Admito que ultimamente tenho pensado muito em outra pessoa, imaginando como seria se ficasse com ela. Mas todo mundo não tem pequenas fantasias de vez em quando? Isso é tudo o que elas são e não significa que eu vá realmente fazer algo a respeito. A última vez que dormi com alguém com quem não devia ter dormido não terminou bem para mim. Aprendi a lição. Acho. Além disso, estou sempre trabalhando, não tenho tempo para ter um caso hoje em dia. Faço o possível para aplacar o ciúme constante da minha esposa, mas não importa o que eu diga, ela não parece ser capaz de confiar em mim.

Em alguns aspectos, ela tem razão em não confiar.

Nunca fui totalmente honesto com minha esposa, mas isso é para o bem dela.

Há muitas coisas que não posso lhe contar; mais ou menos como os comprimidos para dormir que às vezes coloco em suas bebidas quentes antes de dormir. Coisas que ela não precisa saber. Fui eu quem desligou a energia quando ela estava na cripta mais cedo. Amelia não entende de quadros de luz — tudo o que tive de fazer foi desligar um disjuntor e soltar o alçapão. Me esqueci do gerador lá fora, mas também o desliguei e a energia não vai voltar tão cedo.

Madeira

Palavra do ano:
gente fina *expressão* uma boa pessoa. Alguém que é generoso e age com integridade e honra.

28 de fevereiro de 2013 — nosso quinto aniversário de casamento

Querido Adam,
    Desculpe-me por estar sendo tão ciumenta nos últimos tempos, mas espero que possamos deixar esses últimos meses para trás. Seria estranho não mencionar nada sobre o bebê. Não posso fingir que não aconteceu, nem que não queria ser mãe. Nunca fiz questão de ter seus filhos (desculpe), eu só queria ter os meus. Desisti de abrir mão de tantas coisas na vida, mas sabia que não poderia continuar tentando ter um bebê. Não depois que a última rodada de fertilização *in vitro* não foi pra frente. O sofrimento estava me matando e minha infelicidade estava matando nosso casamento.
    Em segredo, ainda torci que desse certo por um tempo. Li todas aquelas histórias de casais que engravidam assim que param de tentar, mas não era isso que a vida tinha planejado para nós. Nos primeiros meses, eu ainda chorava toda vez que minha menstruação descia, não que ~~você~~

~~perguntasse~~ eu lhe contasse. Mas acho que já segui em frente ou pelo menos me afastei o suficiente para respirar de novo. A vida pode começar a parecer esburacada quando o amor não tem para onde ir.

Bob não é um bebê — eu sei —, mas suponho que eu o trate como um filho, um substituto. E, nos últimos meses, voltei a me dedicar ao meu trabalho no abrigo de cães. A promoção inesperada que recebi não paga muito mais do que antes, mas é bom me sentir reconhecida. E percebi que sou uma boa pessoa. O fato de não conseguir engravidar não foi um castigo, apenas não era o destino. Quando era criança, me disseram várias vezes que eu era má e, às vezes, eu ainda acreditava nisso. Mas eles estavam errados a meu respeito. Todos eles.

Tivemos uma briga na semana passada, a primeira em muito tempo, você se lembra? Ainda me sinto culpada por isso. Para ser justa, acho que a maioria das esposas reagiria da mesma forma. Você chegou em casa bêbado e bem mais tarde do que disse que chegaria. Talvez isso não tivesse me incomodado tanto se eu não tivesse feito o esforço de cozinhar. Mas, em vez de perceber minha raiva silenciosa quando eu fazia uma cena jogando seu jantar frio e não comido na lixeira, você me contou tudo sobre a October O'Brien. A jovem e premiada atriz irlandesa havia se apaixonado pelo seu roteiro: *Pedra Papel Tesoura*. Ela entrou em contato através do seu agente e uma reunião vespertina para três pessoas se transformou em bebidas e uma refeição para dois. Só você e ela. Eu não estava nem um pouco preocupada até pesquisar a garota no Google e ver como ela era linda.

"Precisa conhecê-la pessoalmente", você balbuciou com um sorriso ridículo no rosto. Seus lábios estavam um pouco manchados de vinho tinto, pelo menos espero que fosse. "As ideias dela para melhorar o roteiro são simplesmente... geniais!" Eu o ajudei com esse roteiro anos atrás. Posso não ser uma atriz de Hollywood, mas leio. Muito. E achei que nós dois éramos um time que havia feito um bom trabalho. "Você vai adorá-la...", você se derramava, mas eu duvidava muito disso. "Ela é encantadora... tão charmosa, inteligente e..."

"Não sabia que ela tinha idade suficiente para beber", interrompi. Eu também havia bebido um pouco de vinho enquanto esperava.

"Não seja assim", você disse, com um olhar que me fez querer te socar.

"Assim como? Não é como se já não tivéssemos passado por isso antes. Um ator ou atriz diz que adorou sua história, que não vai descansar até que ela seja produzida em Hollywood..."

"Dessa vez é diferente."

"É mesmo? A garota mal saiu da escola..."

"Ela já tem seus 20 e poucos e já ganhou um Bafta..."

"Você ganhou um Bafta aos 20 e poucos e mesmo assim não conseguiu o que queria. Com certeza você precisa de um produtor para apoiar o projeto... ou de um estúdio."

"Tenho muito mais chances com uma atriz como a October. Se ela bater nas portas em Los Angeles, elas se abrirão para ela. Já pra mim, a menos que eu consiga outro grande livro para adaptar em breve, todas as portas parecem estar se fechando." Então, me senti mal. Tem sido um ano difícil para você. Você ainda está conseguindo trabalho, mas não do tipo que você quer de verdade. Eu estava prestes a mudar de assunto, tentar ser um pouco mais gentil, mas então você atacou em legítima defesa. "É uma pena que você não seja mais tão apaixonada por sua carreira, talvez você entendesse."

"Isso não é justo", falei, embora fosse.

"Não é? Há anos que você não recebe um aumento salarial decente do Battersea, mas ainda assim continua lá."

"Porque eu adoro trabalhar lá."

"Não, porque você tem medo demais para sequer pensar em trabalhar em outro lugar."

"Nem todos queremos dominar o mundo, alguns de nós só querem torná-lo um lugar melhor."

A ideia de que você não se orgulhava de mim ~~era devastadora~~ doía. Muito. Sei que você acha que eu poderia estar fazendo mais da minha vida, mas nem tudo é culpa minha. Quando a pessoa que você ama tem muitas ideias brilhantes, elas podem ofuscar as suas por completo. E eu ainda amo. Ainda amo você. Gastei minha ambição em seus sonhos em vez dos meus próprios.

Você dormiu no quarto de hóspedes naquela noite, mas fizemos as pazes depois. Bem a tempo para o aniversário de casamento deste ano. Você acordou antes de mim hoje de manhã, o que é praticamente inédito e inesperado, já que ficou acordado até tarde reescrevendo um roteiro de dez anos de idade na noite passada. Quando levou uma bandeja com o café da manhã para o nosso quarto, pensei que eu devia estar sonhando. Em todos os anos em que estamos juntos, você nunca fez isso. Portanto, eu deveria ter percebido que algo estava errado.

Comemos ovos molinhos, como gosto de chamá-los — ovos escalfados é seu termo adulto preferido — com torradas fatiadas. Estava ansiosa para passarmos o dia juntos, então não conseguia entender por que você estava acordado tão cedo ou por que parecia tão ansioso para levar os copos e pratos sujos para o andar de baixo.

"Não precisamos nos apressar, não é?", perguntei.

Seu rosto confessou antes que você o fizesse. "Sinto muito, preciso ir ver meu agente. Não vai demorar muito..."

"Mas nós concordamos em passar o dia todo juntos este ano. Tirei minha licença anual."

"E vamos, são só algumas horas. De verdade, eu acho que o *Pedra Papel Tesoura* tem chances desta vez. Só quero conversar com ele cara a cara — você sabe que é a única maneira de saber o que ele realmente pensa sobre qualquer coisa — enquanto o projeto pegou embalo de novo. Ver se ele concorda com os próximos passos e..."

Sei que você não conseguiu ver a cara que fiz, mas deve ter lido minha linguagem corporal.

"... Sei que é nosso aniversário de casamento, mas prometo que vou compensá-la hoje à noite."

"Ainda vamos jantar?", indaguei.

"Vamos nos encontrar para tomar drinques às 17h da tarde, no máximo. Te ligo assim que terminar, e isto é pra você."

Era um ingresso para uma matinê de um espetáculo que eu queria ver há meses. Estava esgotado desde a estreia. O ingresso era para hoje, então pelo menos eu teria algo divertido para fazer enquanto você estivesse trabalhando. Mas isso também significava que você *sabia* que eu precisaria de algo para fazer. Sozinha. Só havia um ingresso. Então, eu te entreguei seu presente de aniversário de casamento. O presente dos cinco anos deve ser de madeira, então comprei uma régua com uma inscrição:

Cinco anos de casamento — madeira que cupim não rói.

Você sorriu, pegou duas gravatas e pediu que eu escolhesse uma. Para ser sincera, detesto as duas, mas apontei para a de passarinhos. Achei estranho na hora, já que você não costumava se vestir bem para ver seu agente.

"Não é para mim, é para você", você disse, lendo minha mente.

Você enrolou a gravata de seda em volta do meu rosto para cobrir meus olhos. Depois me pegou pela mão e me levou lá pra baixo.

"Não posso sair de camisola!", sussurrei, quando ouvi você abrir a porta da frente.

"Claro que pode, continua tão linda quanto no dia em que nos casamos e, além disso, é a única maneira de lhe mostrar seu verdadeiro presente de aniversário de casamento."

"Pensei que fosse o ingresso do teatro", falei.

"Me dê um pouco de crédito."

"Não posso, me desculpe. Você já está muito endividado."

"O presente deste ano deve ser feito de madeira, certo?"

Dei mais alguns passos incertos, o chão gelado queimando meus pés descalços, até chegar à grama. Paramos e você retirou a venda improvisada. Havia uma pequena árvore feia e sem folhas no meio do que costumava ser meu gramado perfeito.

"É uma árvore", você afirmou.

"Estou vendo."

"Sei que você sempre quis uma árvore de magnólia, então..."

"Então isso é uma magnólia?" Você pareceu magoado. "Desculpe, é muito gentil de sua parte. Eu adorei. Quer dizer, talvez não agora, mas quando as flores saírem, aposto que vai ficar incrível." Você parecia contente de novo. "Obrigada, é o presente perfeito. Agora vá e transforme seu roteiro em um sucesso de bilheteria de Hollywood, para que Bob e eu possamos caminhar pelo tapete vermelho na Leicester Square."

Assim que obteve minha permissão, você saiu pela porta e eu fiquei sozinha em nosso aniversário de casamento. Mais uma vez.

Pensando agora, acho que tudo teria corrido bem se o alarme de fumaça não tivesse disparado no teatro naquela tarde. Todos na plateia foram evacuados pouco depois de a cortina subir, o corpo de bombeiros foi chamado e a apresentação da matinê que eu devia assistir foi cancelada.

Foi por isso que voltei para casa mais cedo do que o planejado.

No trajeto do metrô para casa, fiquei olhando para um casal. Eles tinham a nossa idade, mas estavam de mãos dadas e sorriam um para o outro feito dois adolescentes apaixonados. Aposto que eles sempre passavam aniversários juntos, e comecei a me perguntar onde estávamos na escala da normalidade. O júri em minha cabeça ainda estava em dúvida quando cheguei de volta à estação de Hampstead. Os céus abriram as torneiras assim que comecei a caminhar e quando cheguei ao portão do nosso jardim eu estava encharcada. Senti uma raiva inexplicável ao ver a magnólia ~~feia~~ que você havia plantado e, quando fui até a porta da frente, minhas mãos estavam tremendo de frio e irritação.

Enquanto me esforçava para encaixar a chave na fechadura, ouvi uma mulher rindo dentro de nossa casa. Quando abri a porta e pisei no corredor, achei que estivesse sonhando. Dei de cara com uma atriz de Hollywood bebendo vinho em minha cozinha. Com você. No nosso aniversário de casamento.

"O que você está fazendo em casa tão cedo?", você perguntou, parecendo tão chateado quanto eu.

"A peça foi cancelada", respondi, olhando para ela o tempo todo — não conseguia evitar. October O'Brien era ainda mais linda na vida real, mais do que em todas as fotos que eu havia pesquisado no Google. A pele tão clara quanto porcelana era impecável e o cabelo acobreado, cortado bem curtinho, brilhava sob as luzes de nossa cozinha. Se o meu fosse daquele jeito, eu pareceria um menino, mas ela parecia uma princesa elfa feliz, com grandes olhos verdes e um largo sorriso branco. Nem aos 20 anos tive uma aparência tão bonita.

Então você nos apresentou, como se chegar em casa e dar de cara com seu marido bebendo vinho à tarde com outra mulher — que você só viu na TV e em filmes — fosse normal. Eu estava prestes a me fazer de sonsa, mas então os lábios vermelhos perfeitos de October sorriram e ela se explicou por você.

"É um prazer conhecê-la", falou ela baixinho, estendendo a mão muito bem-feita. Por um momento, não tive certeza se deveria apertá-la, beijá-la ou empurrá-la com um tapa. Tive uma vontade estranha de fazer uma reverência. "Ontem à noite, seu marido me confessou que nunca te preparou um jantar de aniversário. Eu disse que não ia querer saber do roteiro dele até que essa situação fosse retificada e, quando ele disse que não sabia cozinhar, me ofereci para ajudar. Era para ser uma surpresa... mas talvez tenha sido uma boa surpresa, né?"

Senti meu rosto ferver por vários motivos ao mesmo tempo.

Primeiro, desejei ter limpado a geladeira, depois entrei em pânico com o estado das panelas e frigideiras velhas — preocupada com o que ela deve pensar sobre mim, sobre nós e sobre o estado da cozinha. Depois, desejei ter passado um pouco mais de maquiagem, porque, ao lado dessa linda criatura, eu me sentia como um morcego velho e enlameado.

Eu não precisava ter me preocupado. Acho que nunca conheci uma mulher tão gentil e generosa — não é de se admirar que você quisesse trabalhar com ela. Bob também se apaixonou por nossa hóspede, mas ele gosta de todo mundo. Insisti para que a October ficasse e comesse a refeição que ela havia preparado para nós — você não argumentou — e depois que me troquei e vesti roupas secas, abri outra garrafa e tivemos uma noite maravilhosa. Todos os três pratos estavam deliciosos, em especial o pudim de chocolate. Achei que me sentiria intimidada por alguém como October O'Brien. Ela é tão estonteante, bem-sucedida e esperta... mas foi profundamente encantadora, modesta e doce. Isso me fez perceber que, independentemente do jeito que todos pensam que as celebridades são, no fim das contas, elas são apenas pessoas. Como você e eu. Até mesmo as desconcertantemente belas.

"Eu sabia que você também a amaria se a conhecesse", você disse quando a October foi embora.

"Você estava certo, mas amo mais você."

"Quase sempre?", você perguntou e sorriu. "Então não se importa que eu trabalhe com ela agora? E não vai ficar com ciúmes?"

"Quem disse que eu estava com ciúmes?", respondi. Então, você arqueou uma sobrancelha.

"Não precisa ficar. Ela é adorável, mas ainda é uma atriz."

"Você me acha adorável?"

"Você é minha PMI", você disse.

"PMI?"

"Pessoa Mais Importante."

Obrigado por um aniversário de casamento memorável este ano, um aniversário que eu com certeza não vou esquecer. Cinco anos. Onde foram parar? Tantas lembranças, a maioria delas felizes, e estou ansiosa para criar memórias novas com você no futuro. Acho que todo mundo tem uma Pessoa Mais Importante. Eu sou a sua e você é a minha. Agora e para sempre.

Sua mulher
Beijinhos

Robin

Robin está imóvel, escondida em um canto frio e escuro da capela, até que todos os visitantes voltem para o andar de cima. O homem desceu duas vezes e ela quase foi pega. Ela se pergunta se ele a reconheceria agora. Independente da cegueira facial dele, ela teme que tenha mudado para além de qualquer possibilidade de reconhecimento desde a última vez que se viram.

Quando Robin entrou na casa, há mais de uma hora, pensou que eles tinham ido dormir e teve que se esconder quando o ouviu descendo a velha escada de madeira em espiral. Ele, de alguma forma, conseguiu evitar todos os degraus mais barulhentos. Por sorte, a sala de estar — que ela sempre achou que era mais uma biblioteca com sofás — tinha muitos espaços escuros e as estantes de livros lhe deram ampla cobertura até que ela pudesse ver quem era. Depois disso, Robin entrou na sala secreta. Segredos são apenas segredos para as pessoas que ainda não os conhecem. Eles podem se transformar em mentiras quando compartilhados e, assim como as lagartas se transformam em borboletas, as belas mentiras podem voar para muito, muito longe. Não há nada que Robin não saiba sobre essa antiga capela: ela costumava morar aqui.

Ainda poderia morar aqui se quisesse, mas opta por não o fazer. Hoje em dia, Robin não gosta de ficar dentro desse lugar por mais tempo do que o necessário. Sempre tem que reunir uma quantidade colossal de coragem para entrar pelas portas da antiga capela e, nas raras ocasiões em que isso não pode ser evitado, ela faz o que precisa fazer o mais rápido possível antes de se mandar de novo. Os visitantes também iriam querer se mandar, se soubessem a verdade sobre onde estavam pousando, mas as pessoas veem o que querem ver.

A sala secreta fica escondida atrás da biblioteca e Robin odeia essa parte da capela. É muito fácil encontrá-la atrás da estante de livros — se você souber onde procurar —, mas é preciso usar os olhos. A maioria das pessoas passa a vida com os olhos fechados. E os livros são bons em esconder todo tipo de coisa, em especial, livros fechados, assim como pessoas fechadas.

Algumas lembranças são claustrofóbicas e a série delas que essa sala invoca sempre a sufoca, dificultando a respiração. Robin permanece o mais imóvel possível, estudando o assoalho de madeira da sala secreta como se fosse um quebra-cabeça que pudesse resolver, tentando não olhar para nada que a faça lembrar de um passado que ela preferiria esquecer. Mas as lembranças não obedecem a ordens; elas vêm e vão quando bem entendem.

A lua está cheia e brilhante esta noite. Ela brilha através dos vitrais, projetando uma série de padrões estranhos e desconhecidos. A visão de sua própria sombra na parede chama sua atenção e a faz se sentir pequena. Até mesmo sua sombra parece triste. Robin não tem a intenção de fechar o punho, mas quando vê sua silhueta a imitando, ela ergue a mão, mudando o formato dos dedos. Primeiro, uma pedra. Em seguida, reta, como papel. Depois, ela faz um movimento de corte, como uma tesoura, e sorri.

Quando tem certeza de que é seguro fazê-lo, Robin se levanta para sair. Ela paralisa quando acha que vê alguém, mas é apenas seu próprio reflexo no espelho acima da lareira. A visão a choca: ela quase não se reconhece. Não há espelhos em seu pequeno chalé. A mulher no espelho aqui, olhando de volta para ela no quarto secreto, parece tão velha e a pele pálida é tão branca que ela poderia ser confundida com um fantasma.

Robin procura no bolso pela chave para trancar o quarto secreto atrás dela, mas seus dedos encontram outra coisa, que lhe dá uma pequena onda de conforto muito necessário: seu batom vermelho favorito. Ele está desgastado e se transformou em um toco achatado. Ela se lembra da primeira vez que o usou: choveu naquela noite e ela se machucou feio. Mas isso reforçou a importância de não confiar em ninguém, exceto em si mesma.

As melhores lições em geral são aquelas que não percebemos que estão sendo ensinadas.

Robin passa um pouquinho de batom — querendo economizar o que sobrou pelo maior tempo possível — e admira o novo reflexo no espelho. Ela sorri de novo, mas não consegue, logo os cantos de sua boca caem. Ainda assim, é uma melhora que lhe dá coragem para fazer o que veio fazer aqui.

Os visitantes não *pareciam* felizes quando chegaram ou quando ela os observou pela janela. Enquanto espreitava no andar de baixo, correndo os dedos pelas lombadas dos livros na sala de estar, notou que os visitantes também não *soavam* felizes. Ela os ouviu enquanto conversavam no quarto no andar de cima. As vozes deles eram altas e as palavras pareciam bater no teto abobadado de pé direito duplo lá em cima, indo direto para os ouvidos dela.

Parece estranho que os visitantes realmente pensassem que poderiam ficar aqui de graça. Só os tolos acreditam que exista algo de graça. Ela teve de reprimir uma risada quando os ouviu concordando em partir pela manhã. Mas sua diversão logo se transformou em raiva. Esse é o maior problema das pessoas hoje em dia: elas não apreciam o que *têm*, sempre querem mais. Não querem se *esforçar* para isso. Não querem *merecer*. E reclamam e se queixam feito moleques mimados quando não conseguem o que querem. Muitas pessoas acham que o mundo lhes deve algo e culpam os outros por suas escolhas ruins na vida. E todos acham que podem fugir se as coisas não saírem de acordo com seus planos.

Isso não vai acontecer aqui.

Os visitantes podem *dizer* o que quiserem, podem até escolher acreditar, se isso os ajuda a dormir quando colocam as cabeças nos travesseiros. A tempestade *lá fora* pode ter parado — por enquanto —, mas ninguém sairá daqui amanhã de manhã. Depois do que ela já viu e ouviu, Robin tem certeza de que pelo menos um deles nunca mais sairá daqui.

Amelia

Ainda está escuro lá fora, mas eu sacudo Adam para acordá-lo.

"O Bob sumiu. Não consigo encontrá-lo!"

Impaciente, observo meu marido esfregar os olhos sonolentos, piscar na escuridão e olhar ao redor do quarto. O lugar tem *cheiro* de capela agora. Aquele cheiro de mofo de Bíblias antigas e fé cega. A única fonte de luz é a chama do candelabro que estou segurando e Adam demora um pouco para se lembrar de onde estamos. Está tão frio aqui dentro quanto suspeito que esteja lá fora agora, graças à perda total de energia durante a noite e, por instinto, ele puxa as cobertas da cama em volta de si. Eu as tiro de volta.

"Você me ouviu? O Bob está desaparecido!"

"Ele estava dormindo no patamar da escada", diz Adam, reprimindo um bocejo.

"Bem, ele não está mais lá."

"Talvez tenha descido as escadas..."

"Também não está lá! Procurei em todo o lugar, ele não está aqui!"

Agora Adam parece preocupado.

Ele enfim está ouvindo o que estou dizendo. A preocupação desconhecida em seu rosto faz com que eu me sinta ainda pior — sou *eu* quem se preocupa, não ele. Quando estou muito ansiosa, ele sempre se mantém calmo. Nós equilibramos as emoções um do outro, é assim que nosso casamento funciona. Ou costumava funcionar.

"Bem, as portas da frente estavam definitivamente trancadas e Bob não tem uma chave, então ele deve estar aqui em algum lugar. Vou ajudá-la a procurar", diz ele, acendendo a outra vela e vestindo um moletom por cima do pijama — uma tentativa medíocre de combater o frio. "Tenho certeza que, se colocarmos comida na tigela, ele virá correndo — ele sempre vem."

Adam ainda está meio dormindo, mas se arrasta para fora da cama e corre para o patamar da escada. Ele faz uma pausa para olhar para a cama de cachorro vazia — como se eu estivesse inventando que o Bob desapareceu — e depois desce as escadas correndo. Percebo que ele evita alguns degraus de propósito, justo os que rangem alto quando passo por eles.

"Como você sabia em quais degraus não devia pisar?", pergunto, seguindo-o um pouco mais de perto.

"O quê?"

"Você pulou alguns degraus. Os que rangem."

"Oh... bem, isso me incomoda. Tipo armários ou portas que rangem."

"Mas a gente chegou ontem à noite. Como você sabia quais..."

"Posso não conseguir me lembrar de rostos, mas fatos e dados, ou coisas que a maioria das pessoas não percebe — como o ranger dos degraus — tendem a ficar na minha mente. Você sabe que sou assim."

Adam costuma se lembrar de detalhes peculiares. Uma espécie de memória fotográfica para coisas sem importância. Decido deixar isso pra lá — temos problemas maiores com os quais nos preocupar no momento — e juntos procuramos em cada canto de cada cômodo pelo cachorro desaparecido.

"Não entendo, as portas ainda estão trancadas, é impossível que ele tenha saído", comenta Adam.

"Bem, ele não desapareceu do nada", respondo, colocando um pouco de ração na tigela de Bob e chamando seu nome.

Meu chamado é recebido com um silêncio que soa ainda mais ameaçador do que antes. Não sei o que fazer. Pego meu celular, mas é claro que não há sinal, e para quem eu ligaria mesmo que houvesse?

"Precisamos procurar lá fora", sugere Adam. Então, corremos para o foyer.

Ele destranca as portas da antiga capela e as abre.

A cena que elas revelam nos faz parar no meio do caminho. O sol está começando a nascer atrás de uma montanha ao longe e há luz suficiente do lado de fora para que possamos ver uma parede de neve mais alta do que meus joelhos. Tudo está coberto por uma espessa manta branca e mal consigo distinguir o formato do nosso carro na entrada da garagem. Se Bob realmente estiver lá fora em algum lugar, numa neve tão profunda, ele não vai durar muito.

Adam lê minha mente e faz o melhor que pode para acalmar os pensamentos de pânico que estão girando dentro dela.

"Você me viu abrir as portas, elas estavam bem trancadas. A neve é mais alta que o Bob — mesmo que ele conseguisse, não teria saído; esse cachorro não gosta nem de chuva. Ele *deve* estar lá dentro; você deu uma olhada na cripta?"

"Depois da noite passada? Só com uma vela? Claro que não."

"Vou usar a lanterna do meu celular", diz Adam.

Estou prestes a corrigi-lo — ele esqueceu que o celular ainda está em Londres—, mas então observo quando ele se apressa para encontrar a velha bolsa de couro que usa para trabalhar. Está tão desgastada que eu deveria lhe dar uma nova. Ele enfia a mão na bolsa e tira o celular lá de dentro.

Aquele que ele fingiu não encontrar no carro, mas que estava com ele o tempo todo.

O motivo pelo qual uma pessoa mente é quase sempre mais interessante do que a própria mentira. Meu marido não deveria contar mentiras; ele não é muito bom nisso.

Adam

Pego o celular, ligo a lanterna e corro para o alçapão. Ele está fechado, então não vejo como Bob poderia ter descido até lá, mas também é o único lugar onde ainda não olhamos. Eu o abro e desço os degraus de pedra o mais rápido que posso. Tudo o que encontro são as mesmas prateleiras de vinho empoeiradas e um panfleto sujo e de aparência caseira no chão.

A História da Capela Blackwater

Tenho certeza de que isso não estava ali antes.
"Bob não está lá embaixo", digo ao subir os degraus, distraído com o pedaço de papel em minhas mãos.

Amelia não responde, apenas me encara. Se eu pudesse ver a expressão em seu rosto, sei que seria uma expressão ruim — seus braços estão cruzados e ela está naquela postura que indica problemas. Para mim.

"O que foi?", pergunto.

"Achei que não tivesse encontrado seu celular?"

Pego no pulo.

A culpa que senti logo foi substituída pela raiva.

"Bem, por sorte, eu vi quando você o tirou do carro antes de sairmos. Você mentiu para mim sobre o celular e tem agido de forma estranha há semanas. Há mais alguma coisa sobre a qual esteja mentindo para mim? O Bob sumiu mesmo?"

"Não faça isso. Você sabe que eu amo o Bob."

"Pensei que você me amasse."

A ideia de que Amelia tenha algo a ver com o desaparecimento do cachorro é impensável, mas depois de seu comportamento maluco recente, não sei o que pensar.

"Tudo o que eu queria era um agradável fim de semana fora. Só nós dois, uma vez na vida. Não eu, você e seu maldito trabalho. A escrita, os livros, os roteiros... É só com isso que você parece se preocupar nos últimos tempos. É por isso que tirei seu celular do carro, porque você passa tantas horas olhando para ele o tempo todo que me faz sentir invisível."

Ela começa a chorar — seu passe livre de sempre — e não consigo ficar com raiva dela. Não é como se eu tivesse sido honesto sobre tudo.

"Você tem sinal no celular para talvez ligarmos para alguém?", pergunta Amelia. Minha operadora é diferente da dela, portanto, a pergunta faz sentido.

"Não. Já verifiquei."

Sua linguagem corporal sugere que ela está aliviada, mas isso não faz sentido. Devo estar interpretando-a mal. Odeio o que nos tornamos, mas não sou o culpado por tudo isso. A confiança não pode ser emprestada, se você a perde, não pode devolvê-la.

"Há algo que preciso lhe dizer."

Digo as palavras tão baixinho que fico surpreso que ela as ouça.

Amelia se afasta de mim. "O quê?"

"Ontem à noite... não desci para pegar um copo de água. Eu vi... algo aqui embaixo, antes de irmos para a cama. Não queria assustá-la, então esperei até que você dormisse e desci para tentar entender o que era. Você já estava tão chateada depois do incidente na cripta que eu não queria piorar as coisas..."

"Você pode ir direto ao ponto, por favor?"

"Eu iria, se você me deixasse."

"O que você encontrou?"

"Isto", digo, abrindo uma das gavetas da cozinha. Está repleta de artigos de jornais antigos sobre October O'Brien. "Ela é a atriz que..."

"Sei quem ela é, Adam. Não é algo que eu possa esquecer com facilidade", responde Amelia, retirando um a um os recortes de jornal cuidadosamente cortados e apoiando-os sobre a mesa da cozinha. "Não entendo. Por que isso estaria aqui?"

"E encontrei isso na cripta quase agora. Pensei em esconder isso também — sei o quanto esse fim de semana significava para você —, mas também sei que não gosta de segredos."

Eu mostro o panfleto.

"O que é isso?"

"Acho que você deveria ler por si mesma. Não acho que sejamos realmente bem-vindos aqui."

"Mas então por que oferecer um fim de semana grátis como prêmio do sorteio? *Eles* nos convidaram."

"*Quem* convidou?"

Amelia não responde, porque não sabe.

Ela pega o pedaço frágil de papel branco coberto de palavras datilografadas, depois se detém na primeira página como se tivesse medo de abri-la. Fico observando em silêncio enquanto ela lê.

A História da Capela Blackwater

Há uma capela situada nesse local, próximo ao lago Blackwater, desde pelo menos a metade do século IX. Quando o atual dono comprou a propriedade e o terreno ao redor, ela já estava abandonada há vários anos. Com muito amor e trabalho árduo, eles decidiram transformar essa construção abandonada em uma bela casa.

As características originais incluem várias pedras talhadas, que são datadas entre 820 e 840 — é uma das mais antigas capelas escocesas de que se tem registro. Sabemos que a capela não tem sido usada para seu propósito original desde que o último padre, padre Douglas Dalton, partiu em 1948. Não há relatos remanescentes de seu período aqui, apenas rumores locais (não comprovados) de que ele caiu da torre do sino e morreu.

De acordo com outros registros, a congregação da capela diminuiu à medida que a população local envelhecia e por isso ela foi abandonada. Não se sabia muito sobre a verdadeira história da capela, até que o trabalho de construção começou a converter o que era então ruínas em um espaço habitável.

As escavações na cripta, para fortalecer os alicerces, revelaram que a capela havia sido usada como prisão de bruxas nos anos 1500. Argolas de ferro foram encontradas nas paredes da cripta, onde mulheres e crianças condenadas por bruxaria eram acorrentadas antes de serem queimadas na fogueira. Os ossos de mais de cem suspeitas de bruxaria foram encontrados enterrados no chão, juntamente com seus descendentes. Exames revelaram que um esqueleto era de uma menina de 5 anos.

Um conjunto de anedotas locais e lendas urbanas compartilha histórias semelhantes sobre a Capela Blackwater. A maioria inclui figuras fantasmagóricas que podem ser vistas flutuando sobre o lago à noite. Há vários relatos de mulheres vestidas de feiticeiras, com rostos queimados e roupas chamuscadas. Há rumores de que elas andam pela capela após o pôr do sol, espiando pelos vitrais em busca de seus filhos assassinados. Houve vários relatos de visões desse tipo na imprensa local ao longo dos anos, antes que as pessoas ficassem tão assustadas que se afastassem.

Quase todos os profissionais envolvidos na reforma da propriedade disseram que sentiram um frio inexplicável na cripta e alguns afirmam que ouviram seus próprios nomes sendo sussurrados quando estavam lá embaixo. Mas é importante observar que nem todos que visitam a Capela Blackwater testemunham atividades paranormais ou aparições fantasmagóricas.

Esperamos que você aproveite sua estadia.

Amelia

"Precisamos encontrar Bob e dar o fora daqui", digo, assim que termino de ler.

Adam coloca o panfleto e os recortes de jornal sobre October O'Brien em uma gaveta da cozinha e a fecha com firmeza, como se fazê-los desaparecer pudesse ajudar. Ainda não tenho certeza de qual é a ligação entre a October e este lugar, mas ele parece não conseguir me olhar nos olhos.

"Eu não queria assustá-la."

"Não estou assustada. Estou com raiva", interrompo. "Não acredito em fantasmas. Alguém está tentando nos assustar. Ainda não sei quem ou por quê..."

"Acho que não devemos tirar conclusões precipitadas."

"Concordo. Devíamos encontrar o Bob, fazer as malas e entrar no carro."

Menos de cinco minutos depois, já estávamos vestidos. Depois de procurar o cachorro por toda a capela de novo, não há mais nenhum lugar para olhar, exceto do lado de fora. Agora que parou de nevar, parece que estamos entrando em uma pintura. O céu foi de preto para cinza e para azul-claro desde que acordei e consigo ver muito mais do que quando chegamos no escuro na noite passada. Há montanhas cobertas de neve e florestas densas à distância. Um punhado de nuvens brancas se reflete na superfície calma e vítrea do vasto lago e a velha capela branca parece brilhar ao sol da manhã. Então, reparo na torre do sino e me lembro da noite passada. É impossível não notar a parte da parede que desabou. Não é à toa que a placa na porta dizia PERIGO.

"Adam..."

"O quê?"

"A parede que caiu."

"O que tem ela?"

"E se o Bob, de alguma forma, chegasse à torre do sino e à parede danificada... e caísse?"

"Aí ele estaria arrebentado, caído na neve."

Não gostei da maneira como ele respondeu à pergunta, mas sei que Adam está certo. Começamos a procurar lá fora em silêncio. Este é, sem dúvida, um dos cantos mais bonitos e intocados do mundo, mas não vejo a hora de ir embora.

Não trouxe as melhores roupas ou calçados para esse clima. A neve está tão alta que não temos outra opção a não ser passar por ela com nossos tênis. Minhas meias e pés ficam molhados em segundos, e a parte de baixo da minha calça jeans está encharcada e pesada por causa da água gelada. Estou tão preocupada com o cachorro que mal percebo. Ao ver o lugar à luz do dia, agora podemos realmente apreciar o isolamento e a dimensão do enorme vale em que estamos. Não encontramos o que estávamos procurando, mas logo descobrimos o que aconteceu com todas as banheiras que faltavam na propriedade. Três delas com pés em forma de garra estão escondidas nos fundos e foram preenchidas com plantas — urzes, ao que parece, em vários tons de rosa e roxo.

Essas não são as únicas descobertas inesperadas.

Nos deparamos com um pequeno cemitério — como suponho que seria de se esperar atrás de uma igreja antiga — com uma coleção de lápides de aparência envelhecida quase completamente escondidas pela neve. Há também uma série de esculturas de madeira escura espalhadas do lado de fora da capela, pelo menos duas ou três em cada direção que olho. Coelhos esculpidos à mão, que parecem estar saltando do solo congelado, uma enorme tartaruga e corujas gigantes de madeira, empoleiradas nos tocos de árvore que um dia foram. Todas elas têm olhos enormes, feitos à mão, que parecem olhar fixamente em nossa direção, como se estivessem com tanto frio e medo quanto nós. Até mesmo as árvores têm rostos nelas, então é impossível não se sentir vigiado.

Chamo o nome de Bob várias vezes, mas depois de vinte minutos andando em círculos, não sei o que fazer. Quem não gosta de cachorro não entenderia, mas é tão angustiante quanto perder um filho.

"Você acha que alguém o levou?", pergunto quando parece que não temos mais nenhuma outra ideia.

"Por que alguém faria isso?", diz Adam.

"Eu lá sei por quê?"

"Então, quem? Estamos no meio do nada."

"E aquela casinha com teto de palha que passamos na trilha?"

"Parecia vazia."

"Não vale a pena conferir?"

Ele nega com a cabeça. "Não podemos simplesmente acusar alguém de..."

"Não, mas a gente pode pedir a ajuda deles? Estão muito mais próximos da estrada principal do que nós, então talvez ainda tenham energia... ou pelo menos um telefone que possamos usar. Não é tão longe assim para caminhar. Vale a pena tentar, não é? Se o Bob conseguiu sair de alguma forma, quem sabe não o viram?"

Adam nunca quis ter um cachorro. As lembranças da infância que ainda assombram seus sonhos o desencorajaram — é de se entender —, mas isso mudou quando ele conheceu Bob. Meu marido às vezes esconde bem isso, mas sei que ele ama esse cachorro tanto quanto eu.

"Tá bem, vamos", diz Adam. Ele pega minha mão e eu deixo.

Algumas partes do lago estão congeladas e, mais uma vez, meus pensamentos se voltam para Bob. Ele odeia chuva, granizo, neve ou qualquer coisa que caia do céu, mas adora água — sempre pulando em rios ou correndo em direção ao mar. Ainda assim, tenho certeza de que nosso cachorro velho e bobo saberia que deveria se manter longe de um lago congelado. Tento não pensar nisso enquanto caminhamos em direção ao chalé ao longe. Tirando o som de nossos passos comprimindo a neve fresca, o ar frio é abafado e quieto. O silêncio pode ser assustador quando não se está acostumado a ele. Morando em Londres e trabalhando em

Battersea, sem dúvida, não estou. Às vezes, ouço cães latindo enquanto durmo. Mas aqui, é tudo *tão* silencioso. Não soa natural. Não há nem sequer pássaros cantando. Agora que estou pensando nisso, não me lembro de ter visto nenhum.

Não parecia tão longe quando saímos, mas levamos mais de quinze minutos para chegar ao chalé. É minúsculo, com paredes caiadas de branco, assim como a capela, e um telhado de palha. Parece a casa de um Hobbit. É tão pequena e remota que não consigo imaginar por que alguém iria querer morar nela, mas há um carro estacionado do lado de fora — quase totalmente escondido — o que me dá esperança de que alguém queira. É um veículo grande, talvez um Land Rover antigo. É difícil dizer, pois ele está meio soterrado pela neve. Seja lá o que for, tenho certeza de que vai se sair melhor do que meu carro nesse tempo.

Limpo a garganta antes de bater na porta pintada com um vermelho vivo. Por algum motivo, estou nervosa e nem sei o que vou dizer se alguém atender.

Não preciso me preocupar; ninguém abre.

É estranho, porque eu poderia jurar ter ouvido vozes quando estávamos a caminho — um rádio, talvez, ou alguém falando com uma criança em um tom abafado. Olho para Adam, que dá de ombros, e bato de novo. Com um pouco mais de força dessa vez. Ainda não há resposta, nenhum sinal ou som de vida.

"Olha isso", diz Adam, encarando o telhado.

Presumo que ele esteja se referindo à palha, mas quando olho para cima, vejo a fumaça na chaminé. *Tem* que ter alguém lá dentro.

"Talvez eles não estejam nos ouvindo", comenta ele. "Fica aqui enquanto eu dou uma olhada rápida nos fundos."

Ele desaparece antes que eu consiga responder e some por tanto tempo que começo a me preocupar.

"Alguma resposta?", pergunto quando ele por fim volta. Talvez seja apenas o frio ou minha imaginação, mas Adam parece mais pálido do que antes.

"Sim e não", responde ele.

"O que isso quer dizer? Só precisamos achar o Bob."

"Está uma bagunça nos fundos, tudo coberto de mato e há até um banheiro externo. Por aqui, sem banheira, pelo menos, mas quem quer que viva aqui deve ser velho. Não há outra porta, apenas duas janelas sujas. Vi uma mulher lá dentro, sentada perto da lareira."

"Ótimo..."

"Acho que não", fala ele, interrompendo meus pensamentos positivos com mais pensamentos negativos. "Bati na janela para chamar sua atenção e acho que a assustei."

"Bem, dá pra entender — duvido que ela receba muitas visitas até aqui. Podemos nos desculpar. Tenho certeza de que vai querer ajudar quando explicarmos."

"Talvez não. Havia velas pra todo lado..."

"Bem, estamos sem energia e deve estar bem escuro lá dentro."

"Não, eu quis dizer *por todos os lados*. Centenas delas. Parecia uma feiticeira em plena conjuração."

"Que besteira. Aquele panfleto estúpido encheu sua cabeça de bobagens..."

"Não foi só isso. Tinha um bicho no colo dela."

Imagino o coitado do Bob e me sinto mal. "Que tipo de bicho?"

"Um coelho branco, acho..." O alívio toma o lugar do medo. Por um minuto, fiquei apavorada com o que Adam poderia dizer. "... Não tive muito tempo para absorver tudo antes que ela me visse."

"E o que aconteceu quando ela te viu?"

"Me encarou por um longo tempo e depois veio em direção à janela, chegou tão perto quanto estou de você agora. Ainda carregando o coelho branco e gordo, se é que era isso mesmo. Então, ela fechou as cortinas.

Robin

Robin não fecha apenas aquelas cortinas; ela fecha todas.

    Também apaga todas as velas — eram apenas algumas, não centenas, mas os homens são propensos ao exagero — e, em seguida, se senta no escuro, esperando que seu coração pare de bater tão acelerado. Nunca lhe ocorreu que alguém seria rude o suficiente para invadir sua propriedade ou andar pelos fundos sem ser convidado — olhando através do vidro como se ela fosse um animal em um zoológico. As cortinas não são cortinas de verdade — são lençóis de cama de segunda mão pregados acima das janelas. Ela percebe a coloração amarela da fumaça do cachimbo no tecido gasto. Ele costumava ser branco. Mas não importa o que algo *costumava* ser, contanto que sirva ao seu propósito. E as coisas não precisam ser bonitas para servir a um propósito. Robin pode não ser mais bonita, mas ela tem todo o direito de estar aqui.

    Ao contrário deles.

    Robin costumava se sentar no escuro, exatamente assim, quando sentia medo na infância. Era uma ocorrência muito comum. Ela faz o que fazia na época para tentar se acalmar: cruza as pernas, fecha os olhos e se concentra na respiração. Respirações lentas e profundas. Inspira e expira. Inspira... e... expira. Pelo menos, só *ele* a viu, isso a alegra.

Parece óbvio agora que ela pensa no assunto — é claro que os visitantes viriam aqui em busca de ajuda —, está apenas irritada por terem conseguido pegá-la desprevenida.

Robin se pergunta o que deve estar passando por suas cabeças.

Essa não é uma situação normal para nenhum deles, longe disso, e ela espera que o estresse e o medo estejam começando a cobrar seu preço. Pessoas casadas sempre acham que conhecem seus parceiros melhor do que ninguém — em especial quando já estão juntos há algum tempo —, não que isso seja verdade. Robin sabe coisas sobre os dois que ela tem certeza de que eles não sabem um sobre o outro.

Ela *o* viu olhando para o coelho em seu colo, com uma mistura de horror e repulsa no rosto. Mas Oscar, o coelho, é seu único companheiro agora. Como ela, ele é uma criatura apegada à rotina e sempre tende a pular na poltrona depois do café da manhã com grama, legumes frescos ou — quando a neve chega — vidrinhos de papinha de bebê. Pelo menos ele é de verdade, ao contrário dos personagens que Adam Wright inventa em *sua* cabeça e com os quais passa *todo* seu tempo. Às vezes, o *sr. Wright* está errado. Robin não será julgada por essas pessoas.

Ela se agacha e engatinha em direção à frente do chalé, evitando as janelas. Precisa saber se os visitantes já foram embora — há tanto a fazer e tão pouco tempo. Mas eles não foram. Então, ela se abaixa e se senta com a orelha encostada na caixa de correio da porta, ainda segurando o coelho e acariciando seu pelo. É surreal ouvi-*los* falando sobre ela do outro lado da porta. Podem não saber quem ela é, mas Robin sabe quem *eles* são. Afinal, foi ela quem os convidou para vir aqui, mesmo que ainda não tenham se dado conta disso.

Em breve, eles vão.

Amelia

"A gente devia tentar bater de novo."

"Não acho que seja uma boa ideia", responde Adam. "Ela parecia uma louca."

"Shh! Ela pode te ouvir; este lugar não tem isolamento. Como você sabe que era uma mulher?"

Ele dá de ombros. "Cabelo comprido?"

Às vezes, a incapacidade do Adam de reconhecer características em rostos pode ser mais irritante do que em outras.

"Se for uma mulher", digo, "então talvez eu devesse tentar falar com ela. Não vejo nenhuma outra casa por perto, ela deve ser a única pessoa que pode nos ajudar."

"E se ela não *quiser* nos ajudar?", sussurra Adam.

Já estou congelando, mas sinto mais frio ainda quando ele diz isso. Penso nos recortes de jornal de October O'Brien que ele encontrou enfiados em uma das gavetas da cozinha na capela e me sinto mal. Já faz tanto tempo, mas Adam trabalhou com a atriz antes do ocorrido e, às vezes, ainda me pego pensando...

"Acha que ela pode ser quem você viu do lado de fora da janela ontem à noite?", murmura ele.

Dou de ombros e isso se transforma em um arrepio. Estou um pouco aliviada por ele pelo menos acreditar em mim agora. "Não sei. Você acha?"

"Como vou saber? Não vi o que você viu e nós dois sabemos que eu não seria capaz de reconhecer um rosto, mesmo que o tivesse visto."

"Bem, a pessoa que você viu agora era gorda ou magra? Velha ou jovem?"

"Nem gorda, nem magra, acho, ela tinha um cabelo grisalho e longo."

"Então, era velha?"

"Talvez."

"Será que é a zeladora?"

"Se for, não é das boas."

"Alguém escreveu esses recados para que nós os encontrássemos", trato de lembrá-lo.

"As zeladoras não têm que manter as coisas limpas? Pelo que vi pela janela, parece que ela não faz ideia de como se usa um espanador. Deve ter uma vassoura... para voar à noite..."

"Não é hora pra brincadeiras."

"Quem disse que estou brincando? Você não viu o que eu vi, todas as velas e o coelho branco no colo dela, como se estivesse fazendo um feitiço. Já temos problemas suficientes sem incomodar a bruxa local."

Às vezes, ter uma imaginação fértil é uma maldição. Pego meu celular e o ergo, só para me dar conta que ainda não tenho sinal. Adam observa e depois faz o mesmo com o dele.

"E aí?", pergunto, olhando por cima do ombro dele. Mas Adam balança a cabeça e coloca o celular de volta no bolso antes que eu consiga ver a tela.

"Nenhuma barrinha. Por que não subimos até o topo daquela colina? Acho que vejo uma trilha", diz ele, apontando para o que me parece ser uma pequena montanha. "Um de nós pode conseguir sinal lá em cima, e, se não der certo, pelo menos teremos uma vista de todo o vale. Vai dar pra ver se há outras casas ou pessoas, ou quem sabe uma estrada movimentada onde possamos chamar atenção para alguém."

Não é uma ideia tão maluca.

"Ok. Me parece um bom plano. Mesmo assim, vou escrever um bilhete rápido, só pra garantir." Pego uma caneta na bolsa e encontro um envelope velho para rabiscar.

Desculpe incomodá-la, não queríamos nos intrometer. Estamos hospedados na Capela Blackwater. A propriedade não tem telefone e não há energia elétrica devido à tempestade, nem água graças aos canos congelados e estamos sem sinal de celular. Se você tiver um telefone que possa nos emprestar, ficaríamos muito gratos e prometemos te reembolsar pela ligação. Perdemos nosso cachorro. Se você o encontrar, o nome dele é Bob e estamos oferecendo uma recompensa generosa pelo seu retorno em segurança.

Muito obrigada,
Amelia

Mostro o bilhete ao Adam.
"Por que você acrescentou aquela parte sobre a recompensa?"
"Pro caso de ela *ser* uma bruxa e querer transformar o Bob em um coelho também", sussurro, antes de tentar passar o bilhete pela caixa de correio da porta. Parece estar fechada, por isso deslizo o envelope por baixo do batente. Então, ouço um barulho e dou um passo rápido para trás. "Anda, vamos embora."
"Pra quê a pressa?", pergunta Adam.
Eu o vejo cumprimentar um pássaro preto, só por desencargo, vai que é uma gralha. Esse é um de seus vários hábitos supersticiosos que muitas vezes me fazem amá-lo e detestá-lo ao mesmo tempo. A ideia de que não saudar uma gralha resultará na má sorte esperando por você na próxima esquina é um mito no qual minha mente lógica nunca acreditou. Mas ele acredita. Porque sua mãe acreditava. Dadas as nossas circunstâncias atuais, talvez eu devesse começar a saudá-las também.
"Ouvi alguma coisa", murmuro quando estamos um pouco mais longe. "Acho que ela estava atrás da porta o tempo todo em que estávamos conversando. Quer dizer que ouviu tudo."

Robin

Robin ouve tudo.

Ela lê o bilhete que a mulher empurrou por baixo da porta, depois o amassa em uma bola antes de jogá-lo no fogo.

Robin não é uma bruxa — não que se importe com o que eles pensam — mas, para ser franca, já foi chamada de coisas muito piores. E daí se ela não mantém a limpeza do chalé impecável? A casa é *dela* e a maneira como escolhe viver é problema *dela*. *Algumas pessoas* acham que o dinheiro é a solução para todos os problemas da vida, mas estão erradas; às vezes, o dinheiro é a causa deles. *Algumas pessoas* acham que o dinheiro pode comprar amor, felicidade ou até mesmo outras pessoas. Mas Robin não está à venda. Tudo o que ela possui agora é *dela*. Ela ganhou, encontrou ou fez tudo sozinha. Não precisa, nem quer o *dinheiro*, as *coisas* ou as *opiniões* de ninguém. Robin pode cuidar de Robin. Além disso, esse chalé pode não parecer grande coisa, mas era um lugar para onde ela costumava fugir quando criança. Assim como sua mãe antes dela. Às vezes, o lar é mais uma lembrança do que um lugar.

Os comentários sobre sua aparência pessoal a magoam um pouco, mais do que deveriam. Mas os xingamentos não fazem nem cócegas hoje em dia e a irritação inicial logo desaparece. Além disso, o fato de ser considerada uma mulher idosa a diverte de certa forma. Só porque o cabelo ficou grisalho não quer dizer que Robin seja *velha*. Ela diz a si mesma que *ele* não sabe o que diz — o homem não consegue nem sequer reconhecer o próprio reflexo. Mas mesmo a vaidade nunca tendo sido uma de suas qualidades, isso não significa que ela seja imune a insultos.

Robin se arruma e arruma um pouco a casa — porque *quer*, não por causa do que ele disse — e, em seguida, puxa com cuidado o canto de uma cortina de lençol para trás, para verificar se os visitantes ainda estão à espreita do lado de fora. Fica satisfeita ao ver que eles já estão na metade da subida da colina. Fora do caminho e do alcance dos ouvidos.

Agora que tem certeza de que eles não podem ver ou ouvir mais nada que não deveriam, Robin se senta na velha poltrona de couro e acende o cachimbo. Só precisa de algo para se acalmar, acalmar os nervos, e esta é a última chance que terá de fumar. Hoje em dia, as únicas visitas com as quais está acostumada são Patrick, o carteiro, que sabe que não deve bater à porta, nem cumprimentar ninguém, e Ewan, o fazendeiro local que pastoreia suas ovelhas nas terras ao redor do lago Blackwater. Às vezes, ele passa por lá com leite ou ovos para agradecer — ela deixa os animais se alimentarem de graça e entende que a agricultura se tornou um negócio difícil. Ele também conta a ela pequenas intrigas sobre vários personagens da cidade — não que Robin tenha interesse —, mas a *maioria* das pessoas se mantém afastada.

Porque *todos* os habitantes locais conhecem as histórias sobre a Capela Blackwater.

Robin olha pela janela em busca dos visitantes uma última vez. Eles estão próximos ao topo da colina agora, então já pode sair. Ela veste o casaco e Oscar a observa. Há alguns anos, Robin teria achado que um coelho doméstico era uma ideia ridícula, mas, como se vê, eles são surpreendentemente bons companheiros. Robin coloca uma coleira de couro vermelha no bolso e segue sozinha para a capela. Sabe o que aconteceu com o cachorro dos visitantes porque foi ela quem o pegou. Mas Robin não se sente nem um pouco culpada por isso, apesar de já ter sido dona de um cachorro e saber o quanto eles devem estar chateados.

Pessoas más merecem as coisas ruins que acontecem com elas.

Ferro

Palavra do ano:
exultante *adjetivo* sentindo-se feliz ou muito contente

28 de fevereiro de 2014 — nosso sexto aniversário de casamento

Querido Adam,
Este foi um bom ano para nós dois, não foi? Você estava feliz, o que me deixou feliz, como se isso fosse contagioso. Henry Winter pediu que você adaptasse outro de seus romances para o cinema — um suspense sobre um assassinato com um toque de terror dessa vez, chamado *The Black House* — e as coisas parecem estar indo na direção certa com seus próprios roteiros também, com *Pedra Papel Tesoura* em pré-produção agora!

Temos que agradecer a October O'Brien por isso. Ter uma atriz de primeiro escalão a bordo não apenas ajudou a abrir portas para seus próprios projetos em Hollywood, mas também atraiu a atenção de um grande produtor, alguém em quem você confia. Vocês três passaram ~~uma quantidade absurda~~ bastante tempo juntos este ano e você zarpando para Los Angeles com eles mais de uma vez, não que eu me importe.

Além disso, graças a October, acabamos de ter um de nossos melhores aniversários de todos os tempos.

Eu disse a ela que nunca viajamos para comemorar a data porque você está sempre muito ocupado trabalhando — o que é verdade — e foi então que ela sugeriu que comemorássemos nosso sexto aniversário de casamento em grande estilo, na casa de campo francesa dela. Foi muita gentileza, principalmente agora que ela está passando por um momento tão difícil. A imprensa ficou sabendo de uma multa por excesso de velocidade, uma de muitas, ao que parece. O belo rosto de October — e seu carro caríssimo — estava estampando os jornais, mas pelos motivos errados. Ela adora dirigir carros velozes, mas agora vai ter que encarar a Justiça e, devido a todas as infrações anteriores, parece que pode até perder a carteira de motorista.

A travessia do Eurotúnel foi muito mais rápida do que eu imaginava. Entramos no trem e, pouco mais de trinta minutos depois, estávamos em Calais, como num passe de mágica. Bob usou o passaporte para animais de estimação pela primeira vez e foi muito fácil viajar com um cachorro. Vi uma mulher atravessando o canal com um coelho no banco do passageiro do carro. Ele usava uma pequena coleira peitoral vermelha e andava com uma guia. Nunca havia visto nada igual!

Passeamos por Paris — eu queria ver a Catedral de Notre-Dame — e depois do almoço em um pequeno café na margem do rio Sena, demos uma volta pelos "Bouquinistes de Paris" e os livreiros não nos decepcionaram. Cada um tinha sua própria exposição de livros de segunda mão — centenas deles — sob um mar de barracas com coberturas verdes ao longo do caminho às margens do rio. Como seus antecessores vinham fazendo há centenas de anos.

Você estava em casa.

"Sabia que essas bancas de livros foram declaradas Patrimônio Mundial da UNESCO em 1991?", você disse, parando para cheirar os livros, literalmente. É algo que você sempre faz e, embora eu já tenha achado isso um pouco estranho, agora acho cativante. Adoro a maneira como você pega um livro nas mãos, vira as páginas com cuidado, como se o papel fosse feito de ouro, e depois as cheira, como se pudesse respirar a história.

"Não sabia disso", respondi, tendo ouvido você contar essa história várias vezes antes. Essa é uma coisa engraçada sobre o casamento que ninguém nunca menciona. As pessoas acham que quando um casal esgota as histórias que contam um ao outro, já era. Eu poderia ouvir suas histórias o dia todo, mesmo as que já ouvi, porque cada vez que você conta uma, ela é um pouco diferente. Ninguém sabe tudo sobre outra pessoa, não importa há quanto tempo estejam juntos, e se você sentir que sabe demais, algo está errado.

"Dizem que o Sena é o único rio do mundo que corre entre duas estantes de livros", você disse e segurou minha mão. "Gostei disso", respondi, porque gostava, mesmo. Ainda gosto. "E eu gosto de você", você respondeu e me beijou.

Fazia anos que não nos beijávamos assim em público. No início, fiquei tímida — não tinha certeza se ainda lembrava como era —, mas depois me rendi à ideia de sermos nós de novo. As pessoas que costumávamos ser. Viajamos no tempo até o momento em que eu era a garota com quem você queria se casar e você era o homem que eu esperava que me pedisse em casamento.

October nos emprestou sua casa francesa em Champagne enquanto ela está filmando nos Estados Unidos. Ela tem quatro casas diferentes espalhadas pelo mundo. Deve ser por isso que é tão boa em mudar de sotaque e aparência. A casa na França fica a vinte minutos de caminhada da Moët & Chandon, na Avenue de Champagne — que estou convencida de que é o melhor endereço que já ouvi — e posso ver por que ela gosta mais de morar aqui do que em Londres ou Dublin. Me sinto como se estivéssemos na Disneylândia para os amantes do vinho. A avenida principal é um paraíso pavimentado de pedras para quem gosta de uma taça de espumante. *Chateaus* elegantes se alinham em ambos os lados da rua, cada um pertencente aos fabricantes de vinho mais antigos e mais conhecidos do mundo. A cidade em si está repleta de restaurantes premiados e pequenos bares charmosos, todos servindo champanhe como se fosse limonada.

O refúgio francês de sua atriz favorita tem a localização perfeita: perto o suficiente para caminhar até o centro da cidade, mas longe o suficiente para nos sentirmos no campo, com vistas deslumbrantes dos vinhedos e do vale abaixo. A construção já foi uma pequena vinícola independente abandonada. Agora é uma casa de luxo, com vigas de madeira e grandes janelas de vidro. Moderna, mas com características originais suficientes para fazê-la parecer um lar. Nada mal para uma mulher com menos de 30 anos. Ela parece ter sido picada pelo bichinho da reforma e já está de olho em outra propriedade abandonada que deseja transformar, segundo você. Em um lugar um pouco mais remoto.

Chegamos tarde, portanto, depois de um jantar com camembert derretido, geleia e pão francês fresco, regado a uma garrafa de champanhe — *bien sûr* — fomos direto para a cama.

"Feliz aniversário de casamento", você disse na manhã seguinte, beijando-me ao acordar.

No início, não tive certeza de onde estava, mas depois relaxei quando vi a vista deslumbrante do quarto de hóspedes: nada além de céu azul, sol e vinhedos. Você sorriu quando me entregou meu presente e parecia bastante satisfeito consigo mesmo. Me desculpe se pareci um pouco decepcionada quando o abri, eu ainda estava meio dormindo e não esperava que você me desse um marcador de páginas. Não me entenda mal, pois se tratando de marcadores de páginas, é um marcador muito bonito, feito de ferro para representar nosso sexto ano e gravado:

Sou tão ferriz por ter me casado com você.

Você pareceu achar isso hilário.

"Fico exultante por você gostar tanto de ler quanto eu", disse você. "É bom quando passamos uma noite com alguns livros e uma garrafa de algo bom em frente à lareira, não é?"

"Ninguém com menos de 70 anos ainda usa a palavra 'exultante'", respondi.

É verdade — de fato, leio tanto quanto você hoje em dia. Que escolha eu tenho? Ou lemos juntos ou ficamos sozinhos.

Eu lhe dei seu presente: uma chave de ferro vintage de aparência muito elaborada. Você pareceu tão pouco impressionado quanto é provável que eu tenha parecido alguns minutos antes e decidi que talvez precisássemos melhorar nossas escolhas de compra de presentes.

"O que ela abre?", perguntou você.

"Um segredo", falei e meti a mão por baixo dos lençóis brancos.

Acho que você se lembrará do que aconteceu duas vezes no quarto de October O'Brien. Foi o melhor sexo que fizemos em muito tempo. Havia várias fotos de nossa adorável anfitriã penduradas nas paredes: October ganhando um Bafta ou posando com membros da família real para o trabalho de caridade que ela faz ou sorrindo com outros jovens e belos astros de Hollywood que eu deveria saber os nomes, mas não sei. Em determinado momento, me virei, com medo de que ela estivesse nos observando.

Me odeio por pensar assim, mas espero que tenha sido eu que você estava imaginando na cama dela.

Dei uma bisbilhotada no local enquanto você tomava banho. Quem não faria isso? Havia lemas inspiradores espalhados por toda parte, inclusive uma gravura emoldurada que dizia: VOCÊ RECEBE PELO QUE BATALHA, NÃO PELO QUE DESEJA e — o meu favorito — SEJA A PESSOA QUE SEU CÃO PENSA QUE VOCÊ É. Eu nem sabia que ela tinha um. Havia também algumas correspondências fechadas sobre o capacho da porta e dois dos envelopes que peguei estavam endereçados a R. O'Brien.

"Não sabia que October era casada", falei enquanto colocava a correspondência na penteadeira e dava uma olhada rápida nas gavetas dela.

"Ela não é", respondeu você do banheiro.

"Então quem é R. O'Brien?"

"Quê?", perguntou você, gritando por cima do som do chuveiro.

"Essas cartas estão todas endereçadas a alguém chamado R. O'Brien."

"October é só um nome artístico. Isso ajuda a manter a vida privada dela em sigilo", respondeu você. "É bom também, já que a imprensa às vezes fica no pé dela. Aquela história da multa por excesso de velocidade e todas as manchetes que isso gerou, parecia que ela tinha matado alguém." Então, do nada, você mudou de assunto e fiquei feliz, porque eu queria que esse tempo fora fosse só sobre nós. Somente nós.

Eu te dei aquela chave de ferro porque quero te contar a verdade sobre tudo. Tudo mesmo. Estamos tão felizes no momento, que não quero mais que haja segredos entre nós. Mas quando você desembrulhou e segurou a chave para tudo em sua mão, senti que havia algo errado. Por que arruinar nosso presente ou comprometer nosso futuro com meu passado? É melhor nos deixar viver essa versão feliz de nós por mais algum tempo.

Com todo o meu amor,
Sua mulher
Beijinhos

Adam

Cuido mais de mim do que minha esposa, ela passa muito tempo cuidando dos outros. Quando chegamos ao topo da colina, Amelia estava com o rosto vermelho e sem fôlego. Eu poderia ter facilitado as coisas, talvez ter ido um pouco mais devagar, mas queria nos afastar o mais rápido possível daquele chalé.

"Não consigo ver nada", disse ela.

"Isso é porque não tem nada para ver."

A rigor, nenhuma dessas coisas é verdadeira.

Há uma vista completa de 360 graus do vale daqui de cima — como havia previsto —, apenas montanhas nevadas e natureza selvagem até onde a vista alcança. É estonteante, mas, dadas as circunstâncias, seria preferível avistar outra casa, um posto de gasolina ou uma cabine telefônica. Uma paisagem linda, mas árida, é exatamente o que eu temia: não há para onde fugir. Ou onde se esconder. Estamos completamente isolados.

Na verdade, avistei algo.

Lá no chalé.

Desde então, isso tem me incomodado.

Não reconheci a mulher — nunca reconheço ninguém —, mas tive uma estranha sensação de déjà-vu. Tento guardá-la nos recantos mais escuros de minha mente — longe da vista — e olho para minha esposa.

Ela está de costas para mim, ocupada com a vista do vale. Percebo que ainda está tentando recuperar o fôlego e organizar os pensamentos, mas ambos parecem fora de alcance. Gostaria de poder vê-la como as outras pessoas a veem. Reconheço a forma do corpo de Amelia, o comprimento e o estilo de seu cabelo. Conheço o cheiro do xampu, do creme hidratante e o perfume que dou a ela nos aniversários ou no Natal. Conheço sua voz, suas peculiaridades e seus maneirismos.

Mas quando olho para o rosto dela, poderia estar olhando para qualquer pessoa.

Li um suspense sobre uma mulher com prosopagnosia no ano passado. No início, fiquei muito empolgado — não se escreve muito sobre a cegueira facial. Achei que seria uma boa premissa e daria um bom drama para a TV, além de ajudar a aumentar a conscientização sobre o distúrbio, mas, infelizmente, não foi o que aconteceu. A escrita era tão decepcionante e medíocre quanto o enredo, então, recusei o trabalho. Passo tanto tempo reescrevendo as histórias de outras pessoas que gostaria de ser melhor em reescrever as minhas próprias.

Às vezes, acho que eu deveria ter sido um autor. As palavras deles são tratadas feito ouro, são intocáveis e podem viver felizes para sempre dentro de seus livros — mesmo os ruins. Em comparação, as palavras de um roteirista são como jujubas; se um executivo não gostar delas, as mastiga e cospe longe. Junto com quem as escreveu. Minha própria experiência de vida teria sido um suspense melhor do que esse romance. Imagine não ser capaz de reconhecer sua esposa, seu melhor amigo ou a pessoa responsável por matar sua mãe bem na sua frente quando era criança.

Minha mãe foi a pessoa que me ensinou a ler e a me apaixonar por histórias. Juntos, devoramos os romances da biblioteca no apartamento do conjunto habitacional em que cresci, e ela dizia que os livros me levariam a qualquer lugar se eu os permitisse. Mentirinhas com boas intenções são primas das mentirinhas por omissão. Ela também dizia que meus olhos ficariam quadrados de tanta TV que eu insistia em assistir, mas quando nosso velho aparelho quebrou, minha mãe vendeu todas as joias — exceto sua amada aliança de safira — na loja de penhores para comprar outro para mim. Ela sabia que os personagens que eu amava nos livros, filmes e programas de tv preenchiam as lacunas deixadas pela família ausente e pelos amigos inexistentes quando eu era criança.

Vê-la morrer será sempre a pior coisa que já me aconteceu.

"O que vamos fazer agora?", pergunta Amelia, interrompendo meus pensamentos.

Foi uma subida longa e íngreme até o topo dessa colina — nós dois estamos vestidos de forma inadequada para a caminhada e para o clima — e, pelo visto, foi tudo em vão. Nenhum de nós tem sinal em nossos celulares, mesmo aqui em cima. Bob não está em lugar nenhum, nem há qualquer forma de pedir ajuda. Posso ver a capela ao longe, lá embaixo, e ela parece muito menor do que antes. Menos ameaçadora. O céu, por outro lado, escureceu desde que saímos. As nuvens parecem determinadas a bloquear o sol e Amelia está tremendo. Estava tudo bem enquanto estávamos nos mexendo, mas também sinto o frio desde que paramos e sei que não devemos ficar imóveis por muito tempo. Quando chegamos ao topo de uma colina, muitas vezes podemos olhar para trás e ver todo o caminho que percorremos para fazer a jornada. Mas, enquanto você está andando, às vezes é impossível ver para onde está indo ou por onde passou. Parece uma metáfora da vida, e eu ficaria tentado a escrever esse pensamento se não estivesse com tanto frio. Dou uma última olhada ao redor, mas, além da capela e do chalé, realmente não há nada para ver, exceto uma paisagem coberta de neve por quilômetros em todas as direções.

"Acho que estamos mesmo no meio do nada", digo.

"Estou congelando", responde ela, esfregando os braços. "Coitado do Bob."

Tiro meu casaco e a envolvo com ele. "Anda, vamos embora. Vamos acender a fogueira quando voltarmos, vamos nos esquentar e traçaremos outro plano. A descida vai ser mais fácil."

Estou errado quanto a isso.

O chão parece ainda mais escorregadio agora do que na subida, e uma combinação de neve e gelo torna nosso progresso lento. O céu cinza lamacento fica um tom mais escuro e, embora nós dois façamos um bom trabalho fingindo não perceber as primeiras gotas de granizo, segundos depois é impossível ignorar. Nossas roupas não foram projetadas para resistir ao clima extremo do inverno e nós também não. O vento sopra o granizo em todas as direções e, em poucos minutos, estamos encharcados até os ossos. Até eu estou tremendo agora.

Quando penso que as coisas não podem piorar — em termos de clima — o granizo se transforma em saraivada, caindo do céu feito balas. Prevejo que estaremos cobertos de hematomas quando voltarmos. *Se* voltarmos. Sempre que me atrevo a olhar para cima, arriscando-me a ficar com o rosto cheio de pequenas partículas de gelo, percebo que parece que não estamos mais descendo a colina. A capela ainda está pequena e muito distante.

A chuva de granizo que cai do céu se aplaca, e o granizo se transforma em neve.

"Vamos tentar progredir um pouco mais enquanto podemos", digo, estendendo a mão para ajudar Amelia a descer de uma parte do caminho rochoso para outra. Mas ela não pega minha mão.

"Estou vendo alguém", diz ela, olhando para longe.

Protejo meus olhos, examino o vale lá embaixo, mas não vejo nada. "Onde?"

"Indo para a capela", sussurra Amelia, como se pudessem ouvi-la do a mais de um quilômetro e meio de distância.

Com certeza, vejo a forma de uma pessoa subindo os degraus da capela.

Procuro a chave gigante com a qual tranquei as velhas portas de madeira antes de sairmos e começo a relaxar quando a encontro no bolso. Mas minha breve sensação de conforto evapora quando vejo a figura sombria abrir as portas e desaparecer lá dentro. Tenho certeza de que devo ter imaginado — embora seja difícil ter certeza de qualquer coisa a essa distância —, mas parecia que ela vestia um quimono vermelho. Como aquele que minha mãe costumava usar quando convidava... amigos para dormir em casa. Tento deletar esse pensamento, como sempre, mas as teclas da minha mente emperram. Talvez eu tenha imaginado as roupas, mas, *de fato*, alguém acabou de entrar na capela. Mesmo que eu descesse correndo a colina e não escorregasse no gelo ou caísse na neve, acho que levaria pelo menos vinte minutos para voltar para lá e confrontar quem acabou de entrar.

"Me conta como acabamos parando nesse lugar, mesmo", digo, com uma voz trêmula que parece uma imitação ruim da minha.

"Já te contei. Ganhei o fim de semana no sorteio de Natal da equipe."

"E você ficou sabendo quando recebeu um e-mail?"

"Isso."

"E o e-mail veio de...?"

"Da zeladoria. Já te disse."

"Mais alguém que você conhece no trabalho ganhou algo semelhante?"

"A Nina ganhou uma caixa de doces da Quality Street, mas ela comprou vinte bilhetes do sorteio, então estava fadada a ganhar alguma coisa.

"Quantos bilhetes do sorteio você comprou?", pergunto, já temendo a resposta.

"Apenas um."

Robin

Não leva muito tempo para Robin caminhar do chalé até a capela.

Oscar parecia muito triste quando ela o deixou para trás, suas grandes orelhas de abano brancas ainda mais caídas do que o normal. Robin precisava desesperadamente de algum conforto e companhia quando chegou a Blackwater e Oscar parecia ser um bom nome para o companheiro que ela encontrou. Robin sempre gostou muito daquelas estátuas de bronze sólido que a indústria cinematográfica distribuía uma vez por ano. *Seu* único Oscar pode ser um coelho, mas ela o adora.

Robin avistou os visitantes no mirante no topo da colina e sabia que tinha pelo menos meia hora para fazer tudo o que precisava. Não conseguiriam voltar a tempo de impedi-la, mesmo que tentassem. Ao contrário deles, ela está vestida de forma adequada para o inverno. Mesmo que suas botas emprestadas sejam grandes demais, ainda são melhores do que os tênis da moda para caminhar por colinas e campos cobertos de neve.

Ela se detém do lado de fora da capela um pouco antes de entrar, parando para olhar os vitrais e o pequeno campanário branco empoleirado no topo do prédio. Com o lago e as montanhas ao fundo, é como se estivesse olhando para uma pintura. Percebe que está aqui há muito tempo, em mais de um sentido; uma pessoa pode se tornar imune à beleza quando exposta a ela com muita frequência. Quando Robin se permite entrar, o vento também o faz, soprando uma nuvem de partículas de poeira disfarçadas de neve no ar. Ela acha engraçado o fato de os visitantes pensarem que é a zeladora. Não é por isso que tem uma chave.

Robin tira as botas no foyer — o lugar pode estar imundo, mas não há necessidade de piorar as coisas — e depois, caminha até a cozinha. Suas meias têm mais buracos do que um uma meia-calça arrastão, mas em cavalo dado não se olha os dentes. A capela está ainda mais fria do que o normal e já tem um cheiro diferente do que tinha antes de eles chegarem. Os vestígios do cachorro, junto ao perfume insuportável da mulher, agora impregnam o ar abafado.

Apressada, Robin vai até a sala de estar, tira a luva da mão direita e passa os dedos pelas lombadas dos romances que se alinham nas prateleiras. Faz isso toda vez que vem aqui, da mesma forma que algumas pessoas não conseguem resistir a tocar as pontas do trigo em um campo. Ela percebe o leve cheiro de fumaça e vê que os visitantes queimaram todas as toras que deixou para eles na noite passada. Não que isso importe agora. Pelo menos, não para ela. Talvez, importe para eles mais tarde.

Quando Robin agarra o corrimão da escada em espiral, um milhão de lembranças indesejadas inundam sua mente, afogando sua coragem e atrapalhando sua concentração.

Seu foco determina seu futuro.

Robin gosta muito de lemas inspiradores como esse. Ela repete as palavras para si mesma até que seus pensamentos se estabilizem de novo e, em seguida, sobe a escada, pisando nos degraus que rangem, ignorando os rostos ausentes entre as fotos emolduradas na parede.

A cama onde os visitantes dormiram na noite passada não foi arrumada. Ainda parece estranho ter deixado *eles* dormirem aqui. Mas não demora muito para que Robin arrume os lençóis, endireite o edredom e afofe os travesseiros. É o mínimo que pode fazer: se os visitantes ainda estiverem aqui esta noite — e eles vão —, precisarão descansar. Então, ela olha dentro das malas e examina as coisas deles, porque pode e porque quer.

Ela começa pelo banheiro. Robin encontra o xampu da mulher e o cheira antes de despejar o conteúdo no ralo. Ver as escovas de dentes rosa e azul lado a lado provoca outra onda de irritação, então ela pega as duas e as usa para limpar o vaso sanitário. Esfrega com tanta força que as cerdas parecem achatadas. Depois, põe tudo de volta no lugar, como encontrou.

Os potes de creme facial deixados no parapeito da janela parecem caros, então Robin aplica um pouco nas próprias bochechas. Já faz algum tempo que sua rotina de cuidados com a pele não consiste em nada mais do que uma flanela molhada uma vez por dia, e o hidratante é tão bom que decide ficar com ele, colocando o frasco no bolso. Ela volta para o quarto e dá uma última olhada ao redor, percebendo que a gaveta de uma das mesas de cabeceira está ligeiramente aberta. Ela examina mais de perto, esperando que algo possa ter sido deixado lá dentro.

A maneira como algumas pessoas confiam cegamente nas outras sempre deixou Robin perplexa. Pelo menos um dos visitantes acreditava que estava vindo aqui para um fim de semana e que a Capela Blackwater era uma espécie de imóvel de temporada. Não é e nunca vai ser. Pelo menos não enquanto ela estiver viva.

Quando Robin pensa nas propriedades em que as pessoas pagam grandes quantias de dinheiro para se hospedar, hotéis, Airbnbs, chalés superfaturados à beira-mar, não consegue deixar de pensar em todas as outras centenas de estranhos que já dormiram nos mesmos lençóis, beberam dos mesmos copos ou cagaram no mesmo banheiro. Todas essas pessoas, usando os mesmos códigos de acesso a cada troca — mãos diferentes guardando as mesmas chaves em bolsos diferentes uma vez por semana. As fechaduras raramente são trocadas, mesmo quando as chaves dos imóveis alugados são perdidas, portanto, na verdade, não se sabe quantas pessoas podem ter uma cópia. Qualquer pessoa que já tenha se hospedado lá pode voltar a qualquer momento e entrar no lugar.

Ela encontra uma carteira na gaveta. Parece estranho que o homem a tenha deixado para trás, mas os donos de animais agem de forma estranha quando estão preocupados com seus bichos de estimação. Robin consegue compreender isso. Ela desliza os cartões de crédito para fora da carteira, um a um, passando o polegar sobre o nome em relevo. Em seguida, encontra um papel amassado entre as dobras de couro. Ela o segura contra a luz e vê que é um tsuru de origami. Está um pouco queimado nas bordas, mas Robin sabe que esses pássaros trazem boa sorte, e o fato de ele carregá-lo na carteira a faz odiá-lo um pouco menos. Todo o resto, ela coloca de volta no lugar que encontrou.

Há uma bombinha na gaveta do outro lado da cama. Robin a coloca na boca e dá uma tragada, mas não é tão satisfatório quanto seu cachimbo. Ela expele o resto do conteúdo no ar e leva a bombinha vazia com ela, junto com os remédios para dormir que encontrou. Depois de uma rápida ida até a torre para tocar o sino da capela, Robin volta para dentro para terminar o que eles começaram.

Amelia

Adam começa a descer a colina correndo em direção à capela, mas não consigo acompanhá-lo. Ele tem se preocupado um pouco com a própria saúde e condicionamento físico há algum tempo e começou a tomar vitaminas e suplementos, o que é novo. Sua obsessão por correr pelo menos duas vezes por semana está finalmente dando resultado, e eu digo a ele para não me esperar, quanto mais cedo um de nós voltar, melhor. Continuo tendo que parar para recuperar o fôlego. Esqueci de trazer minha bombinha — fui burra e a deixei ao lado da cama em meu pânico para encontrar o Bob —, mas sei que vou ficar bem, desde que respeite meu ritmo e tente manter a calma.

Parece mais fácil na minha cabeça do que na realidade.

Se nós dois não tivéssemos visto alguém entrando na capela, eu acharia que tinha imaginado aquilo. Mas era real. Talvez seja a zeladora misteriosa? Que veio verificar se estamos bem depois da tempestade? Digo a mim mesma que quem quer que seja, vai ser capaz de nos ajudar. E que vai querer. Porque nenhuma das outras possibilidades que estão passando na minha mente é boa. Quando chego à trilha coberta de neve ao pé da colina, fico aliviada por estar em uma superfície plana de novo. A vantagem de Adam aumentou. Agora, ele não está muito longe da capela, então acelero o passo o máximo que consigo, tentando alcançá-lo.

Paro quando o sino da torre começa a tocar.

A neve acerta meu rosto. Não vi Adam entrar, mas ele deve ter entrado, porque quando olho para cima — protegendo os olhos da nevasca implacável — ele desapareceu. Será que *ele* bateu o sino? Lembro-me de quando Adam disse que as portas principais eram a única maneira de entrar e sair da capela. Não vi ninguém sair, o que significa que quem quer que tenhamos visto entrar ainda está lá. Tudo pode estar acontecendo. A última tempestade de neve parece ter tornado o mundo preto e branco. Mal consigo ver minha própria mão quando a mantenho parada em frente ao rosto; tento correr mais rápido, mas continuo escorregando e meu peito começa a doer. Meu coração está batendo acelerado e minha respiração está muito fraca. Minha ansiedade aumenta ao saber que, mesmo em uma emergência médica, não temos como pedir ajuda.

Quando finalmente chego às enormes portas da capela, não preciso me preocupar em bater — elas estão escancaradas e o chão da sala das botas está coberto de neve. Vejo um par de galochas grandes e desconhecidas ao lado do antigo banco da igreja e percebo que alguém desenhou vários rostos sorridentes na poeira em sua superfície de madeira. Me pergunto se isso significa alguma coisa e levanto a tampa, mas está vazio. Quando olho para cima, vejo meu reflexo na parede de espelhos minúsculos. Estou deplorável.

"Adam?", chamo, mas me deparo com um silêncio lúgubre.

A cozinha está vazia, assim como a sala de estar cheia de livros. Corro pela escada de madeira em espiral em direção ao primeiro andar, ofegante e segurando o corrimão como se fosse uma bengala. Ignoro a placa de PERIGO — MANTENHA DISTÂNCIA na última porta e subo os degraus até a torre do sino. Mas não há ninguém lá e o quarto também está vazio. Não faz sentido. A dor no meu peito não está melhorando, então abro a gaveta ao lado da cama. Minha bombinha sumiu. Tenho *certeza* de que foi onde a deixei e agora o pânico começa a tomar conta de mim.

Preciso encontrar o Adam. De volta ao patamar da escada, tento abrir as outras portas, mas todas ainda estão trancadas. Ele não está aqui, já procurei em todos os cômodos. Então me lembro da cripta.

"Adam!", grito, mais uma vez.

Silêncio. Corro tão rápido que quase caio das escadas.

"Estou aqui!", responde ele quando chego à sala, mas não consigo vê-*lo*.

"Onde você está?", berro de volta.

"Atrás da estante de livros na parede do fundo."

Ouço suas palavras, mas não entendo o que ele quer dizer.

Sigo o som de sua voz, olhando para as prateleiras forradas de livros do chão ao teto. Sigo sem entender até ver um raio de luz revelando uma porta secreta, coberta com as lombadas de livros antigos. Hesito antes de abri-la, mais uma vez sentindo como se tivesse caído na toca do coelho ou ficado presa em um dos romances sombrios e doentios que meu marido adora adaptar.

A porta delgada se abre com um rangido e revela outro cômodo. É um gabinete, mas diferente de qualquer outro que eu já tenha visto antes. O espaço comprido, estreito e escuro tem apenas um vitral para iluminação. Há uma escrivaninha antiga em um canto e meu marido está sentado nela.

"Quem quer que fosse a pessoa que estava aqui, ela sumiu", diz Adam sem olhar para cima. "Procurei em todos os lugares. A única coisa que notei de diferente foi que a porta deste cômodo estava aberta."

"Não estou entendendo..."

"Acho que estou começando a entender. Eu reconheço este cômodo."

Ele não parece notar que mal consigo respirar. Não existem suplementos para pessoas que sofrem de déficit de empatia e meu marido sempre se distraiu facilmente com os próprios pensamentos e sentimentos. "Você reconhece?"

"Sim, eu já o vi antes. Não conseguia lembrar onde, a princípio, mas depois reparei nisto", diz ele, batendo na mesa de madeira reluzente. "Vi uma foto deste gabinete em uma revista, embora tenha sido há alguns anos. E me lembro sobre quem era o artigo. Você diz que ganhou uma viagem de fim de semana por acaso, em um sorteio, mas isso não pode ser verdade. É muita coincidência. Agora, eu sei a quem esta propriedade pertence."

Cobre

Palavra do ano:
desconcertada *adjetivo* sentindo-se confusa e desorientada.

28 de fevereiro de 2015 — nosso sétimo aniversário de casamento

Querido Adam,
 Tem sido um ano difícil.
 October O'Brien foi encontrada morta em um hotel de Londres há alguns meses, e você foi uma das últimas pessoas a vê-la com vida. A suspeita é de suicídio, de acordo com os jornais. Não havia nenhum bilhete, mas garrafas vazias de álcool e comprimidos foram encontrados ao lado da cama. Foi devastador, óbvio. E surpreendente: a mulher sempre pareceu tão feliz e positiva, pelo menos por fora. Mal tinha 30 anos e tinha tudo que precisava para viver. Vocês dois ficaram muito próximos — eu também gostava muito dela —, mas isso também significa que as filmagens de *Pedra Papel Tesoura* foram canceladas. Não se pode fazer uma série de TV sem a estrela do programa.
 O velório foi horrível. Dava para perceber que muitas pessoas estavam apenas encenando o que achavam que deveria ser o luto. ~~Embustes,~~

~~duas caras~~. Parece que amigos verdadeiros são ainda mais difíceis de encontrar quando se é famoso. Fiquei surpresa ao descobrir que o nome verdadeiro de October era Rainbow O'Brien. Seus pais eram hippies e ninguém usava preto no funeral.

"Graças a Deus ela usou um nome artístico", sussurrou você.

Assenti com a cabeça, mas não tinha certeza se concordava. Ela era um pouco como o próprio nome, um arco-íris: linda, cativante, colorida e desapareceu de nossas vidas quase tão rápido quanto apareceu nelas. Eu costumava pensar que um nome era apenas um nome. Agora não tenho tanta certeza. Eu mesma me tornei bastante amiga de October — drinques ocasionais, passeios com o cachorro e visitas a galerias de arte — e também sinto falta dela. Parece que algo, não apenas alguém, está faltando em nossas vidas, agora que ela não está mais presente.

Uma viagem a Nova York parecia ser uma ótima maneira de passar nosso sétimo aniversário de casamento e nos distrair de tudo isso, até que percebi que coincidia com a estreia do último filme de Henry Winter, *The Black House*. Você ficou tão ~~ansioso para puxar saco~~ lisonjeado quando ele disse ao agente dele e ao estúdio que só compareceria se você fosse. Você pensou que era porque ele estava satisfeito com a adaptação e queria que você recebesse o crédito merecido por ter escrito o roteiro. Mas não era por isso que ele o queria lá. Ou porque sugeriu que você convidasse a esposa.

Você tem andado ~~mal-humorado pra cacete~~ um pouco distante nos últimos tempos, e eu não queria começar outra briga, mas ficar segurando vela para dois escritores enquanto eles se deleitavam no calor temporário do sol inconstante de Hollywood não me atraiu muito. Nem caminhar pelo tapete vermelho do antigo cinema em Manhattan, onde foi realizada a estreia. O Ziegfeld era o meu tipo de lugar — um cinema antigo decorado em vermelho e dourado, com um mar de poltronas de veludo vermelho. Mas ser fotografada na entrada me fez sentir uma fraude. Detesto que tirem fotos de mim na maior parte do tempo e, comparada a todas as belas criaturas presentes — com cinturas minúsculas e cabelos enormes —, tive medo de ser uma decepção para você. É difícil brilhar quando se está cercada de estrelas. A ideia de ser apenas normal parece deixá-lo muito infeliz, mas é tudo o que eu sempre quis que fôssemos.

O acordo era que passaríamos um tempo sozinhos depois da estreia, mas Henry queria que você o acompanhasse a mais alguns eventos no dia seguinte. Entendo por que não podia dizer não, só queria que você não tivesse desejado dizer sim. Entendo que sempre foi um grande fã dele e entendo o quanto é grato por ele ter permitido que você adaptasse o trabalho dele. Sei o que isso significou para sua carreira, mas já não paguei o preço? Perambular por uma cidade sozinha enquanto você segura a mão de um autor em vez da minha não é como imagino um aniversário de casamento feliz.

Você não tem sido o mesmo há algum tempo. Sei que está de luto pela October, entendo que ela era mais do que apenas uma colega, e o adiamento do sonho de ver seu próprio trabalho na tela, mais uma vez, deve ser decepcionante. Mas ainda parece que há algo mais acontecendo. Algo que você não está me contando. Em nossas vidas, há pessoas que são residentes, aquelas que ficam por anos; e turistas, que estão apenas de passagem. Às vezes, pode ser difícil perceber a diferença. Não conseguimos, não podemos e não devemos tentar nos apegar a todos que conhecemos, e eu conheci muitos turistas, pessoas de quem eu deveria ter mantido uma distância segura. Se você não deixar ninguém se aproximar demais, eles não podem te machucar.

Passei o dia de hoje sozinha, visitando as partes de Nova York que nunca tinha visto antes, enquanto você seguia Henry Winter pela cidade. O autor idoso pode parecer encantador, nas raras ocasiões em que esteve em sua companhia, mas na vida real o homem vive como um eremita, bebe como um peixe e é impossível de agradar. Não devia te contar isso, porque eu nem deveria saber de nada. Também li todos os romances dele, assim como você. O mais recente foi, quando muito, medíocre, mas você ainda age como se o homem fosse Shakespeare reencarnado.

Tentei não pensar nisso quando visitei a Estátua da Liberdade. O barco para a ilha estava lotado, mas mesmo assim me senti sozinha. Dentro do monumento, me juntei a um grupo de estranhos para um passeio. Havia famílias, casais, amigos e, ao subirmos a escadaria, percebi que todos pareciam ter alguém com quem compartilhar a experiência.

Exceto eu. Uma pessoa do trabalho me mandou uma mensagem perguntando como estava indo a viagem. Acabei de conhecê-la e me pareceu um pouco íntimo demais, então não respondi.

Há 354 degraus até a coroa da Estátua da Liberdade. Enquanto subia, eu contava, em silêncio, os motivos pelos quais ainda estávamos juntos. Há muitas coisas boas em nosso casamento, mas um número crescente de coisas ruins me faz sentir que estamos começando a nos afastar. Essa distância entre nós, os espaços vazios em nossos corações e palavras, isso me assusta. Muitos casais que conhecemos estão se arrastando, mas a maioria deles têm filhos pequenos para mantê-los colados um ao outro. Só temos a nós mesmos. No topo da estátua, fiz algo que nunca faço... tirei uma selfie.

Depois disso, fui para Coney Island. Acho que deve ser mais movimentada no verão, mas gostei bastante de passear pelos fliperamas fechados. Até encontrei um presente de última hora para você — cobre, o tema deste ano, foi um pouco desafiador. Tivemos tantos altos e baixos ao longo de nosso relacionamento, mas suponho que o sétimo ano seja mesmo difícil. Já ouvi falar sobre a crise dos sete anos e tenho certeza de que você também deve ter ouvido. Aconteça o que acontecer, sei que não vou ser a primeira a entrar nessa.

Quando meus pés doíam de tanto andar, voltei para o hotel, que recebeu o apropriado nome de Library. É um hotel boutique pequeno, mas com a decoração perfeita, cheio de livros e personalidade. Cada quarto tem um tema e o nosso era matemática. Horror poderia ter sido mais apropriado, dada a forma como a noite acabou.

Eu havia reservado uma mesa para o jantar — sabia que você se esqueceria de lembrar — em uma churrascaria próxima chamada Benjamin, recomendada pelo concierge. A decoração e a atmosfera me fizeram pensar em *O Iluminado* e *O Poderoso Chefão* — o que, em retrospectiva, parece bastante apropriado —, mas o serviço e os bifes eram perfeitos. Assim como o vinho. Bebemos duas garrafas de tinto enquanto eu ouvia você me contar sobre o seu dia com o Henry. Você não perguntou sobre o meu, nem reparou no vestido novo que comprei na Bloomingdale's. Um elogio é algo que você só me faz por acidente hoje em dia.

Esqueci de acenar quando você entrou no restaurante, mas, de alguma forma, você sabia que era eu. Como todos os rostos lhe parecem iguais e eu estava usando algo que você nunca tinha visto, sua confiança ao se sentar à nossa mesa foi estranha e surpreendente. Também fiquei perplexa com a atenção que deu à garçonete, imaginando como você reconheceu a beleza de suas feições de 20 e poucos anos, se não podia ver o rosto dela.

Acho que eu sabia que iríamos discutir antes mesmo de você dizer o que disse. Às vezes, as brigas são como tempestades e você consegue vê-las se aproximando.

"Lamento por fazer isso, mas Henry quer que eu vá com ele para Los Angeles. Devido a todo o burburinho em torno desse filme, o estúdio quer adaptar outro livro e ele diz que só aceitará a ideia se eu for ao encontro deles e concordar em escrever o roteiro."

"E o *Pedra Papel Tesoura*? Você não vai desistir dele, né? O que aconteceu com a October foi terrível, mas há outras atrizes. Trabalhar nos romances do Henry deveria ser apenas um trampolim para..."

"Não acho que escrever o roteiro de um filme de grande sucesso baseado em um romance best-seller, e escrito por um dos autores mais bem-sucedidos de todos os tempos, seja um trampolim."

"Mas o objetivo disso tudo era ajudá-lo a fazer seus próprios filmes e programas de tv — não os dele — para fazer o que você realmente queria."

"Isso é o que eu quero. Sinto muito se as escolhas da minha carreira não são boas o suficiente para você."

Nós dois sabíamos que não era isso que eu quis dizer e dava pra ver que você não sentia nada, na verdade.

"E quanto ao que eu quero? Foi sua a ideia de passarmos alguns dias juntos em Nova York e até agora mal consegui te ver..."

"Porque não podia te deixar em Londres. Você reclamaria disso para sempre."

Pela primeira vez, parece que sou eu que não consigo reconhecer meu cônjuge. "Como assim?"

"Você não parece ter amizades ou mesmo uma vida própria hoje em dia."

"Eu tenho amizades", digo, lutando para pensar no nome de alguém para ajudar a sustentar a afirmação.

É difícil quando todo mundo da minha idade que eu conhecia parece ter filhos agora. Todos desapareceram em suas novas e reluzentes famílias felizes e os convites pararam. Isso me lembrou um pouco da adolescência... ser evitada pela galera descolada porque eu não tinha o último acessório da moda. Mudei de escola algumas vezes enquanto crescia. Era sempre a garota nova e todos os outros já se conheciam há anos. Não me encaixava — nunca me encaixei —, mas adolescentes podem ser cruéis. Tentei fazer amigas e consegui por um tempo, mas sempre fiquei de fora do sistema solar desses relacionamentos de infância. Como um planeta menor, mais calado, orbitando distante dos mais brilhantes, mais bonitos e populares.

Eu ainda tentava manter contato — participando ocasionalmente de uma festa de aniversário, de uma despedida de solteira obrigatória ou do casamento de alguém com quem eu não falava há anos —, mas, à medida que todos nós crescemos e nos separamos, acho que fiquei mais distante. Meus relacionamentos de infância deram o tom para os que formei como adulta. Foi mais uma questão de autopreservação do que qualquer outra coisa de minha parte. Nunca vou esquecer da mulher que fingia amamentar os filhos até os 4 anos de idade. Sempre arranjando desculpas para não me ver — como se minha infertilidade fosse contagiosa. Hoje em dia, me preocupo mais em gostar de mim mesma do que com os outros gostarem de mim, e não perco mais tempo com falsas amigas.

Você tentou pegar a minha mão, mas eu a afastei, então você pegou seu vinho.

"Sinto muito", disse você, mas eu sabia que não sentia, não de verdade. "Foi sem querer", acrescentou, mas era apenas outra mentira. Você queria. "Henry é um escritor sensível. Se preocupa de verdade com seu trabalho e em a quem vai confiá-lo. Ele teve um ano difícil..."

"E eu já tive vários. E eu? De repente, você está agindo como se ele fosse seu melhor amigo. Você mal conhece o homem."

"Eu o conheço muito bem, conversamos o tempo todo."

Fazia tempo que eu não me sentia tão desconcertada. Quase engasguei com meu bife. "Como?"

"Henry e eu conversamos com regularidade. Pelo telefone."

"Desde quando? Você nunca mencionou isso."

"Não sabia que tinha de te contar sobre cada pessoa com quem falo ou pedir sua permissão."

Nos encaramos por um momento.

"Feliz aniversário de casamento", falei, colocando um pequeno pacote de papel sobre a mesa.

Sua cara que me fez pensar que havia esquecido de me comprar um presente, mas depois me surpreendeu tirando algo do bolso.

Você insistiu para que eu abrisse o seu primeiro, então abri. Era uma pequena moldura de cobre e vidro para pendurar. Dentro havia sete moedas de cobre de um centavo. Todas elas tinham datas diferentes, uma de cada um dos sete anos em que estamos casados. Deve ter sido preciso pensar muito e gastar muito tempo para encontrar todas elas.

Você engoliu seco, pareceu um pouco envergonhado. "Feliz aniversário de casamento."

Eu disse obrigada e quis me sentir grata, mas ainda devia haver algo errado entre nós. Me sentia como se tivesse passado a noite com alguém que parecia e soava como meu marido, mas que não era. Você abriu meu presente comprado às pressas, e eu corei de vergonha depois de todo o esforço que você teve que fazer.

"Onde você conseguiu isso?", perguntou, segurando a moeda americana à luz da vela. Ela tinha um rosto sorridente talhado, ao lado da palavra "liberdade".

"Em Coney Island, hoje à tarde", respondi. "Me deparei com uma máquina de fliperama que dizia Moedas da Sorte. O tsuru de papel que te dei está um pouco gasto, então pensei em te dar algo novo para dar sorte e guardar na carteira."

"Vou guardar os dois", respondeu você, guardando a moeda junto com o origami.

Logo você voltou a falar sobre Henry Winter. Seu assunto favorito. Enquanto eu ouvia, não conseguia parar de pensar na morte prematura da October O'Brien, ou em como você parece se importar mais com os textos de Henry agora do que com os seus próprios. Há muitas histórias de terror em Hollywood e não me refiro àquelas que são transformadas em filmes. Já ouvi todas elas. Talvez eu devesse apenas estar grata por você ser um roteirista que ainda tem trabalho, nem sempre é assim e a concorrência é feroz. Alguns roteiristas são como maçãs e apodrecem rápido se não forem escolhidos.

Você serviu o resto do vinho em sua taça e bebeu.

"Não se preocuparia tanto com a minha carreira se se preocupasse mais com a sua", disse você com palavras arrastadas, e não foi a primeira vez. Eu queria arrebentar a garrafa na sua cabeça. Adoro meu trabalho no Abrigo para Cães de Battersea. Ele me faz sentir bem comigo mesma. Talvez porque, assim como os animais que cuido, também já tenha me sentido abandonada pelo mundo. É raro que seja culpa deles o fato de não serem amados, não serem desejados, assim como nunca foi minha.

"Tenho certeza de que conseguiria escrever algo tão bom quanto você ou Henry Winter..."

"É, todo mundo acha que consegue escrever até sentar e tentar", interrompeu você com seu sorriso mais condescendente.

"Estou mais preocupada com o mundo real do que em me perder em fantasias."

"Me perder em fantasias foi o que pagou nossa casa."

Você pegou sua taça de novo, antes de perceber que ela estava vazia.

"Fala do seu pai", pedi, sem pensar muito bem. Você abaixou a taça com um pouco de força demais; estou surpresa que ela não tenha se quebrado.

"Por que disse isso?", perguntou você, sem fazer contato visual. "Você sabe que ele foi embora quando eu era pequeno. Não acho que Henry Winter seja secretamente meu pai há muito perdido, se é isso que quer dizer..."

"Não acha?"

Suas bochechas coraram. Você se inclinou para a frente antes de responder e baixou a voz, como se estivesse preocupado com quem poderia ouvir.

"O cara é meu herói. É um escritor incrível e sou muito grato por tudo o que ele fez por mim e, portanto, por nós. Isso não é a mesma coisa que imaginá-lo como uma espécie de pai substituto."

"Não é?"

"Não sei o que você está tentando dizer..."

"Não estou tentando dizer nada, estou dizendo que acho que você desenvolveu algum tipo de ligação emocional com o homem... É como uma obsessão. Você abandonou todos os seus próprios projetos para trabalhar dia e noite no dele. Henry Winter deu o pontapé inicial na sua carreira quando você estava sem sorte, então, sim, você deve alguma gratidão a ele, mas a maneira como agora busca a constante aprovação dele sempre que escreve algo novo é... na melhor das hipóteses, carência; na pior, narcisismo."

"Uau." Você se inclinou para trás como se eu tivesse tentado lhe dar um tapa.

"Você já deveria acreditar em si mesmo o suficiente para saber que seu trabalho é bom sem precisar que ele diga isso."

"Não sei do que está falando. Henry nunca disse que gosta do meu trabalho..."

"Exato! Mas é tão óbvio — para ele e para todos os outros — o quanto você está desesperado para que ele o apoie de alguma forma. Precisa parar de esperar, em segredo, que ele faça isso. É raro que ele diga algo gentil sobre o trabalho de outros escritores — é raro que tenha algo gentil a dizer sobre qualquer coisa ou pessoa — apenas aceite o relacionamento como ele é. Ele é um autor, você é um roteirista que adaptou alguns de seus romances. Ponto final."

"Acho que já tenho idade suficiente para fazer minhas próprias escolhas e escolher meus próprios amigos, obrigado."

"Henry Winter não é seu amigo."

Quando saímos, não rompi o silêncio incômodo para lhe dizer que tinha visto Henry sentado a algumas mesas de distância de nós no restaurante. Era difícil não notá-lo, usando um de seus casacos de tweed característicos e uma gravata-borboleta de seda. Os cabelos brancos estavam ralos e ele parecia um velhinho inofensivo, mas os olhos azuis penetrantes continuavam os mesmos de sempre. Estava nos observando durante todo o tempo em que estivemos lá.

Você continuou a falar sobre ele durante todo o caminho até o Library Hotel, minhas palavras sobre o assunto foram esquecidas quase assim que as disse. Pela expressão de alegria em seu rosto, qualquer um pensaria que você havia passado o dia com o Papai Noel e não com o Adorável Avarento* em forma de livro.

Quando voltamos para o nosso quarto com tema de matemática, as coisas não estavam fazendo sentido para mim. Comi os dois chocolates que estavam sobre os travesseiros enquanto você estava no banho — embora eu deteste chocolate amargo —; acho que queria magoá-lo de alguma forma, por mais infantil que isso possa parecer. Meu telefone vibrou e, por um momento, pensei que pudesse ser você, mandando uma mensagem do banheiro do hotel — ninguém mais me manda mensagens tarde da noite. Ou durante o dia. Mas não era você, era minha nova amizade do trabalho dizendo que sentia minha falta. A ideia de alguém sentir minha falta fez meus olhos se encherem de lágrimas. Enviei-lhe a minha selfie no topo da Estátua da Liberdade e recebi uma resposta imediata, um polegar apontando para cima. E um beijo.

Você está dormindo agora, mas, como sempre, estou acordada, escrevendo uma carta que nunca te permitirei ler. Desta vez, em papel timbrado do hotel. Uma erupção de ressentimentos de sete anos deve ser um termo mais preciso do que uma crise. Não posso ser honesta com você, mas preciso ser honesta comigo mesma.

Eu ~~odeio~~ não gosto de você neste momento, mas ainda o amo.

Sua mulher
Beijinhos

---

* No original, Ebenezer Scrooge. Trata-se de uma referência ao protagonista de *Um Conto de Natal*, de Charles Dickens. Seu nome se tornou sinônimo de uma pessoa avarenta, mal-humorada e niilista. [NT]

Robin

Robin permanece onde está até que os dois visitantes estejam no gabinete secreto. Em seguida, destranca a porta do quarto em que estava escondida, desce a escada — evitando os degraus que sabe que vão ranger — e sai da capela. Ela encontra seu companheiro silencioso exatamente onde o deixou. Ele não parece impressionado por ter sido abandonado no frio. Robin faz o que precisa fazer do lado de fora da forma mais rápida e silenciosa possível, depois espera.

Ela é boa em esperar. A prática pode tornar uma pessoa boa em qualquer coisa e pelo menos ela não está sozinha dessa vez. A neve parou de cair, mas ainda está frio. Robin preferia voltar para o chalé, mas não há motivo para apressar algo tão importante. Teve o cuidado de pisar nas pegadas anteriores dos visitantes, mas tentar passar despercebida nem sempre é fácil. Esse é o problema de seguir os passos de outra pessoa: se você deixar uma marca maior do que a deles, eles tendem a ficar chateados. Robin aprendeu da maneira mais difícil que é sempre melhor levar o tempo que for preciso e que é melhor que seja tarde do que nunca. Às vezes, o passarinho que cedo madruga come muitas minhocas e morre.

Os vitrais são lindos, mas deixam o frio entrar e o som sair, e é por isso que ela está ouvindo do lado de fora do gabinete. Ela destrancou a porta secreta e a deixou aberta de propósito, para que os visitantes pudessem encontrá-la por si mesmos. Quando a ficha cair, as coisas não devem levar muito tempo.

Ouvi-*los* no lugar onde ela costumava viver, rir e sonhar é uma experiência estranha e surreal. Um pouco como uma intoxicação alimentar. Ela se sente enjoada e febril, mas sabe que vai estar melhor de novo assim que tirar o que estava podre de seu organismo. Ela quer que os visitantes saiam da capela, mas ainda não. Ainda há muito a dizer e fazer antes que esse capítulo desagradável de sua vida chegue ao fim.

"Tudo vai ficar bem, você vai ver", diz ela ao seu companheiro, mas ele não responde. Apenas olha para ela, parecendo tão triste e com frio quanto ela está começando a se sentir.

Sempre que sua vida tomava um rumo errado no passado, Robin tentava identificar o momento exato em que se perdia. Sempre há um. Se estiver preparado para abrir os olhos e prestar atenção o suficiente, vai conseguir ver o instante em que fez uma má escolha, disse algo que não devia ou fez algo do qual se arrependeu. Uma decisão ruim geralmente leva a outra e, antes que você perceba, não há como voltar para onde estava.

Mas todo mundo comete erros.

Às vezes, as pessoas que parecem mais inocentes acabam sendo culpadas de coisas horríveis. Às vezes, as pessoas que fazem coisas ruins são apenas pessoas más. Mas *sempre* há um motivo pelo qual uma pessoa se comporta da maneira que se comporta. A mulher do mercado local era um bom exemplo de alguém com um passado muito mais sombrio do que se poderia esperar. Patty, a antipática comerciante, com seu rosto vermelho, olhos redondos, mau hálito e o hábito de enganar estranhos, tinha uma lista de condenações maior do que a Bíblia que ela guardava atrás do balcão, que ia de agressão agravada a dirigir acima do limite. Todos na cidade sabiam, mas tinham que conseguir mantimentos de algum lugar. Poucas pessoas são capazes de oferecer perdão genuíno e ninguém nunca esquece de fato. Às vezes, você sabe que uma pessoa é problemática assim que a conhece, porque ela é podre, por dentro e por fora, e o instinto lhe avisa para manter distância.

As vidas continuam, independente das pessoas a quem elas pertencem. Robin queria seguir em frente, ela se esforçou muito para deixar os próprios erros para trás e não ser consumida por arrependimentos. Mas nossos segredos têm o hábito de nos encontrar e tudo aquilo de que ela tentou fugir acabou por alcançá-la. Cobrindo o presente com a poeira do passado.

Sua companhia começa a se mexer.

"Shh", sussurra ela. "Espere só mais um pouquinho."

Ele ainda parece não estar impressionado, mas faz o que ela diz, como sempre.

Amelia

O tempo para quando Adam diz que sabe a quem pertence a capela.

Dou uma olhada no gabinete secreto, pensando que poderia revelar a resposta antes que ele o faça, mas tudo o que vejo são mais livros empoeirados, uma escrivaninha velha e meu marido. Suas belas feições se transformaram num olhar desapontado e num rosto carrancudo. Parece mais furioso do que com medo. Como se, de alguma forma, tudo isso fosse culpa *minha*.

Acho que, quando nos sentimos abandonados por nossos próprios pais, é impossível não passar o resto da vida suspeitando que as pessoas estão conspirando para nos abandonar. Isso é algo que sempre me deixa ansiosa com todo mundo, até mesmo com Adam, apesar do tempo que estamos juntos. Sempre que me aproximo de alguém — parceiros, amigos, colegas — é inevitável, chega um ponto em que preciso me afastar. Reconstruo barreiras, mais altas do que antes, para me sentir segura. O medo constante de ser abandonada torna impossível confiar em alguém, até mesmo em meu marido.

Eu tinha conseguido acalmar a respiração quando o encontrei aqui, mas essa nova ansiedade está pressionando meu peito.

"Os escritores são uma raça peculiar de seres humanos", diz Adam, ainda encarando a escrivaninha antiga como se estivesse falando com ela, não comigo. Está tão frio nesta sala que posso ver sua respiração. "Há pessoas com quem trabalhei ao longo dos anos — pessoas em quem *confiei* — que acabaram se revelando nada mais do que…"

A luz dos vitrais lança fragmentos de cor no piso de madeira, e Adam parece muito distraído por eles para concluir o raciocínio. Tento pensar em alguém com quem ele tenha se desentendido desde que o conheço, mas não há quase ninguém. Ele está com o mesmo agente desde o início. Todo mundo ama o Adam, mesmo as pessoas que não gostam dele.

"Você se lembra do filme *Gremlins*?", pergunta ele. Fico feliz por não esperar por uma resposta, porque não sei o que dizer, nem vejo como isso é relevante. "Havia três regras: não os molhe, não os exponha a luzes fortes e não os alimente depois da meia-noite. Caso contrário, coisas ruins acontecem. Os autores são como Gremlins. Todos começam como o personagem Gizmo — essas criaturas individuais e interessantes que são divertidas de se ter por perto —, mas se você quebrar as regras, se eles não gostarem da adaptação do livro deles ou se acharem que você mudou demais a história original, os autores se transformam em monstros maiores do que aqueles sobre os quais escrevem."

"Do que você está falando, Adam? Quem é o dono dessa propriedade?"

"Henry Winter."

Eu travo. Sempre tive medo de Henry e não apenas por causa dos livros sombrios e doentios que ele escreve. A coisa que mais me assustou na primeira vez que o vi foram seus olhos. São muito azuis e penetrantes demais, quase como se pudesse olhar dentro de uma pessoa, não apenas para ela. Ver coisas que ele não deveria ser capaz de ver. Saber coisas que não deveria saber. Minha respiração começa a ficar um pouco fora de controle de novo.

"Você está bem? Onde está sua bombinha?", pergunta Adam.

"Estou bem", insisto, agarrando-me ao encosto da cadeira.

"O *Daily Mail* queria fazer uma reportagem sobre onde Henry escrevia seus romances quando o último filme foi lançado. Ele não permitiu que enviassem um jornalista ou, Deus nos livre, um fotógrafo — sempre os odiou. Eu já o conhecia há anos, mas ele nem mesmo me dizia onde morava quando não estava em Londres — sempre com uma preocupação obsessiva com a privacidade por motivos que nunca consegui entender completamente. Só vi uma foto dele em seu escritório na vida, que o jornal dizia ter sido 'fornecida pelo autor'. É aqui. O gabinete onde ele escreve. Me lembro da foto sentado nesta escrivaninha", disse Adam, tocando a mesa de madeira escura. É um negócio antigo e peculiar sobre rodas, com muitas gavetas pequenas. "Pertenceu a Agatha Christie, e Henry pagou uma pequena fortuna em um leilão beneficente anos atrás. Ele se tornou bastante supersticioso em relação a ela; uma vez me disse que achava que não conseguiria escrever outro romance em nenhum outro lugar."

"Tem certeza?"

"Tenho. Olhe as prateleiras desta sala."

Me viro e faço o que ele mandou, mas as estantes de livros que revestem a parede dos fundos do escritório parecem exatamente iguais às da sala de estar. Então reparo nas lombadas dos livros e vejo que todos foram escritos por Henry Winter. Deve haver centenas deles, incluindo traduções e edições especiais. É uma parede gigante feito a presunção dele, exatamente o que eu esperaria de um homem como ele.

"Então, o que é isso? Uma pegadinha? Uma piada de mau gosto?", pergunto. "Por que Henry enviaria um e-mail de uma conta falsa, dizendo que ganhei um fim de semana em seu esconderijo secreto na Escócia? Por que tudo está coberto de pó? Onde ele está? E onde está o Bob?"

"Tem certeza que está bem?", pergunta Adam. "Sua respiração..."

"Estou bem."

Ele não parece convencido, mas continua assim mesmo. "Acho que ele pode estar chateado comigo. Desde que falei que não queria mais adaptar seus livros..."

Eu o encaro, surpresa. "Você fez o quê? Não estou entendendo."

"Apenas decidi que talvez fosse hora de me concentrar em meu próprio trabalho."

"Você não me contou..."

"Eu não conseguiria suportar os inevitáveis *'eu te avisei'*. Ele não aceitou bem a notícia. Parecia uma criança mimada fazendo birra. Coloquei Henry Winter em um pedestal muito alto durante toda a minha vida. Eu o admirava mesmo quando ele me desprezava. Mas então, pela primeira vez, eu o vi como era: um velho egoísta, rancoroso e solitário."

Absorvo as palavras e analiso o que elas significam para ele e para nós.

"Quando foi isso?"

"Há algum tempo. Tentei manter a amizade, mas depois ele passou a ignorar meus telefonemas e não nos falamos há… muito tempo. Seus livros eram tudo o que tinha. Mas se há uma coisa que aprendi com a vida e com a ficção, é que ninguém é apenas um herói ou apenas um vilão. Todos nós temos a capacidade de ser os dois."

Adam olha para mim quando diz essa última frase. Estou prestes a perguntar por que quando vejo minha bombinha na mesa atrás dele.

"Por que você está com isso?", pergunto.

"Sua bombinha?", questiona. "Nem percebi que estava aí."

Fico olhando para ele por um bom tempo; em geral, consigo perceber quando está mentindo e acho que ele não está.

Pego a bombinha e a coloco no bolso. "Acho que estamos ambos exaustos e, agora que sabemos a quem pertence este lugar, só quero encontrar o Bob e ir embora daqui."

Assim que digo seu nome, ouço um cachorro latindo do lado de fora.

Adam

Corremos para a neve lá fora.

Não sei o que esperar. Henry Winter do lado de fora da capela? Segurando a guia do Bob e rindo maniacamente feito um vilão de comédia? Quem sabe ele, enfim, *tenha* pirado de vez? O homem escreve ficção sombria e perversa, mas ainda não consigo acreditar que seria capaz de algo assim na vida real.

O som do cachorro latindo para assim que pisamos do lado de fora.

"Bob!", chama Amelia.

É inútil — o pobre coitado é quase surdo, na maior parte do tempo —, mas também começo a berrar seu nome.

Faz um silêncio assustador no vale.

"Talvez não tenha sido o Bob", digo.

"*Foi* ele, eu sei", insiste Amelia. "Havia um par de galochas masculinas perto da porta quando voltei, mas agora elas sumiram. Quem quer que seja que estava aqui antes foi embora e levou o Bob junto."

Ela corre em direção à neve e não tenho escolha a não ser segui-la. As ovelhas estão de volta. Elas olham fixamente em nossa direção, mas não são tão assustadoras quanto eram na escuridão da noite passada. Nós dois paramos quando vemos as costas de uma pessoa vestindo um casaco de tweed, calças escuras e o que parece ser um chapéu panamá...

no meio do inverno... na neve congelante da altura dos joelhos. Amelia olha em minha direção. Não consigo ler a expressão em seu rosto, mas se for parecida com a que estou sentindo, imagino que seja de terror.

Me recordo que eu conhecia esse homem — tão bem quanto se pode conhecer alguém com quem se trabalha e que se viu poucas vezes. Limpo a garganta e me aproximo um pouco mais.

"Henry?", digo, com gentileza.

Por alguma razão, me lembro dos chifres na parede do foyer. Me ocorre que é provável que os autores de mistérios de assassinato e suspense conheçam muitas maneiras de matar uma pessoa sem serem pegos e não quero ter meus restos mortais fixados numa parede. Ele não se mexe. Digo a mim mesmo que é provável que ele seja apenas um pouco surdo, como o cachorro, e continuo até ficarmos frente a frente.

Só que ele não tem um rosto.

O que pareço estar vendo é uma espécie de espantalho, mas com a cabeça de um boneco de neve. Tem rolhas de vinho no lugar dos olhos, uma cenoura como nariz, um cachimbo saindo do espaço onde deveria estar sua boca e uma das gravatas-borboleta de seda azul de Henry Winter amarrada ao redor do pescoço. É um tom mais escuro do que deveria ser, saturado de neve derretida. A bengala de Henry, aquela com o cabo prateado em forma de cabeça de coelho, está encostada nele, como se fosse um apoio.

Amelia para ao meu lado. "Que por..."

"Não sei de mais nada."

"Isso não estava aqui antes, certo?"

"Não. Acho que teríamos reparado. De verdade, não faço ideia do que está acontecendo."

Ficamos lado a lado em silêncio, olhando para o boneco-de-neve-espantalho enquanto sua cabeça derrete devagar. Um dos olhos de rolha já desceu até a metade do rosto. Além da estranha árvore que parece morta e das esculturas de madeira assustadoras, estamos no meio de uma vasta área aberta. Quem fez isso deve estar por perto. E se Bob estiver próximo o suficiente para ser ouvido latindo, deveríamos ser capazes de avistá-lo, mas tudo o que consigo ver é um espaço branco e vazio. Graças às ovelhas, a neve foi revolvida em quase toda a parte externa da capela. Se havia alguma pegada para seguir, agora não há mais.

"A gente tem que encontrar o Bob. Ele está em algum lugar por aqui, nós dois o ouvimos e só temos que continuar procurando", diz Amelia, e eu a sigo.

Há um pequeno cemitério nos fundos da capela. As lápides antigas mal são visíveis graças à neve, mas uma se destaca quando me aproximo. O motivo pelo qual ela chama minha atenção é que alguém a limpou, de modo que o granito cinza-escuro se acentua contra todo o resto coberto de branco. E, ao contrário de todas as outras lápides, essa parece nova.

E tem mais.

Há uma coleira de couro vermelha em cima dela.

Amelia a pega e vejo o nome de Bob na plaquinha, como se tivesse alguma chance de dúvida de que pertencia a ele.

"Não estou entendendo. Por que tirar a coleira do cachorro e deixá-la aqui?", diz ela.

Mas não respondo. Estou muito ocupado encarando a lápide.

HENRY WINTER
PAI DE UMA PESSOA, AUTOR DE MUITAS
1937–2018

Amelia

"Não estou entendendo. Se o Henry tivesse morrido há dois anos, não saberíamos disso?", pergunto.

Adam não responde. Ficamos lado a lado em silêncio, olhando para a lápide de granito, como se isso pudesse fazer as palavras gravadas nela desaparecerem. Não importa quantas vezes eu reorganize as peças desse quebra-cabeça na minha mente, elas não se encaixam. Consigo ver a confusão, o medo e a tristeza no rosto do meu marido. Sei que ele achava que tudo o que temos era resultado de Henry Winter ter dado a Adam sua grande chance e ter confiado a ele seus romances. Um desentendimento bobo não mudou isso. A morte do homem, quando eles nem sequer se falavam, vai afetá-lo muito. Mas Adam deve entender que temos problemas maiores agora: se o Henry não armou para que viéssemos para cá, então quem foi?

"É melhor voltarmos para dentro", diz Adam.

Ele ainda está olhando para a lápide, como se não pudesse acreditar no que vê.

"E o Bob?", pergunto.

"Não foi o Bob que tirou a própria coleira e a deixou aqui para que a encontrássemos. Outra pessoa fez isso. Não sei o que está acontecendo, mas não estamos seguros."

Suas palavras soam tão melodramáticas, mas concordo.

Assim que voltamos para dentro da capela, Adam tranca as portas e empurra o grande banco de madeira da igreja na frente delas.

"Quem quer que vimos entrando antes devia ter uma chave. Isso vai impedir sua entrada sem que percebamos", fala ele, indo em direção à cozinha. "Você pode me mostrar o e-mail que te enviaram sobre ganhar um fim de semana neste lugar?"

Procuro o celular no bolso, mas encontro minha bombinha. Agora que minha respiração voltou ao normal, não preciso dela, mas me sinto melhor sabendo que está à mão.

Acho o e-mail no celular e o entrego ao Adam.

"info@capelablackwater.com, esse é o endereço de e-mail que eles usaram?", pergunta ele.

"É. Parecia ser um imóvel para temporada legítimo."

"Henry tinha uma queda pelo número três e pela cor preta. Muitos de seus romances se passavam em Blackdown ou Blacksand... Acho que pode ter havido uma Blackwater também..."

"Você nunca mencionou isso antes."

"Não sabia que havia uma conexão até agora. Mas Henry não pode ter mandado esse e-mail — ele não usa nem internet, não tem sequer um telefone celular. Ele acha que causam câncer. *Achava*."

Por um momento, acho que Adam vai chorar.

Coloco a mão em seu ombro: "Sinto muito, sei o quanto você...".

"Estou bem. Ele nem sequer entrava em contato desde..."

Adam se distrai e fica olhando para o nada.

"O que foi?", pergunto.

"Eu não ouvia nada dele ou sobre ele desde setembro passado, quando seu agente atual me enviou uma cópia do último livro. Por sorte, esse agente precisa aprovar as adaptações para o cinema, ao contrário do primeiro. É um cara legal, até brincamos dizendo que o Henry não estava falando com *ele* também, mesmo assim, o autor ainda tinha enviado o manuscrito, três dias antes do prazo, embrulhado em papel pardo e amarrado com barbante, como de costume."

"E daí?"

"A lápide do lado de fora diz que ele morreu há dois anos. Pessoas mortas não conseguem escrever romances ou enviá-los a seus agentes."

Demoro alguns segundos para processar essa última informação. "Você está dizendo que acha que ele *não está* morto de verdade?"

"Não tenho mais certeza do que acho."

"Ele tinha família? Com certeza alguém saberia se tivesse morrido. Um dos meus antigos pais adotivos morreu no ano passado, você se lembra? Charlie, o cara que trabalhou no supermercado a vida toda e sempre levava para casa comida de graça que estava prestes a estragar. Eu não falava com ele há mais de uma década, mas ainda fiquei sabendo quando morreu. Henry Winter é um autor famoso no mundo todo, nós teríamos lido sobre sua morte nos jornais ou..."

Adam balança a cabeça. "Não havia ninguém. Ele era um eremita confesso e gostava de viver assim... na maior parte do tempo. Sempre que bebia muito uísque, Henry ficava com os olhos marejados por não ter filhos — ninguém para cuidar de seus livros quando ele se fosse. Isso era tudo que lhe importava de verdade: os livros. O homem era estoico feito uma árvore em todos os outros momentos."

"Bem, alguém deve tê-lo ajudado. Henry não era novinho, se nasceu em 1937", comento.

Adam aperta os olhos. "Esse é um detalhe estranho para se lembrar."

"Na verdade, não. Estava escrito na lápide, e Amelia Earhart desapareceu em 1937. Meu nome foi dado em homenagem a ela. Você não se lembra por que foi chamado como foi? Acho que nomes são importantes."

Adam me encara como se meu QI tivesse caído para um nível baixíssimo. "Henry Winter não tinha filhos, ele não tinha família nenhuma. Acho que a única pessoa que restou em sua vida, além de seu agente, fui eu, e nós nem estávamos nos falando quando ele morreu..."

Sua voz oscila e Adam desvia o olhar.

"A lápide lá fora dizia 'pai de um'. Alguém mandou fazer isso e alguém o enterrou. Ele não poderia ter feito *isso* sozinho."

A maneira como Adam olha para mim me assusta um pouco. É difícil não dizer a coisa errada quando nada parece certo. Às vezes penso que sua incapacidade de reconhecer o rosto de outras pessoas pode dificultar o controle de suas próprias expressões. A cara carrancuda desapareceu e é quase como se ele estivesse... sorrindo. E o sorriso evapora tão rápido quanto surgiu.

"Devíamos sair daqui enquanto ainda está de dia", diz, adotando um semblante sério mais uma vez para combinar com seu tom.

"E o Bob?"

"Vamos procurar uma delegacia, explicar a situação e pedir ajuda."

"O carro está soterrado pela neve. As estradas parecem perigosas..."

"Tenho certeza que conseguimos tirá-lo de lá. Me sentiria mais seguro lá fora do que se ficasse aqui por mais uma noite, você não?"

Ele abre a porta da despensa onde vimos a parede de ferramentas quando chegamos. O freezer de tamanho industrial zumbe uma trilha sonora sinistra e evito olhar para o alçapão que dá acesso à cripta. Prefiro esquecer o que aconteceu lá embaixo.

"Você vai abrir caminho a machadadas?", pergunto quando Adam tira um machado da parede.

"Não, só acho que ter algo para autodefesa pode não ser uma má ideia", responde ele, tirando uma pá de um gancho enferrujado com a outra mão.

O Morris Minor está coberto por tanta neve que se confunde com a paisagem. Me sinto como uma peça sobressalente quando Adam começa a cavar para afastar a neve das rodas do carro. O frio é congelante, mas ele sua com o esforço. Até que para e olha para a roda dianteira como se ela o tivesse ofendido. Adam larga a pá e se curva atrás do lado esquerdo dianteiro do carro, de modo que não consigo mais ver o que está fazendo.

"Não acredito", exclama, parecendo surpreso.

"O quê?"

"Parece que temos um pneu furado."

Me adianto. "Está tudo bem, nessas estradas e nesse carro, é de se esperar que isso aconteça. Tenho um kit de reparo no porta-malas, desde que consigamos encontrar o furo e que ele seja pequeno o suficiente, poss..."

Paro de falar quando vejo com meus próprios olhos. Não será um problema encontrar o furo, porque ele é do tamanho de um punho. Há um corte em forma de sorriso na borracha: o pneu foi retalhado. Eu já estava com tanto frio que mal conseguia sentir as mãos e os pés, mas o frio que sinto agora se espalha por todo o meu corpo.

"Quem sabe tenhamos passado por cima de algum vidro?", sugere ele.

Eu não respondo. O conhecimento do Adam sobre carros é muito limitado, pois ele nunca teve um. Eu costumava achar isso cativante, mas agora nem tanto. Adam começa a retirar a roda traseira e, em seguida, para abruptamente. De novo.

"Você já teve dois pneus furados ao mesmo tempo?", pergunta ele.

Parece que a roda traseira também foi retalhada. O mesmo acontece com as outras duas.

Alguém não quer mesmo que a gente vá embora.

Robin

Robin entra no chalé de novo e tranca a porta. Ela pega uma pequena toalha vermelha em um gancho na parede e limpa a neve dos pés, das pernas e da barriga do cachorro, antes de cuidar de si mesma. Ele abana o rabo enquanto ela o seca, e depois lambe seu rosto. Robin sorri; ela gosta de todos os animais, especialmente de cães como esse. Até mesmo Oscar, o coelho, se afeiçoou ao novo hóspede da casa.

A essa altura, os visitantes já devem saber que a capela pertenceu a Henry e que ele está morto. Robin gostaria de ter visto o rosto deles quando encontraram a lápide, mas ela e Bob já haviam partido há muito tempo. Ele é um cão muito amigável e afetuoso, do tipo que — mesmo que, de vez em quando, lata para o vento — confia em todo mundo.

Está frio, mesmo *dentro* do chalé. Robin acende a lareira e se senta no tapete ao lado, tentando aquecer os ossos. Sente falta de seu cachimbo, mas ele já era, então ela abre um pacote de biscoitos jammie dodgers. O cachorro se deita ao seu lado, apoiando o queixo em suas pernas, olhando para ela enquanto come, esperando que deixe cair alguma coisa. Robin gosta de mordiscar cada biscoito, arrancando pequenos pedaços das bordas externas até que reste apenas a geleia do meio — de modo que o prazer que ele lhe proporciona dure o máximo possível.

Apesar de estar sentada tão perto das chamas, ainda mal consegue sentir as mãos. Seus dedos ficaram com um arco-íris vermelho e depois azul depois de usá-los para limpar toda aquela neve da lápide do Henry. Mas os visitantes nunca teriam encontrado a lápide se ela não tivesse feito isso, e Robin precisa que as coisas se mantenham nos trilhos. Há um motivo pelo qual os convidou para este fim de semana e não para qualquer outro.

Robin se lembra de quando Henry morreu.

"Eu preciso que você venha."

Foi isso que ele disse quando ligou. Não foi "Alô" ou "Como você está?". Apenas cinco pequenas palavras. *Eu preciso que você venha*. Ele não precisou dizer *onde*, mesmo que eles não tivessem se falado por tanto tempo. Também não precisava dizer *por que*, mas disse.

"Estou enfermo", foram as duas palavrinhas adicionais oferecidas quando ela não respondeu. Isso acabou sendo um baita eufemismo.

Ela sabia que Henry já havia vendido o apartamento em Londres e estava morando em seu refúgio escocês em tempo integral. Ele sempre foi um eremita que preferia a própria companhia. O que ela não esperava era ser a pessoa que ele chamaria em seus últimos momentos. Mas não ter com quem contar era uma das poucas coisas que eles tinham em comum. Os escritores são capazes de criar os mundos mais elaborados e populares, às vezes deixando mundos bem pequenos para si mesmos. Alguns cavalos precisam ter sua visão restringida para fazer o que fazem de melhor e vencer a corrida. Precisam se sentir sozinhos e sem distrações. Alguns autores são iguais: é uma profissão solitária.

O silêncio não tem como ser mal interpretado. Esse era um dos lemas de Robin. Mas quando ela continuou sem falar, houve um ruído na linha telefônica, e Henry falou mais uma coisa antes de desligar:

"Estou morrendo. Venha ou não. Só não conte a ninguém."

Ela ainda consegue ouvir o sinal contínuo da linha telefônica, se fechar os olhos. Mais tarde, ele explicou que havia ficado sem moedas no telefone público do hospital. Insistiu que não havia sido dramático ou rude de propósito. Robin não acreditou nele. Nunca acreditou. Mas entrou no carro mesmo assim, porque a vida pode ser tão imprevisível quanto a morte.

Não reconheceu o homem debruçado na beira da cama do hospital. Sua última foto oficial de autor havia sido tirada pelo menos dez anos antes e Henry não tinha envelhecido bem. O paletó de tweed que era sua marca registrada parecia grande demais, como se pertencesse a outra pessoa, não havia gravata-borboleta de seda e tudo o que restava do cabelo branco e espetado eram alguns fios finos, penteados sobre a cabeça rosada e careca. Parecia estranho que o rosto dele não fosse mais familiar para ela, mas as pessoas perdem contato o tempo todo. A distância não era um fator decisivo em tais assuntos. Mesmo os vizinhos que moram lado a lado nem sempre sabem o nome um do outro.

Ele não a cumprimentou. Nem a abraçou. Nem um obrigado.

"Quero ir para casa", foi tudo o que ele disse. Robin assistiu Henry assinar os formulários de liberação usando uma caneta-tinteiro tirada do bolso interno do paletó. Seus dedos trêmulos agarravam o corpo da caneta com tanta força que os ossos de sua mão pareciam que iam atravessar a pele fina como papel. Ela esperou sem dizer uma palavra enquanto ele rubricava várias declarações para confirmar que estava deixando o hospital contra a orientação médica.

O hospital ficava a mais de uma hora de distância de Blackwater e eles permaneceram em silêncio durante toda a viagem pelas estradas sinuosas das Highlands. De volta à capela que ele tornara em casa, Henry foi mancando até a sala de estar que ele havia transformado em uma biblioteca, acenando para que ela o seguisse. Em seguida, ele abriu a porta secreta na parede atrás dos livros. Robin não ficou impressionada — ela já havia visto isso antes —, mas era a primeira vez que ele a convidava para entrar em seu gabinete.

Ela fitava os coelhos brancos que pareciam cobrir todas as superfícies. O papel de parede era estampado com um padrão cintilante de coelhinhos, as persianas romanas eram costuradas com um tipo saltitante, grandes orelhas e rabos costurados nas almofadas do assento na janela e, inclusive, um coelho em um dos vitrais.

Então, ela reparou na gaiola no canto do cômodo. Grande o suficiente para acomodar uma criança pequena. *Aquilo* era algo que ela nunca tinha visto antes e não estava vazia.

"Você tem um coelho de estimação?", perguntou Robin, olhando para a criatura.

"Na verdade, é mais como uma companhia. Gosto muito de coelhos brancos."

"Percebi", respondeu ela, observando o cômodo de novo. "Ele tem nome?"

Henry sorriu. "Tem. Eu a chamo de Robin."

Ela não sabia o que pensar disso. "Por quê?"

O sorriso dele se desvaneceu. "Ela me lembra você."

Henry se arrastou até a cadeira em sua mesa e se sentou.

"Não sei quanto tempo temos, então é melhor não desperdiçar. Gostaria de lhe mostrar onde meu testamento está guardado. Tudo está preparado, só preciso de alguém para apertar o botão, por assim dizer, quando chegar a hora. Há planos escritos sobre o que eu gostaria que acontecesse comigo. Quero ser cremado, mas tudo o que você precisa saber está na pasta. Estou na metade do meu último romance, não vou conseguir terminá-lo agora. Meu agente cuidará de quase tudo relacionado a livros quando chegar a hora. Mas pode haver algumas decisões sobre meu patrimônio literário que eu preferiria..." Ele olhou para ela, com seus grandes olhos azuis suplicantes, como se estivesse esperando que Robin dissesse algo. Quando ela não disse, Henry pareceu ceder, retomando com gentileza suas ideias batidas quase de onde havia parado. "Você deve fazer o que achar melhor. No fim, isso é tudo o que podemos fazer. Juro que tentei fazer isso. Há alguns outros endereços de e-mail que você provavelmente deve ter — pessoas que precisam saber que estou morto antes de lerem nos jornais —; por que não os anoto agora enquanto me lembro?"

Robin prestava atenção quando ele pegou um laptop na gaveta da escrivaninha. O rosto de Henry se esticou em algo parecido com um sorriso quando ele viu a expressão dela, e as muitas linhas e rugas em sua pele dobraram em número.

"Eu sei, eu sei. Todo mundo acha que não sei usar a tecnologia moderna, mas sou velho, não senil. Gosto que pensem que sou tão antigo que escrevo os romances com uma pena e um pote de tinta, mas esse pequeno laptop me poupa muito tempo. Para começar, é muito mais fácil editar. Uso a máquina de escrever para a versão final que envio para o meu agente — para manter a ilusão da pessoa que pensam que sou —, mas uso um computador para todos os outros rascunhos. No entanto, não uso telefones celulares — essas coisas causam câncer, pode escrever o que falo." Ele digitou a senha no laptop usando apenas o dedo indicador, bem devagar, de modo que ela viu qual era sem querer: Robin. O fato de saber que ele usava o nome dela para as senhas e para o animal de estimação a fez sentir uma enorme sensação de perplexidade e culpa. Não sabia o que dizer, então, mais uma vez, não disse nada. Ele abriu a conta de e-mail usando a mesma senha, o que a fez querer chorar. Robin o conhecia bem o suficiente para saber que ele queria viver — e escrever — para sempre. Mas nem todo o dinheiro do mundo pode comprar mais tempo.

"Devem ser tralhas e bobagens, normalmente são", disse Henry, voltando a atenção para uma correspondência não aberta sobre a escrivaninha. Ele pegou um abre-cartas de prata, que parecia pesado em sua mão frágil, e o passou entre as dobras do envelope superior. Seus dedos tremeram um pouco quando removeu o que havia dentro: uma carta de seu agente. Robin a leu por cima de seu ombro e viu como o velho sorriu quando soube que seu último romance era um dos mais vendidos na lista do *New York Times*.

"Não é incrível?", perguntou ele, parecendo muito mais com seu antigo eu, aquele de quem ela se lembrava. "Não sabia quando o estava escrevendo, mas esse era o último livro que eu publicaria. É muito importante para mim saber que meus leitores tenham gostado."

"Bem, a opinião deles sempre foi a mais importante", disse Robin, e seu rosto se encolheu. "Quer dizer, parabéns", acrescentou ela, porque o que mais poderia dizer a um homem que está morrendo? Ela olhou para o laptop de novo. "Seu agente ainda te escreve cartas e as envia pelo correio?"

"Sim."

"Ele não sabe que você tem e-mail?"

Henry sorriu. "Tem muitas coisas que meu agente não sabe sobre mim."

Eles foram tomados por um silêncio cúmplice, um raro momento de compreensão. Em seguida, se recompuseram e tudo desapareceu.

"Tem champanhe na cripta", disse Henry. "Vá buscar uma garrafa para nós. Topa tomar um drinque comigo para comemorar meu último sucesso de vendas? Aí prometo que conto tudo o que você precisa saber. Instalei uma tranca no alçapão — até eu sinto calafrios às vezes."

"Mas todas aquelas histórias sobre corpos encontrados na cripta, bruxas e fantasmas... *você* inventou tudo isso para manter as pessoas longe daqui."

Ele esboçou um sorriso. "É, tudo isso é fruto de minha imaginação sombria e distorcida. Mas que funcionou, funcionou! A única coisa que os profissionais encontraram na cripta quando restauramos o local foi umidade. Gosto de paz, silêncio e privacidade. Não quero que as pessoas me incomodem, mas às vezes me assusto comigo mesmo. Em alguns momentos, passei tantos anos dentro dessas histórias que o mundo que inventei parecia mais real para mim do que aquele em que eu vivia." Seus olhos azuis lacrimejaram, e Robin percebeu que sua mente havia viajado para algum lugar distante. Mas então Henry piscou e voltou. "A chave do cadeado do alçapão está em uma das gavetas da cozinha... não me lembro qual."

Robin hesitou, mas então fez o que ele pediu. A primeira coisa que viu quando entrou na despensa foi o freezer gigante, depois reparou em todas as ferramentas alinhadas na parede, incluindo os cinzéis de madeira e ferramentas de cantaria organizadas de acordo com seus tamanhos. O machado a assustou tanto quanto sempre havia assustado. Durante anos, Henry gostou de esculpir coisas em madeira e pedra, ele dizia que era um pouco como cinzelar a ficção da vida real. Só era preciso ter paciência, imaginação e mão firme. Todo verão, ele cortava com o machado uma árvore velha que estava bloqueando sua visão do lago e, em seguida, talhava com cuidado uma escultura de animal no toco restante. As corujas e os coelhos eram seus favoritos. Todos com olhos assustadores e grandes, um pouco parecidos com os dele.

O alçapão realmente estava trancado e ela levou uma eternidade para encontrar a chave. Quando desceu os degraus de pedra, o cheiro de mofo a fez se lembrar de muitas coisas que preferia ter esquecido. Mas não havia fantasmas na cripta — pelo menos não daquele tipo e não naquele dia —, apenas álcool. Quando voltou ao gabinete com uma garrafa de champanhe empoeirada, ficou surpresa ao encontrar Henry ainda olhando para o frágil recorte da lista de mais vendidos do *New York Times*. O agente havia circulado seu livro em vermelho. Era o número um. Robin serviu duas taças e estendeu uma para que o velho a pegasse, mas ele não o fez. Quando ela olhou um pouco mais de perto, viu que Henry não estava se movendo e que seus olhos azuis não piscavam há algum tempo. Tentou verificar seus sinais vitais, mas não havia pulso. Notou alguns itens que não estavam sobre a escrivaninha antes: um frasco vazio de comprimidos, uma lista de instruções e um testamento. Robin tomou a taça de champanhe que estava em sua mão. Não para comemorar, mas porque precisava de álcool. Pelo menos ele morreu feliz.

Robin enterrou-o naquela noite, com medo de que alguém pudesse vê-lo se ela esperasse o sol nascer. Envolveu o corpo dele em um lençol velho, junto com alguns de seus livros favoritos, e o arrastou para fora da capela. No testamento, ele havia pedido para ser cremado, mas o fato de ter um cemitério do lado de fora e uma pá provou ser muito conveniente, embora trabalhoso. Havia outras instruções que Robin decidiu ignorar também. Como contar a qualquer pessoa que Henry havia morrido. Na manhã seguinte, ela encomendou uma lápide muito bonita on-line, usando os dados da conta bancária de Henry e, quando chegou, ela mesma gravou o nome dele, usando suas ferramentas. Ele tinha uma quantidade impressionante de dinheiro — mais do que ela havia imaginado —, mas Robin nunca gastou um centavo com ela mesma. Apesar de estar claro em seu testamento que o autor havia lhe deixado uma quantia considerável, a única outra vez que ela usou o cartão bancário dele foi para comprar coisas para os visitantes, porque era para *eles*, não para ela. Dois dias após a morte de Henry, ela demitiu a empregada dele, sabendo que ninguém mais vinha visitar o recluso. Até mesmo a Estalagem Blackwater havia fechado anos antes, graças a Henry. Ele estaria tão sozinho na morte quanto escolheu estar em vida.

Quando Robin encontrou o trabalho inacabado em seu laptop, o leu mais por curiosidade do que por qualquer outra coisa. Era outro típico romance sombrio e doentio de Henry Winter. Ela não tinha percebido que estava prendendo a respiração durante uma cena aterrorizante até que o coelho fez um som inesperado em sua gaiola que a fez pular. Robin não gostava que seu homônimo ficasse preso. Ela carregou o enorme coelho branco para fora da capela e, quando ele não correu, ela fechou as portas, esperando que nunca mais o visse. Mas ele não se mexeu. Quando ela o levou para mais longe, mais perto da grama e do lago, ele simplesmente voltou, sentado do lado de fora daquelas enormes portas góticas, como se estivesse esperando para entrar. Naquela época ela não entendia, mas nem todo mundo quer ser libertado.

Bronze

Palavra do ano:
atelofobia *substantivo* o medo de não fazer algo certo ou o medo de não ser bom o suficiente. Ansiedade extrema de não conseguir atingir a perfeição.

29 de fevereiro de 2016 — nosso oitavo aniversário de casamento

Querido Adam,
    Não comemoramos nosso aniversário este ano. Eu tenho passado muito tempo com uma pessoa do trabalho e você tem, bem, passado tempo com seu trabalho. Você teve dificuldades com a última adaptação dos livros de Henry Winter. Do meu ponto de vista, acho que foi porque você estava se esforçando demais para agradar o autor em vez de ser fiel a si mesmo. Mas, como você disse quando me ofereci para tentar ajudar há algumas semanas, quem sou eu pra dizer isso?
    Sei que as mentiras que contamos a nós mesmos são sempre as mais perigosas. E sei que, às vezes, os pensamentos que escondemos nas margens de nossas mentes são os mais honestos, porque são apenas nossos e achamos que ninguém mais os verá. Enquanto você pensava em Henry Winter e em seus livros, eu pensava em te deixar.

A pessoa com quem trabalho é gentil, atenciosa e genuinamente interessada em mim. Nunca me faz sentir estúpida, insignificante ou desvalorizada. A cegueira facial não é a sua única maneira de me fazer sentir invisível. Você me faz sentir como se não fosse o suficiente todos os dias. É uma coisa terrível de se confessar, mas às vezes me pergunto se Bob é a única razão pela qual permaneço aqui. E por esta casa.

Adoro esta grande e bela relíquia vitoriana, escondida em um canto de Londres esquecido pelo tempo. Meu sangue, suor e lágrimas foram literalmente aplicados em cada centímetro deste lugar enquanto eu o reformava. Com pouca, quase nenhuma ajuda sua. Quando éramos mais jovens, eu não ousava imaginar que um dia dividiríamos uma casa como esta. É provável que você tenha imaginado, seus sonhos sempre foram maiores que os meus. Mas seus pesadelos também são. Você e eu tivemos o tipo de infância que é melhor esquecer, mas as sementes da ambição crescem melhor em solo raso.

Como se atreve a convidá-*lo* para vir aqui sem me perguntar antes?

Eu havia tido um dia tão difícil no trabalho — e, sem querer ofender, mas meu trabalho é de verdade, eu não fico sentada ~~inventando merda~~ escrevendo o dia todo — tudo o que eu queria era voltar pra casa, tomar banho e abrir uma garrafa de vinho. Dava pra ouvir vozes dentro de casa antes mesmo de encostar a chave na porta. A sua e uma outra. E parecia que algo estava queimando. Encontrei você na sala de estar, bebendo uísque com Henry Winter, enquanto ele fumava um cachimbo em nossa casa de não fumantes. A princípio, achei que estava imaginando coisas, mas o paletó de tweed e a gravata-borboleta de seda pareciam autênticos o suficiente para serem reais.

"Olá, benzinho. Temos uma visita", disse você, como se eu não pudesse ver isso por mim mesma.

Qualquer outra pessoa teria reconhecido a expressão de horror em meu rosto — ele reconheceu, mas você não reconheceu porque não consegue. Ainda assim, eu teria pensado que você teria percebido meu extremo desconforto de outra forma. Às vezes, você demonstra a inteligência emocional de um sapo com dano cerebral.

Ambos mantiveram os olhos fixos em mim, esperando que eu falasse, mas o que poderia dizer? Um de vocês não tinha a mínima noção da situação, enquanto o outro parecia muito feliz com isso.

"Veja, este é o novo livro do Henry", falou você, segurando um livro de capa dura vermelha brilhante e parecendo muito satisfeito, como se você mesmo o tivesse escrito e quisesse uma estrelinha dourada. Henry deu de ombros com uma falsa modéstia. "É provável que não seja do seu gosto."

"Na verdade, não. Já vejo horror suficiente no mundo real", respondi. Talvez você não consiga ler as expressões em meu rosto, mas sou fluente nas suas e, se olhares pudessem matar, eu estaria no necrotério. Dava pra cortar a tensão com uma colher de chá, então não foi surpresa que Henry tenha percebido isso.

"Me desculpe a intromissão. Vendi meu apartamento em Londres no ano passado e me retirei para meu refúgio escocês em tempo integral — você e Adam precisam vir me visitar — tenho uma reunião com meu editor na cidade amanhã, mas houve um problema de última hora com minha reserva de hotel e seu marido insistiu que eu ficasse aqui..." Eu não disse uma palavra. "Mas não quero incomodar. Posso..."

"Você é mais do que bem-vindo aqui. Não é, benzinho?", você interrompeu, olhando para mim.

"Claro", concordei. "Na verdade, só vim me trocar e já estou de saída para ver uma pessoa. Espero que vocês tenham uma noite agradável."

Me senti uma convidada indesejada em minha própria casa.

Subi as escadas quase correndo e fiz uma mala. Passei o fim de semana inteiro com a pessoa do meu trabalho. Fomos a uma galeria de arte em um dia e ao teatro no dia seguinte. Eu me senti viva, feliz e livre. Hoje em dia, gosto mais da companhia dela do que da sua. Ela também tende a gostar mais de animais do que de pessoas, por isso começou a trabalhar como voluntária no Abrigo de Cães Battersea. Ela me ouve, ri de minhas piadas e não faz com que eu me sinta sempre em segundo plano. Ela gosta demais de refeições de micro-ondas e comida enlatada no almoço — nunca a vi comer uma salada ou algo verde —, mas ninguém é perfeito e há muitas coisas piores na vida para se viciar.

Quando voltei para casa no final do fim de semana, fiquei aliviada por Henry ter ido embora. Fiquei triste porque você não parecia se importar muito com onde eu havia estado ou com quem. Você sabia que era uma pessoa do trabalho, mas nem sequer perguntou qual seu nome. Em vez disso, apenas me encarou com um olhar peculiar.

"Tem alguma coisa errada?", perguntei, fazendo carinho no Bob, que é óbvio que sentia mais minha falta do que você.

"Não há nada errado", disse você naquele tom de menininho rabugento que significava que algo estava errado. "Você mudou o cabelo."

"Só as pontas."

Você reconhece meu cabelo mais do que reconhece meu rosto e sempre parece se incomodar um pouco quando eu o mudo. Sinceramente, ele está apenas um centímetro mais curto e com algumas luzes a mais do que antes, mas é bom se sentir notada. Senti vontade de me mimar um pouco, como se eu merecesse um mimo, mas percebi pela sua cara que você estava pensando em outra coisa.

"Quer me dizer o que o está te incomodando agora ou depois do jantar?", perguntei.

"Não tem incômodo nenhum." Você fez biquinho como uma criança mimada. "Terminei meu roteiro hoje... e queria saber se você gostaria de tomar um drinque no pub para comemorar." Eu estava prestes a encontrar palavras para dizer que estava cansada, mas você se antecipou à minha recusa com mais das suas palavras. "Além disso, gostaria de saber se você pode ler o livro antes que eu o envie ao meu agente."

E ali estava, não apenas em sua voz, mas em seus olhos.

Você ainda precisava de mim.

Apesar de todos os colegas e amigos escritores em sua vida, em Londres e Los Angeles, você ainda se importava com o que eu achava do seu trabalho. Como quando nos conhecemos.

"Não achava que ainda fosse sua leitora beta", falei na minha vez de parecer petulante.

"É claro. Sua opinião sempre foi a mais importante. Para quem você acha que, em segredo, escrevo todas essas histórias?"

Me esforcei muito para não chorar. "Pra mim?"

"Quase sempre."

Aquilo me fez sorrir. "Vou pensar."

"Quem sabe uma rodada de pedra, papel, tesoura ajude a tomar a decisão?"

"Talvez devêssemos jogar por outra coisa?", falei, me forçando a te olhar nos olhos.

"Tipo o quê?"

"Tipo... se devemos ou não continuar juntos?"

Aquilo chamou sua atenção — ainda mais do que o cabelo —, nenhum de nós estava sorrindo. Não sei o que eu esperava que você dissesse, mas não era...

"Tá. Vamos fazer isso. Um jogo de pedra, papel, tesoura decidirá o futuro de nosso casamento. Se eu perder, acabou."

Eu já não sabia quem estava blefando ou se era aquilo mesmo. Você sempre me deixava ganhar quando jogávamos. Minha tesoura cortava seu papel. Todas. As. Vezes. Não sei o que me fez querer que as coisas fossem diferentes, mas minha mão fez um novo gesto. Para minha surpresa, a sua também.

Na primeira tentativa, nós dois jogamos pedra e deu empate.

Mas se eu não tivesse mudado minha escolha... você teria vencido.

Na segunda tentativa, nós dois escolhemos papel.

Com as apostas mais altas do que o normal, a terceira rodada desse jogo infantil foi de uma tensão ridícula. Jogamos de novo. Escolhi mudar, mas você decidiu continuar. Seus dedos em forma de papel envolveram meu punho em forma de pedra e você venceu.

"Acho que isso significa que vamos ficar juntos", falei.

Você segurou minhas duas mãos e me puxou para mais perto.

"Significa que, às vezes, a vida muda as pessoas, até a gente. Nós dois somos versões diferentes de nós mesmos em relação ao que éramos quando nos conhecemos. Quase irreconhecíveis em alguns aspectos. Mas eu amo todas as versões de você. E não importa o quanto mudemos, o que sinto por você nunca mudará", você falou e eu quis acreditar. Chegamos tão longe, você e eu, e chegamos juntos. É por isso que não posso deixar que nos separemos.

Não fomos ao pub e não fizemos muita coisa para comemorar nosso aniversário de casamento este ano; em vez disso, fiquei acordada até tarde para ler seu trabalho. Era bom. Talvez o seu melhor. Se sentir necessária não é o mesmo que se sentir amada, mas é próximo o suficiente para me lembrar de quem costumávamos ser. Quero reencontrar essa versão de nós e avisá-los para não deixar que a vida mude demais quem eles são.

Deixei minhas anotações sobre o manuscrito, junto com meu presente de aniversário pra você, na mesa da cozinha, antes de sair para o trabalho no dia seguinte. Era uma pequena estátua de bronze de um coelho pulando no ar. Você pensou que fosse algo relacionado a *Alice no País das Maravilhas* — sabendo que esse era um dos meus livros favoritos quando criança —, mas estava enganado. Eu o comprei porque me lembrou de um provérbio russo que um velho me ensinou uma vez. Ainda gosto muito dele:

Se você perseguir dois coelhos, não pegará nenhum deles.

Você me deu uma bússola de bronze alguns dias depois, com a seguinte inscrição:

Pra você sempre encontrar o caminho de volta para mim.

Não tinha percebido que você achava que eu estava perdida.

Sua mulher
Beijinhos

Amelia

Adam abandona o carro com os pneus furados e volta correndo para dentro da capela. Eu o sigo pelo foyer, pela cozinha, depois pela sala de estar, até que nós dois estejamos no meio do gabinete secreto de Henry Winter. Adam passa os olhos ao redor da sala. Não tenho certeza do que ele procura ou espera encontrar. Preferia quando pensei que estávamos indo embora.

Coelhos brancos são, sem dúvida, um tema aqui... Eles pulam por todo o papel de parede, pelas cortinas, pelas almofadas. As escolhas de design de interiores são inesperadas para um homem de 80 anos que gostava de escrever livros sombrios e doentios. Mas, como Adam sempre diz, os melhores escritores tendem a ter tudo e nada em comum com seus personagens.

Adam me encara com uma expressão estranha no rosto.

"Se você sabe alguma coisa sobre o que está acontecendo de verdade aqui, então agora seria um ótimo momento para me contar", diz em um tom que ele sempre reserva para telefonemas inconvenientes.

"Nem comece a tentar me culpar. Este lugar pertence ao autor cujos romances você passou os últimos dez anos de sua vida adaptando. Eu *nunca* gostei dele. Ou dos livros dele. E tudo o que vi neste fim de semana sugere que *você é* a razão de estarmos presos aqui."

Adam olha para a escrivaninha antiga de novo, aquela que pertenceu a Agatha Christie. É feita de madeira escura e bem pequena, mas há dez gavetinhas minúsculas embutidas nela, que eu só percebo quando ele começa a puxá-las. Cada uma parece uma caixa de madeira em miniatura e, quando ele coloca a primeira na palma da mão, uma pequena estátua de bronze de um coelho cai.

"Já vi isso antes", murmura, já passando para a próxima gaveta.

Dentro dela, Adam encontra um pássaro de papel de origami, igual ao que ele sempre carrega na carteira. Assisto em silêncio enquanto a cor parece se esvair de seu rosto.

Não gosto de ver meu marido assim. Todas as outras pessoas veem uma versão diferente do homem que conheço. Elas não têm conhecimento de seus humores, de suas inseguranças ou de seus pesadelos regulares com uma mulher de quimono vermelho sendo atropelada por um carro. Ele não apenas acorda sem fôlego e coberto de suor quando sonha com ela, às vezes, ele grita. Adam passou a vida inteira fugindo das coisas que mais o assustavam e, embora o menino agora pareça um homem, ele não mudou tanto assim.

Não aos meus olhos.

Adam abre outra gaveta e segura uma chave de ferro de aparência antiga.

A próxima está cheia de moedas de cobre. Deve haver mais de cem delas, cada uma com buracos no lugar dos olhos e um rosto sorridente talhado.

Cerâmica

Palavra do ano:
monachopsis *substantivo* a sensação sutil, mas persistente, de estar fora do lugar. Incapaz de reconhecer seu habitat pretendido, nunca sentindo-se como se estivesse em casa.

28 de fevereiro de 2017 — nosso nono aniversário de casamento

Querido Adam,
 Nossa casa não parece mais um lar, mas pelo menos você não se esqueceu do nosso aniversário de casamento este ano. Isso já é alguma coisa, acho. Você anda ocupado escrevendo de novo e tenho me ocupado fazendo outras coisas com outras pessoas.
 Optamos por uma noite tranquila, como fazemos na maioria das noites, mas com uma garrafa de champanhe e um delivery para comemorar nossos nove anos de casamento. Nós dois concordamos que comer na sala de casa enquanto assistimos a um filme era a melhor opção — sentar em silêncio apenas destaca nossa dificuldade de conversar nos últimos tempos. Você me deu um *voucher* impresso ~~comprado em um site de última hora~~ para uma aula de cerâmica. Eu lhe dei uma caneca que diz VAZA TÔ

ESCREVENDO. Já pensei em sugerir que consultássemos uma terapeuta para casais, mas nunca me parece o momento certo. Nós dois estamos nos movendo com tanto cuidado que estamos quase imobilizados.

Senti um misto de alívio e entusiasmo quando a campainha tocou e nos salvou de nós mesmos. Você se levantou para atender e ficou tanto tempo no corredor que presumi que fosse alguém conhecido. Mas era minha amiga do trabalho. Ela estava chorando. Tive um leve sobressalto quando vi vocês dois juntos. Tento não falar sobre nós com ela, mas ela sempre pergunta, então é difícil não falar sem parecer rude. Acho que eu só queria mantê-la para mim, uma amiga minha que não tinha nada a ver com você, por mais bobo que isso possa parecer.

"O que há de errado?", perguntei ao ver vocês dois parados na porta, você de chinelos e ela de salto alto, com lágrimas escorrendo pelo rosto.

Ela começou como voluntária no Battersea no ano passado. Se tivéssemos que pagar todos os que trabalham para a instituição de caridade, logo estaríamos falidos. Os voluntários dão apoio à equipe em praticamente tudo: cuidam dos animais, dão banho, passeiam com eles, alimentam. Eles limpam os canis, ajudam a aumentar a conscientização e os fundos em eventos, alguns até me auxiliam no escritório. Foi assim que nos conhecemos. Em troca, eu a ajudei a conseguir um emprego remunerado em tempo integral no início deste ano, então agora nos vemos quase todos os dias.

Meus colegas não se deram com ela da mesma forma que eu. Eles faziam piadas dizendo que poderíamos ser gêmeas, não fosse o meu cabelo loiro e liso e o dela um monte de cachos castanhos. Mas acho que a maioria dos comentários maldosos era pura inveja. A fofoca é quase sempre a filha amorosa da inveja. Ela é tímida e socialmente desajeitada, de uma forma que faz as pessoas ficarem desconfiadas. Também é um pouco quieta demais e sempre fala como se duvidasse de tudo o que sai da própria boca, experimentando as palavras como se estivesse preocupada com o fato de elas não servirem. Mas não esta noite.

"Sinto muito por aparecer assim, sem ser convidada", respondeu ela enquanto limpa o rosto manchado de lágrimas com as costas da mão. Estava usando um enorme casaco com capuz, que não combinava nem um pouco com os saltos.

"O que aconteceu? Você está bem?", perguntei e ela começou a soluçar. "Entra..."

"Não. Não posso, mesmo. Adam disse que é o aniversário de casamento de vocês..."

Seu nome nos lábios dela soou estranho aos meus ouvidos.

"Oh, não se preocupe com isso. Estamos casados há quase uma década, nem sexo fazemos mais."

O olhar que você me lançou foi impagável.

Me pergunto que expressão meu próprio rosto fez quando ela aceitou o convite, entrou e baixou o capuz para revelar o cabelo loiro em sua cabeça. Os cachos desbotados haviam desaparecido, em vez disso, o cabelo estava liso como o meu e tingido exatamente do mesmo tom.

"Oh...", disse ela, observando minha reação ao tirar o casaco. "Pintei o cabelo."

"Percebi", falei, observando o resto da transformação. Seu uniforme de trabalho, um moletom Battersea, jeans velhos e tênis — que, na prática, era tudo o que já havia visto nela —, foi substituído por um vestido vermelho justo. Ela estava diferente, mas familiar: parecia-se comigo. Até soava um pouco como eu. O sotaque do East-End com o qual eu havia me acostumado tinha desaparecido, mas muitas pessoas soam diferentes quando estão nervosas. E ela parecia muito nervosa perto de você.

"Queria ficar bonita porque tinha um encontro... mas foi um encontro ruim. Ele disse que queria me buscar e eu pensei que era uma gentileza à moda antiga, mas agora ele sabe onde moro. Me ameaçou e ficou muito agressivo quando não o convidei para entrar e...me desculpe, não conheço mais ninguém em Londres, exceto você e..."

"Está tudo bem, você está segura agora. Uma taça de champanhe ajudaria?", sugeriu você e ela sorriu com dentes que pareciam mais brancos do que antes.

Você é sempre um marido melhor quando temos uma plateia.

Senti tanta pena dela enquanto nós três estávamos sentados na sala, bebendo nosso champanhe de aniversário e ouvindo as intermináveis histórias que mais pareciam de terror sobre a vida de uma solteira.

Não conseguia me imaginar sozinha na nossa idade. O mundo mudou tanto — encontros on-line, encontros às cegas, aplicativos de encontros — que tudo parece horrível. Nunca tinha reparado antes — talvez porque ela fizesse um trabalho tão bom em esconder sob as camisetas largas e os jeans velhos que normalmente usava —, mas minha amiga é muito bonita quando se esforça. Se a vida de solteira é tão difícil para ela, imagine como seria para nós, meros mortais. Eu me sentia velha demais para esse tipo de bobagem. Observei você prestando atenção e sendo tão gentil e atencioso. Ela sorria o tempo todo enquanto vocês conversavam por educação, como se houvesse uma cota de sorrisos que ela tivesse de cumprir antes do fim da noite. Fiquei feliz que vocês dois pareciam se dar bem. Quando abrimos outra garrafa, sentamos e a ouvimos contar sobre encontros medonhos com homens horríveis, percebi o quanto eu tinha sorte de ter um dos bons.

"Bem, foi bom finalmente conhecer sua esposa do trabalho", sussurrou você, enquanto deitávamos na cama. Ela estava dormindo no quarto de hóspedes e, dada a quantidade de álcool que consumiu, é provável que não houvesse necessidade de falar baixo.

"Não sei por que nunca a convidei antes. Pensando agora, não tenho certeza de como ela sabia onde me encontrar — acho que nunca lhe dei nosso endereço —, mas estou feliz que tenha vindo."

"Ela não é bem o que eu imaginava pela forma como você a descrevia. Parece... simpática."

"Está falando como se fosse um insulto. Você a achou atraente?"

Você riu. "Não."

"Sério? Mesmo com o cabelo, os saltos e a maquiagem..."

"De verdade, não. Além disso, não consigo ver tudo isso, lembra? Só vejo o que está dentro."

"E o que você viu? Por dentro?"

"Uma atriz. Já conheci muitas delas."

Eu ri. "Isso é loucura... Ela é um ratinho calado na maior parte do tempo."

"Nem todas as atrizes estão no palco. Algumas andam entre nós, disfarçadas de pessoas normais." Nós dois rimos e você me abraçou mais forte. Há algo muito mágico em estar em uma cama quente quando está frio lá fora. Compartilhar o calor do corpo com alguém que você ama. Ou costumava amar. Mas só porque ainda compartilhamos uma cama, isso não significa que ainda compartilhamos as mesmas opiniões.

"O que você vê dentro de mim?", perguntei.

"O mesmo de sempre, minha linda esposa."

Você me encarou e eu me senti vista.

"O que aconteceu conosco?", perguntei, esperando que você desviasse o olhar ou mudasse de assunto, mas você não o fez.

"Não sou mais quem eu era há dez anos, nem você, e tudo bem. A única pergunta que precisamos fazer a nós mesmos é: amamos quem somos agora? Ouvir sua amiga esta noite me fez sentir solitário e sortudo ao mesmo tempo. O sucesso de um relacionamento não pode ser medido apenas pela longevidade. Adoro que comemoramos esses marcos a cada aniversário de casamento e até sorrio ao ver as notícias sobre casais que estão juntos há setenta anos, mas também acho que é possível ter um caso de uma noite que pode ser mais profundo do que alguns casamentos. Não se trata de quanto tempo dura um relacionamento, mas do que ele ensina sobre o outro e sobre você mesmo."

"O que quer dizer?"

Você sorriu. "Pedra, papel, tesoura."

"O quê?"

"Você me ouviu, pedra, papel, tesoura. Se você ganhar, ficaremos juntos para sempre."

Deve ter se passado um ano desde a última vez que jogamos esse jogo. Mas você me deixou ganhar como sempre fazia, minha tesoura cortando seu papel. Parece bobagem, mas senti como se isso fosse um sinal de que talvez estivéssemos mais parecidos com o que costumávamos ser também.

"O que teria acontecido se eu tivesse perdido?", perguntei.

"Ficaríamos juntos para sempre de qualquer forma, porque eu a amo, sra. Wright", respondeu você, deslizando o braço em volta da minha cintura. Se era o álcool falando, não me importava. Você passa o dia todo trabalhando com palavras, mas aquelas eram as únicas três que eu precisava ouvir.

"Eu te amo mais", respondi e fizemos amor pela primeira vez em muito tempo.

Sou como uma garota com todos os ovos numa única cesta quando se trata de relacionamentos, e esse é um jeito perigoso de ser. Uma queda feia ou um deslize infeliz e tudo o que me interessa pode ser quebrado e destruído. Achei quem buscava quando o encontrei e nunca mais precisei ou quis outra pessoa desde então. Com ou sem razão, eu depositei cada parte emocional de mim em nós. Adotei suas esperanças e sonhos e os amei como se fossem meus. Me importava tanto com você que não tinha mais nada para dar a ninguém, nem a mim mesma. Me contentava com um círculo social para dois. Você sempre foi suficiente para mim, mas nunca me senti como se fosse suficiente para você. Talvez isso possa mudar. Quem sabe se eu tentar amá-lo um pouco menos, a balança possa pender a meu favor e você me ame um pouco mais?

Me importo muito com minha amiga do trabalho, mas não quero acabar como ela. Vê-la aqui em nossa casa — tão solitária, triste e destruída — foi um pouco como um alerta. É engraçado como o infortúnio de outra pessoa pode nos fazer perceber o que temos. Precisamos parar de considerar o outro como algo garantido. Essa é outra coisa que ninguém lhe diz sobre o casamento: às vezes é bom; às vezes é ruim, mas isso não significa que acabou. Talvez esteja tão bom ou tão ruim quanto possível? Embora nossa casa tenha deixado de parecer um lar, vou tentar dar um jeito nisso e vou tentar dar um jeito na gente. Mesmo que isso signifique terapia ou concessões ou, quem sabe, algum tempo fora, apenas você e eu... e o Bob. Talvez todos os casamentos tenham segredos e talvez a única maneira de permanecer casado seja guardando-os.

Sua mulher
Beijinhos

Adam

"O que isso significa?", pergunto, segurando a gaveta minúscula cheia de moedas em uma das mãos e uma caneca quebrada em que se lê VAZA TÔ ESCREVENDO na outra. Posso sofrer de cegueira facial e de uma estranha disfunção neurológica, mas não há nada de errado com minha memória (na maioria das vezes). A escrivaninha está cheia de presentes de aniversários de casamento que minha esposa me deu ao longo dos anos. "Você está envolvida com tudo isso?"

"O quê? Não!", responde Amelia.

Observo-a em busca da verdade, mas nem mesmo consigo ver seu rosto. Seus traços giram feito redemoinhos em uma pintura de Van Gogh e me sinto tonto só de olhar em sua direção. Às vezes, consigo reconhecer as pessoas pelo formato ou pela cor do cabelo ou por um par de óculos característico. Às vezes, não sei se as conheço de fato.

"Então, como explica isso?", pergunto, voltando-me para a mesa. "*Você* organizou essa pequena viagem à Escócia; *você* nos trouxe até aqui..."

"Não tenho explicação sobre nada do que aconteceu neste fim de semana."

"Não tem ou não quer? Você já sabia que Henry Winter estava morto?"

"Acho que você precisa se acalmar. Eu não sabia de nada. E continuo não sabendo. Exceto que..."

"O quê?", indago.

"Você disse que Henry entregou um novo livro em setembro, mas agora sabemos que ele morreu no ano anterior."

"E daí?"

"E daí? E se outra pessoa o escreveu?", grita ela, e percebo que eu também estava gritando.

É uma sugestão ridícula. Desde então, o livro foi publicado em todo o mundo. Será que ela acha mesmo que ninguém — incluindo o agente, os editores e o exército de fãs — teria notado se outra pessoa tivesse escrito um romance de Henry Winter? Mas então faço as contas e ela tem razão, as datas não batem.

"Isso não é possível", respondo.

A resposta em minha cabeça é menos decisiva, mas não a compartilho com minha esposa.

Os escritores são uma raça estranha e imprevisível. Para ser um deles, é preciso paciência, determinação, automotivação suficiente para trabalhar sozinho no escuro e autoconfiança para continuar quando as sombras tentam consumi-los. E elas tentam — eu sei bem. A outra coisa que todos os escritores têm em comum é o fato de serem excêntricos, na melhor das hipóteses; loucos, na pior. Teria Henry fingido a própria morte por algum motivo?

"Nós dois vimos alguém entrar na capela mais cedo. Lembra? É quem devemos culpar por tudo isso. Não um ao outro", diz Amelia.

"E a mulher no chalé?"

"A bruxa com as velas e o coelho branco? Você disse que era velha..."

"Disse que tinha cabelos grisalhos. Não é como se tivéssemos visto mais alguém desde que chegamos."

"Então, vamos voltar. Bater na porta dela de novo. Na pior das hipóteses, ela lança um feitiço e nos transforma em coelhos brancos também", rebate Amelia, parecendo mais calma do que deveria.

Talvez porque ela já saiba o que está acontecendo aqui e que tudo isso seja uma encenação.

Sempre vou me sentir culpado por trair minha mulher, mas Santa Amelia também dormiu com alguém que não devia. É como se ela, por conveniência, esquecesse essa parte da história. Mas eu não consigo.

"Pode me chamar de Pamela", a terapeuta disse que precisávamos seguir em frente, aprender a deixar isso para trás, mas ainda estou chocado com a facilidade com que minha esposa mente.

Gostaria de poder ver seu rosto agora, como as outras pessoas podem. Será que parece assustada? Ou será que parece tão calma quanto soa? E, em caso afirmativo, já que tudo indica que estamos presos e em perigo, por que ela não está com tanto medo quanto eu? Amelia parece ter esquecido tudo sobre seu amado cachorro. Ela está mentindo sobre *alguma coisa* e me assusta não saber o que é. Um casamento mal-assombrado é tão aterrorizante quanto uma casa mal-assombrada.

"Venha comigo", peço, pegando sua mão — ela sempre reclama que eu não a seguro com frequência suficiente.

O rosto e a voz podem não a denunciar, mas Amelia não consegue controlar a respiração. Se ela estiver realmente estressada ou assustada, essa é sempre a primeira coisa a aparecer.

Chegamos à velha escada de madeira em espiral que leva ao primeiro andar e eu aponto para a galeria de fotos em preto e branco na parede. Isso está me incomodando desde que chegamos aqui.

"Quem são as pessoas nessas fotos? Você reconhece o rosto de alguma delas?", pergunto.

Consigo ver que os retratos na parte inferior da escada são de pessoas vestidas com roupas vitorianas. Os que estão mais próximos do topo parecem mais recentes.

Posso ver que alguns dos retratados são de adultos, outros são de crianças, mas — como sempre — não consigo ver nenhum dos rostos.

Amelia nega com a cabeça e eu começo a puxá-la escada acima.

"E agora? Alguém aqui parece familiar?"

"Você está me assustando, Adam", diz ela, e posso ouvir pela sua respiração que está dizendo a verdade. Estou prestes a me desculpar quando ela fala de novo.

"Espere, acho que esta foto é do Henry quando adolescente... e a foto abaixo também se parece um pouco com ele, mas mais jovem, com um homem e uma mulher. Os pais, talvez."

"Algum tipo de árvore genealógica, talvez? Continua", falo, sem soltá-la.

"Tenho quase certeza de que a maioria dessas fotos é do Henry. Não havia notado até agora, mas não sabia o que procurar. Ele está muito mais jovem do que o rosto que vejo nas capas dos livros e nos jornais — todos eles muito datados."

Agora, largo a mão dela.

Eu mesmo olho para as fotos, tentando ver o que ela vê, mas é inútil.

"Alguém mais parece familiar?", pergunto, quando Amelia para abruptamente no topo da escada. Percebo que ela está girando o anel de noivado de safira em seu dedo.

"Há algumas fotos de uma garotinha também... Espera."

"O quê?"

"Essas fotos não estavam aqui antes. Você se lembra?"

"Eram apenas três formas retangulares desbotadas com pregos enferrujados saindo da parede. Alguém as colocou de volta." Estou prestes a perguntar se foi ela, mas mordo a língua. "Acho que esta foto é d..."

Vejo algo por cima de seu ombro antes que Amelia termine a frase.

"Uma das outras portas está aberta", interrompo, correndo em direção a ela.

Todas as portas do patamar estavam trancadas na noite passada, exceto a que levava ao quarto em que dormimos e a que levava à torre do sino. Mas agora outra porta está escancarada e me vejo dentro de um quarto de criança.

Tudo está coberto de pó como no resto da capela, mas esse cômodo também está cheio de teias de aranha. O cheiro é de mofo, como se não tivesse sido arejado há meses. Talvez há mais tempo. A coisa mais assustadora que chamou minha atenção foi a grande casa de bonecas no meio do cômodo. Parece antiga. Também se parece muito com nossa casa em Londres — uma casa vitoriana de fachada dupla. Não consigo resistir a abrir as portas empoeiradas e, quando vejo que os cômodos internos estão decorados de forma semelhante à nossa casa, começo a me sentir mal. Os mesmos dois bonecos talhados em madeira estão em todos os cômodos, mas não são réplicas em miniatura de Amelia e de mim. Um é um homem idoso do tamanho de um boneco, usando paletó de tweed e gravata-borboleta, o outro é uma pequena boneca menina, vestida de vermelho. Em todas as cenas de faz de conta, eles estão de mãos dadas e o velho está sempre fumando um cachimbo. Quando olho mais de perto, vejo que os cachimbos são na verdade copos e talos de bolota.

"Você viu isso?", pergunta Amelia.

Ela está segurando um velho Jack-in-the-Box. Eu tinha uma caixa de surpresas igualzinha a essa quando era criança e ela me aterrorizava. A princípio, não entendo o significado, até que vejo que o nome Jack foi riscado, de modo que agora está escrito Adam-in-the-Box.

Minha mãe me ensinou o nome francês para esse brinquedo quando eu era pequeno: *diable en boîte*, literalmente "demônio na caixa". Tantas coisas inesperadas me fazem lembrar dela. E sempre que isso acontece, eu revivo a noite em que ela morreu: a chuva, o som terrível dos freios dos carros, o quimono vermelho voando no ar. O cachorro era meu. Implorei para que ela me deixasse ter um, mas depois não cuidei dele. Se eu, com 13 anos de idade, tivesse passeado com ele, como prometi, ela não teria morrido andando na calçada naquela noite.

Meus dedos, independentes de minha mente, encontram a manivela do Adam-in-the-Box e a giram. Bem devagar. A melodia nostálgica toca e a voz de minha mãe canta junto com ela em minha cabeça.

Minha mãe me ensinou a costurar,
E como enfiar a linha na agulha,
Toda vez que meu dedo escorrega,
Pop! faz a grulha.

O palhaço Jack sai da caixa e eu pulo, mesmo sabendo o que estava por vir. Com seu cabelo vermelho e rebelde, rosto pintado e roupa azul manchada, ele parece aterrorizante, ainda mais do que aquele de que me lembro quando criança, porque seus olhos estão faltando.

Acho que entendi a mensagem não tão sutil, mas o que mais *não* estou vendo?

Quando me viro para ver o resto do quarto, noto que o papel de parede, as cortinas, os travesseiros e o edredom estão todos cobertos de imagens desbotadas da mesma coisa: pisco-de-peito-ruivo, o passarinho conhecido como *robin*. Então vejo a lousa infantil empoeirada e de pé no canto do quarto. As palavras escritas com giz estão desbotadas e foram claramente escritas há anos, mas ainda consigo decifrá-las:

Não devo inventar histórias.
Não devo inventar histórias.
Não devo inventar histórias.

Estanho

Palavra do ano:
metanoia *substantivo* mudança transformadora da maneira de pensar. A jornada de mudar a mente, o eu ou o modo de vida de alguém.

28 de fevereiro de 2018 — nosso décimo aniversário de casamento

Querido Adam,

Não é o nosso décimo aniversário, na verdade. Estou escrevendo esta carta um pouco tarde por causa do que aconteceu.

Achei que as coisas estavam muito boas entre nós este ano. Achei que estávamos felizes. Eu estava, e achei que você também estivesse. Do ponto de vista externo, nosso casamento era definitivamente muito sólido. Mas eu estava ~~cega, burra e redondamente enganada~~ errada. Nada parece real agora que sei a verdade. Sinto-me como se estivesse aprisionada em um globo de neve, mais uma sacudida e desaparecerei por completo.

Há muito tempo, sinto como se alguém estivesse nos observando. Não consigo explicar a sensação, nem a colocar em palavras, mas acho que todos sabemos quando estamos sendo observados. Seja no trabalho, passeando com o cachorro ou no metrô. Você consegue sentir quando os olhos de outra pessoa estão direcionados para você por mais tempo do que deveriam. Você sempre sabe. É o instinto.

Em geral, quando chego em casa do trabalho, você ainda está em seu escritório anexo, escrevendo. Mas na noite anterior ao nosso décimo aniversário de casamento, eu o encontrei sentado na sala de estar, no escuro, assistindo a um episódio antigo do *The Graham Norton Show*, no BBC iPlayer. Henry Winter é conhecido por nunca dar entrevistas, mas para comemorar a publicação de seu quinquagésimo romance em cinquenta anos, ele concordou em dar uma no ano passado. Assistimos à entrevista juntos na época. Graham Norton foi engraçado e charmoso como sempre, mas me lembro de ter me sentido péssima quando ele apresentou Henry. Um homem idoso que mal reconheci entrou mancando no palco antes de se sentar no sofá vermelho. A bengala, com um cabo prateado em forma de cabeça de coelho, era uma nova adição ao seu uniforme de casaco de tweed e gravata-borboleta. Assim como o sorriso em seu rosto. Parecia que estava com dor.

Queria que nunca tivéssemos visto aquilo, mas vimos, e ontem à noite te peguei assistindo, várias vezes, a parte em que Henry Winter mencionou você. Fiquei em silêncio no corredor de nossa casa e assisti enquanto você voltava o vídeo e a repetia sete vezes.

Graham se inclina na direção de Henry. "Agora, me diga, só entre nós..." a plateia riu, "...o que você pensa sobre as adaptações de seus livros para a TV e o cinema, de verdade?"

O falso sorriso desapareceu do rosto de Henry, que tinha muitas rugas. "Não tenho um aparelho de televisão, sempre preferi ler."

"Mas você já as viu?", insistiu Graham, tomando um gole de vinho branco.

"Já. Não posso dizer que gostei muito. Mas fui persuadido a deixar o roteirista tentar a sorte — sua carreira não estava indo a lugar algum antes de eu aceitar — e mesmo que não goste do que ele fez com os livros, muitas outras pessoas gostam. Então..."

Graham riu. "Caramba, vamos torcer para que ele não esteja assistindo!"

Mas você estava assistindo. Eu também. Acho que você não falou com Henry, nem escreveu nada novo desde então.

Você culpou seu agente pelo que Henry disse e eu me senti péssima — gosto do seu agente, ele é um dos mocinhos no que às vezes pode ser uma indústria difícil —, mas ainda assim não consegui te contar a verdade. Eu achava que as coisas entre nós estavam enfim de volta aos trilhos e dizer a você que eu era a razão pela qual Henry te deixou adaptar os livros dele não me pareceu uma ideia muito boa.

Não sei o que o fez se sentar no escuro e assistir a um vídeo antigo do Henry falando mal de você. Não sei por que ainda se importa com o que ele pensa. Então, notei a garrafa de uísque meio vazia — a marca favorita de Henry — ao lado do seu prêmio Bafta. É difícil quando o ponto alto da carreira de alguém acontece logo no início. Às vezes, é melhor começar aos poucos, para ter espaço para crescer.

Sorrateira, voltei para o corredor, bati a porta da frente e subi correndo as escadas. "Só vou tomar um banho rápido", falei, para que você pensasse que eu não o tinha visto. Quando desci, a TV estava desligada, o uísque havia sumido e o Bafta estava de volta na prateleira. Me perguntei por quanto tempo você fingiu estar bem quando, na verdade, estava se sentindo destruído. Fazendo uma encenação todas as noites quando eu chegava em casa. Por causa do seu trabalho, você passa muito tempo sozinho. Às vezes, talvez um pouco demais. Eu queria dar um jeito em você, mas não tinha certeza de como.

No dia seguinte — nosso aniversário de casamento — decidi sair mais cedo do trabalho. Estava determinada a animá-lo e surpreendê-lo. Algo parecia estar errado, mesmo quando eu ainda estava no jardim. A magnólia que você plantou no meio do gramado no nosso quinto aniversário de casamento parecia estar morrendo. Decidi ignorar o que poderia ter sido um sinal e entrei eu e Bob em casa. Tudo estava parado e silencioso, como sempre acontece quando você está no escritório anexo, o que é quase sempre. Havia uma lata de feijão cozido na mesa da cozinha — achei que devia ser algum tipo de brincadeira, pois sabia que essa lata era o presente tradicional para dez anos de casamento. Sorri e subi as escadas direto para o nosso quarto. Planejei passar algum tempo cuidando de mim em vez de cuidar de cães abandonados, para variar, antes de surpreendê-lo.

Mas, em vez disso, você me surpreendeu.

Você ainda estava na cama.

Com minha amiga do trabalho.

Ela havia telefonado dizendo que estava doente naquela manhã. Agora eu sabia o motivo.

Tudo parou quando entrei no cômodo. Não me refiro apenas a você ou a ela, ou ao que estavam fazendo. E não me refiro apenas ao fato de eu ter parado de respirar — embora tenha sentido como se tivesse —; foi como se o próprio tempo tivesse parado, esperando que os pedaços da minha vida despedaçada caíssem para ver onde iriam parar.

Fiquei ali parada, olhando, incapaz de processar o que estava vendo.

Ela sorriu. Sempre me lembrarei disso. Depois, me lembro de você olhando entre nós duas. Sua mulher na porta e sua puta em nossa cama.

"Pensei que fosse você", disse você, enrolando o lençol em volta de si mesmo. Quando não respondi, você repetiu. Como se as palavras pudessem soar menos como mentiras se as dissesse uma segunda vez. "Pensei que fosse você."

A ideia de mentir, por si só, te faz corar, e suas bochechas ficaram vermelhas.

Não me orgulho do que fiz em seguida. Gostaria de ter dito algo inteligente, mas nunca fui boa em saber o que dizer até muito tempo depois, e ainda agora não consigo encontrar as palavras certas para o que vi naquela tarde. Portanto, não disse nada, mas fui até o galpão do jardim, peguei uma pá e saquei aquela maldita árvore de magnólia do meu outrora perfeito gramado da frente. Ela foi embora e você ficou assistindo, horrorizado. A árvore já estava maior do que eu, mas eu a arrastei pela porta da frente e subi as escadas, arranhando as paredes e deixando um rastro de sujeira e galhos quebrados atrás de mim. Em seguida, a joguei na cama onde você havia dormido com ela, antes de enfiá-la debaixo dos lençóis, feito um bebê.

"Farei o que você quiser para resolver isso. Terapia? Umas férias? Podemos ir para a Escócia, como fizemos em nossa lua de mel? Qualquer coisa?", implorou você, enquanto eu fazia as malas. Mas não acho que nada possa dar um jeito em nós agora. Você acha?

Sua esposa

Amelia

Adam ainda não juntou as peças do quebra-cabeça.

Ele encara o quarto da menina, onde tudo está coberto por piscos-de-peito-ruivo, robins, parecendo uma criança perdida. Até que pego sua mão e o levo de volta para o patamar. Paramos no topo da escada em espiral e eu aponto para a última foto emoldurada na parede.

"Quem é?", pergunta ele, embora eu tenha certeza de que já deve saber. Ter cegueira facial não pode impedir alguém de ver a verdade.

O relógio de pêndulo do quarto começa a tocar e nós dois nos sobressaltamos... Achei que tivesse parado.

"É você", digo. Então, estudamos a imagem: o terno caro que ele usou no casamento, o confete em seus ombros, o vestido de noiva, as alianças, os sorrisos felizes... e outra pessoa na foto. "Henry está no fundo. Nós dois sabemos que não foi convidado, mas o fato de ele estar lá — parado na rua, do lado de fora do cartório, pelo que parece — e de ver essa foto na parede de retratos de família, sugere que ele pensava em você como muito mais do que apenas um roteirista que adaptava seus livros."

Adam ainda não entende.

Isso não vai ser fácil. Mas meu marido precisa saber a verdade agora e eu preciso ser a pessoa que vai contá-la para ele.

"A mulher na foto do casamento não sou eu."

Adam

"Como assim?", pergunto, olhando para a foto de uma noiva e um noivo cujos rostos não consigo ver.

"É uma foto do seu *primeiro* casamento. Quando você se casou com Robin." Ficamos em silêncio no topo da escada. Parece que ficamos assim por um longo período, enquanto tento processar o que Amelia disse.

"Não estou entendendo..."

"Acho que está", diz ela. "Acho que, apesar de você ter sido casado com Robin por dez anos, ela nunca lhe disse que era filha de Henry Winter. Acho que ela cresceu aqui e que o quarto daquela menina era dela."

Fico olhando para minha segunda esposa por um longo tempo, tentando ver em seu rosto se isso é algum tipo de brincadeira. Mas os redemoinhos de Van Gogh estão de volta e eu me agarro ao corrimão para me equilibrar.

"Isso é loucura. Não pode ser verdade!"

Amelia balança a cabeça. "Sei que você não consegue ver, mas essas três fotos na parede — as que estavam faltando ontem — são todas da sua ex-mulher. Estes são você e Robin se casando, com uma participação de Henry na fotografia." Ela aponta para a próxima foto. "*Esta* é Robin quando era mais jovem, adolescente, eu acho, em um barco a remo pescando no lago Blackwater. E esta..." Ela balança a cabeça como quem diz não para a última moldura "...é uma garotinha, que se parece com Robin, sentada no colo de Henry e lendo um livro, enquanto ele fuma um cachimbo."

Minha mente avança e volta o tempo enquanto falo meus pensamentos em voz alta.

"Isso não pode ser real. Henry não teve filhos..."

"A lápide no cemitério diz o contrário."

"Robin nunca quis falar sobre a família, em especial, sobre o pai. Ela dizia que eles estavam afastados..."

"Não duvido disso, mas acho que há uma razão para ela nunca ter lhe contado quem ele era."

Estudo de novo os rostos nas fotos, mas mesmo agora que sei o que procurar, todos parecem iguais.

"Sei que você não consegue ver por si mesmo, então vai ter que confiar em mim", fala Amelia. Depois de me seduzir, o marido da melhor amiga dela, confiar *nela* é algo em que nunca fui muito bom. "Estou te dizendo que essas fotos são todas de sua ex-mulher. As fotos dela quando menina são a imagem perfeita das fotos de Henry quando menino. A semelhança é assustadora. Eles poderiam ser gêmeos separados por quarenta anos ou, quem sabe, seja hora de aceitar que Robin *é* filha de Henry."

As palavras dela parecem uma série de tapas, beliscões e socos. Não consigo entender, mas estou começando a acreditar no que Amelia está dizendo. "Não entendo por que nenhum deles não teria me contado algo tão importante como isso", digo, odiando o som patético de minha própria voz. Talvez eu não seja capaz de ver a beleza por fora, mas Robin era a pessoa mais bonita por dentro. Eu conseguia sentir isso sempre que ela estava no mesmo ambiente. Todos os outros também percebiam isso assim que a conheciam — ela era tão boa, genuína e honesta. Não consigo imaginá-la mentindo para mim sobre nada, muito menos sobre algo tão grande quanto isso.

"Quem sabe houvesse um bom motivo para que nenhum deles quisesse que você soubesse? Quem você conheceu primeiro? Como surgiu a ideia de você adaptar os livros de Henry Winter?", pergunta Amelia.

Me lembro daquele dia feliz, quando Robin e eu dividíamos um apartamento de merda num porão, em Notting Hill. Tínhamos muito pouco naquela época, mas muito mais do que tenho agora. Éramos almas gêmeas que sobreviveram a infâncias difíceis e estávamos sozinhos no mundo até nos encontrarmos. Robin sempre acreditou em mim e no meu trabalho, não importava o que acontecesse. Ela acreditou em mim quando ninguém mais acreditava e sempre esteve presente quando precisei dela. Sempre. Sem nunca querer nada em troca. Sinto o olhar fixo de Amelia sobre mim, esperando uma resposta.

"Meu agente me ligou do nada quando eu estava sem trabalhos, dizendo que Henry Winter havia me convidado para encontrá-lo em seu apartamento em Londres", conto, uma das minhas lembranças mais felizes sendo destruída assim que o faço.

"Isso é normal?"

Não respondo, a princípio. Nós dois sabemos que não é. "Bom, o agente *dele* morreu de repente..."

"De quê?"

"Não me lembro... Só sei que foi um choque. O agente era bem jovem."

"É engraçado como as pessoas que se colocavam entre você e Robin parecem morrer ou desaparecer."

"O que isso quer dizer?"

"Ela não tinha muitos amigos, né?"

Ela não precisava deles. Tinha a mim e, certa ou errada, eu era tudo o que ela queria. Mas eu dava isso como certo. "Ela não tinha problemas em fazer amigos", digo, consciente de que agora estou defendendo minha ex-mulher. "Todo mundo gostava da Robin. Ela só raramente gostava das pessoas de volta. Ficou muito amiga da October O'Brien quando trabalhávamos juntos."

"A October morreu. Há uma gaveta cheia de recortes de jornais sobre ela na cozinha."

"Sério, você não pode achar que... foi *suicídio*. Robin também era *sua* amiga. Ela te arrumou um emprego no Battersea quando você era voluntária, era gentil com você, confiava em você..."

"Não se trata de *mim*. Será que aquele encontro inesperado com um autor de best-sellers internacionais aconteceu porque você estava morando com a filha dele?", pergunta Amelia, como se estivesse nomeando meus medos particulares em voz alta. "Acho que pelos dez anos em que você esteve casado com Robin, você foi o genro de Henry Winter. Só não fazia ideia disso."

"O Bob", sussurro.

"O que tem ele?"

"Ele era o cachorro da Robin. Ela o adotou no Battersea e o amava como se fosse um filho. Se ela estiver com ele, pelo menos sabemos que está seguro."

"Acha mesmo que ela está por trás disso tudo?", indaga Amelia.

"Quem mais pode ser? A pergunta mais importante neste momento é por que estamos aqui e por que agora? É muito tempo de espera pra se vingar. Então, *o que* ela quer? Por que nos fez vir para a Escócia?"

"Não sei, ela é sua ex-mulher."

"E sua ex-amiga. Você me disse que quando ganhou um fim de semana aqui, o e-mail dizia que só podíamos vir *neste*. É isso mesmo?", pergunto.

Ela dá de ombros. "Sim. Mas por quê? O que há de tão especial neste fim de semana?"

"Não sei. Que dia é hoje?"

Amelia olha em seu celular. "Sábado, dia... 29 de fevereiro. É um ano bissexto, nem tinha me dado conta. Isso significa alguma coisa?"

"Sim", respondo. "É o nosso aniversário de casamento."

Ela parece confusa. "Nós nos casamos em setembro..."

"Não o *nosso*. É a data em que me casei com Robin."

Robin

Robin se lembra de ter saído da casa em Londres, no dia em que encontrou Adam e Amelia juntos na cama. Ela se lembra da árvore de magnólia e se lembra de ter tirado o anel de noivado de safira que um dia pertencera à mãe de Adam, junto com a aliança de casamento, e de tê-los deixado na mesa da cozinha. O resto é, no máximo, um borrão. Ela pegou a bolsa, algumas de suas coisas favoritas, entrou no carro e dirigiu. Não sabia o que ia fazer, nem para onde ia, apenas tinha que ir para longe, bem longe deles, o mais rápido possível. Seu maior erro foi deixar Bob para trás. As únicas pessoas que não têm arrependimentos são os mentirosos.

Foi quando Henry ligou. Para contar que estava morrendo e pedir que ela voltasse para casa.

Não falava com o pai há anos, mas uma série de estrelas cadentes pareceu se alinhar naquela tarde, para guiá-la de volta ao lar do qual fugiu quando criança. Verdade seja dita, ela não tinha para onde ir.

Robin ainda se lembra de quando Amelia começou a trabalhar como voluntária no Abrigo para Cães de Battersea e de como ela se compadeceu da criatura solitária e desanimada, da mesma forma que se compadecia de todos os animais abandonados que chegavam lá. Ajudou Amelia a conseguir um emprego e uma vida, tornou-se sua amiga e, em troca, a mulher roubou seu marido. Ela parece tão diferente agora, com o cabelo loiro, as roupas elegantes e o ex-marido de Robin a tiracolo. Mas, por mais horrível que seja ser traído por um amigo, foi Adam quem Robin culpou no início. Por tudo.

Mas não é mais assim. Agora culpa os dois, que são os verdadeiros motivos deste fim de semana e a razão pela qual ela os enganou para que viessem para cá.

Robin só experimentou o luto três vezes na vida.

Quando parou de tentar ter seu próprio filho.

Quando o marido a traiu.

E quando a mãe se afogou em uma banheira de pés em forma de garra.

O mundo inteiro achou que tivesse sido um acidente, mas *não foi*. Robin sempre acreditou que Henry era o responsável pela morte dela. Na verdade, foi por isso que ele a mandou para um colégio interno e por isso que ela fugiu assim que teve idade suficiente para ir embora de vez. Ele removeu quase todos os vestígios de sua mãe da capela escocesa que ela havia, com carinho, transformado em lar. As banheiras foram as primeiras a desaparecer. A mãe adorava cozinhar, então Henry esvaziou quase todos os armários e gavetas da cozinha até que restassem apenas dois de cada coisa: dois pratos, dois conjuntos de talheres, duas xícaras. *Nenhuma* panela, *nenhum* pote ou frigideira foi deixado para trás. O cheiro da comida cozinhando o lembrava da falecida esposa, então a velha empregada preparava grandes quantidades de refeições em casa e depois enchia o freezer da capela para que ambos não passassem fome. Robin guardou o que pôde dos pertences da mãe, inclusive dois pares de tesouras para bordado douradas e prateadas, em formato de cegonha —a mãe adorava costurar, além de cozinhar — e as escondeu embaixo da cama. Nunca acreditou que a morte dela tivesse sido acidental. As pessoas que leem e escrevem romances policiais sabem que há um número infinito de maneiras de se safar de um assassinato. Robin suspeita que isso aconteça o tempo todo.

Sempre parecia que os pais estavam encenando um papel em uma peça para a qual preferiram não ter sido escalados. O desinteresse é uma forma de negligência? Robin acha que sim. Mas as coisas ficaram muito piores depois que a mãe morreu. Seu mundo se tornou muito pequeno e muito solitário, de uma hora para outra. Henry achava que regar o problema com dinheiro o resolveria, como ele sempre fazia, e foi por isso que ela nunca quis um centavo dele quando adulta. Robin preferia dormir em um chalé gelado, com um banheiro externo, a passar mais uma noite sob o teto do pai. O dinheiro dele era sujo de sangue, em mais de um sentido.

Quando a mãe de Robin morreu, Henry comprou a casa de bonecas mais sofisticada que ela já tinha visto. Cada cômodo tinha as mesmas duas pequenas figuras dentro dele. Uma se parecia com Henry, a outra era uma Robin em miniatura. Uma família feliz de brinquedo para substituir a família real despedaçada. O próprio Henry esculpia os bonecos com seus cinzéis de madeira, assim como as estátuas do lado de fora da capela e todos os passarinhos em forma de pisco-de-peito-ruivo que ele havia talhado ao longo dos anos, enquanto baforava o cachimbo ou tomava um copo de uísque.

Ninguém mais sabia o que, na verdade, havia acontecido com a mãe de Robin. Ninguém suspeitava de nada. Henry até escreveu sobre um homem que matou a esposa na banheira alguns anos depois em seu romance chamado *Afogando as Mágoas*. Isso fez Robin questionar se todas as histórias dele poderiam ser baseadas em fatos, não em ficção, e a ideia a aterrorizou. O livro foi um grande sucesso de vendas, todos no internato estavam falando sobre ele, até mesmo os professores.

Isso inspirou Robin a escrever a própria história. Sua tutora de inglês ficou tão impressionada que — sem que Robin soubesse — enviou uma cópia para Henry no final do período letivo, dizendo que o dom de contar histórias era, claro, de família. Era sobre um romancista que cometia crimes na vida real e depois escrevia sobre eles em seus livros, sempre se safando do assassinato.

Quando Robin voltou para casa naquele Natal, Henry quase não falou com ela. Ele ficou trancado no gabinete secreto com seus amados livros. Como sempre. Uma tarde, ela encontrou bonecas flutuando na pia do banheiro. Pareciam estar se afogando, assim como havia acontecido com a mãe na banheira de pés em forma de garra. Quando Robin acordou na manhã de Natal, não havia presentes na meia pendurada no pé de sua cama. A única coisa que mudou durante a noite era que o cabelo de Robin havia sido cortado. Havia duas longas tranças loiras no travesseiro onde ela dormira e a linda tesoura de cegonha da mãe estava na mesa de cabeceira.

Henry Winter não escrevia apenas sobre monstros. Ele era um.

Como punição por ter escrito aquela história na escola, ele a fez escrever:

Não devo inventar histórias.
Não devo inventar histórias.
Não devo inventar histórias.

Assim, Robin nunca mais escreveu uma palavra de ficção.

Até que Henry morreu.

Depois de enterrá-lo no cemitério atrás da capela, Robin retornou ao gabinete secreto, no qual nunca teve permissão para entrar quando criança, e se sentou à escrivaninha antiga. Pegou o laptop do falecido pai. Lembrar-se da senha foi fácil: era o nome dela. Encontrou o trabalho inacabado de Henry em andamento e começou a ler. A princípio, soou como uma ideia maluca. Que outra palavra poderia ser usada para descrever uma mulher que trabalhava com cães tentando terminar um romance de um autor de best-sellers internacionais?

Mas foi isso que ela fez.

Robin excluiu a maior parte do que Henry havia escrito — ela achava que não estava muito bom — e substituiu por suas próprias palavras. Escreveu três rascunhos em três meses e, quando o livro foi concluído, ela o havia editado da melhor forma possível, então, sentiu que a transição da história de seu pai para a dela foi perfeita. Em seguida, digitou o livro inteiro de novo — na máquina de escrever de Henry, exatamente como ele teria feito. O verdadeiro teste seria enviá-lo ao agente dele: se havia alguém que pudesse notar a diferença, seria ele.

Robin já sabia que Henry sempre embrulhava os manuscritos em papel pardo e os amarrava com barbante — ela o tinha visto fazer isso com frequência quando criança —, então ela fez a mesma coisa e levou o pacote até a agência dos correios.

Ela mal havia saído de Blackwater desde que chegara três meses antes. Parecia estranho que o mundo do lado de fora das grandes portas de madeira da capela fosse o mesmo em que ela morara antes, quando a sua vida havia mudado tanto que estava irreconhecível. Não havia motivo para sair até então, e era sua primeira viagem a Hollowgrove — a cidade mais próxima do lago Blackwater — em mais de vinte anos. Mas enquanto Robin dirigia o velho Land Rover, com o manuscrito ao seu lado no banco do passageiro, ela ainda tinha medo de que alguém a reconhecesse. Não reconheceram. Mas Patty, na loja da esquina, reconheceu o pacote de papel marrom.

"Esse é um novo livro do sr. Winter?", perguntara, mascando chiclete entre as palavras, como se fosse uma adolescente, não uma mulher de 50 e poucos anos. Robin sentiu as bochechas ficarem vermelhas e não conseguiu responder. "Sem problema, se for segredo, sei guardar", mentiu Patty. "É que é assim que ele sempre os envia — amarrados com barbante e tal."

Robin estava paralisada, ainda incapaz de falar.

Patty apertou os olhos. "Você é a nova empregada? Ouvi dizer que ele demitiu a antiga..."

"Sim", respondeu Robin, sem pensar muito.

Patty deu uma batidinha na lateral de seu nariz com o dedo indicador. "Entendi, flor. Acho que ele te disse para não contar nada a ninguém, não foi? Como se alguém por aqui se importasse com o fato de ele ter escrito um livro novo. A única autora que eu sempre vou amar é Marian Keyes, essa sim é uma mulher que sabe escrever. Tenho cara de quem tem tempo para ler as palavras de um maluco? É isso que Henry é, se você quer saber — só escreve livros perturbadores. Você tem minha mais profunda simpatia por trabalhar para um velho avarento como ele. Não se preocupe com nada, a Patty vai postar isso e guardar todos os seus segredos."

Se ao menos Patty soubesse como eram grandes os segredos de Robin.

Depois disso, a espera foi a parte mais difícil.

Robin por fim entendeu como é estressante para os escritores colocarem seu trabalho para o mundo. Nos dias que se seguiram à publicação do manuscrito, ela manteve as cortinas fechadas, comeu refeições congeladas quando estava com fome, dormiu quando estava cansada demais — ou bêbada demais — para ficar acordada e perdeu completamente a noção de que dia era. Quando o telefone tocou, sabia que não poderia atender. Qualquer pessoa que ligasse estaria esperando ouvir a voz de Henry, inclusive seu agente, então ela esperou mais um pouco. Quando uma carta do agente chegou no dia seguinte, Robin precisou de algumas horas e outra garrafa de vinho para tomar coragem o suficiente para abri-la. Quando finalmente a abriu, chorou.

> Terminei o romance de madrugada. É o seu melhor até agora! Vou enviar para as editoras hoje.

Eram lágrimas de alegria, alívio e tristeza.

Queria contar a alguém, mas Oscar, o coelho, não era muito bom de conversa. Ela o rebatizou no primeiro dia em que se conheceram, porque Oscar era um coelho menino, não uma menina, sem que Henry soubesse. E Robin era o nome *dela*. Foi a única coisa boa que seu pai lhe deu. Estava tão orgulhosa daquele romance, mas a verdade, querendo ou não, ainda era impossível de ignorar. O melhor livro de Henry até então, na verdade, era dela, mas o nome dele ainda estaria na capa.

Robin tentou colocar a carta do agente de Henry em uma das gavetas da escrivaninha — não queria mais olhar para ela —, mas as gavetas estavam cheias demais. Ela puxou as primeiras páginas do que parecia ser um manuscrito antigo e ficou surpresa ao encontrar o nome de seu ex-marido impresso na frente:

PEDRA PAPEL TESOURA
por Adam Wright

Anexado a ele havia uma carta de Adam, datada de vários anos atrás:

Sei que você é muito ocupado, mas sempre me perguntei
se esse roteiro poderia funcionar como um romance. Acho
que pode ser a minha chance de conseguir tirá-lo da gaveta.
Ficaria muito grato por sua opinião. Espero que tenha
gostado da última adaptação. Seu agente disse que sim e
que te entregaria esta carta por mim. Foi uma honra ajudar
a dar vida a seus personagens na tela. Qualquer conselho
que você possa me dar sobre o meu próprio personagem
será recebido com gratidão. Esse sempre foi meu sonho e
gosto de pensar que alguns sonhos se tornam realidade.

Robin ficou muito triste com o fato de Adam ter confiado ao pai dela sua obra mais amada. Ela sabia que Henry provavelmente nem tinha se dado ao trabalho de lê-la.

Uma das poucas coisas que Robin levou, antes de fugir de sua casa em Londres, foi a caixa de cartas de aniversário de casamento que ela, em segredo, escrevia para Adam todos os anos. Ainda sentia falta dele — e de Bob — todos os dias. Releu essas cartas naquela noite, junto com o roteiro de Adam, e uma nova ideia se formou em sua cabeça. A princípio, a ideia parecia maluca demais, mas percebeu que havia uma maneira de reescrever sua própria história e dar a si mesma um final mais feliz do que a vida havia escolhido até então.

OBRIGADA

Aço

Palavra do ano:
indiferente *adjetivo* livre de preocupação, inquietação ou ansiedade; despreocupado.

28 de fevereiro de 2019 — o que teria sido nosso décimo primeiro aniversário de casamento

Querido Adam,

Não é nosso décimo primeiro aniversário, é claro, porque não duramos tanto tempo. Agora eu moro em um chalé com telhado de palha na Escócia e você está em nossa casa, em Londres. Com ela. Mas ainda queria te escrever uma carta. Vou guardar esta para mim, junto com todas as outras cartas secretas de aniversário que escrevi ao longo dos anos. Sei que pode parecer loucura — ainda mais agora que estamos divorciados —, mas me sentei à beira do lago e as li recentemente. Todas elas. Meu Deus, tivemos altos e baixos, mas houve mais momentos bons do que ruins. Mais lembranças agradáveis do que tristes. E sinto sua falta.

Em primeiro lugar, gostaria de pedir desculpas pelas mentiras. Todas elas. Cresci cercada por livros e ficção — é difícil não crescer assim quando seu pai é um autor famoso no mundo todo. Minha mãe também era escritora, mas nunca te contei sobre ela. Não espero que entenda, mas não podia falar sobre eles com você.

Quando nos conhecemos, acreditava em você e em sua escrita, mas eu era impaciente e queria que seus sonhos se realizassem depressa para que pudéssemos nos concentrar nos nossos. Como não falava com Henry há anos, liguei para ele e pedi que você adaptasse um de seus romances. A intenção era que fosse apenas uma adaptação. Achei que isso o levaria ao sucesso com seus próprios roteiros, mas, ao tentar ajudar sua carreira, às vezes temo ter matado seus sonhos. Henry usou você como uma forma de tentar se aproximar de mim. Ele não estava nem um pouco interessado em mim quando eu era criança. Mas acho que sua própria mortalidade o fez perceber que eu poderia ser útil agora que era adulta — alguém para cuidar de seus preciosos livros quando ele se fosse. Meu pai se importava com cada um de seus romances muito mais do que jamais se importou comigo.

Esses últimos dois anos me ensinaram muito sobre mim mesma. Agora que deixei "tudo" para trás, percebi como eu tinha pouco. É muito fácil ser ofuscado pelas luzes da cidade feitas pelo homem, mesmo que elas nunca brilhem tanto quanto as estrelas em um céu sem nuvens ou a neve branca em uma montanha ou os raios de sol dançando em um lago. As pessoas confundem o que querem com o que precisam, mas agora percebo que essas coisas são diferentes. E como, às vezes, as coisas e as pessoas que achamos que precisamos são aquelas das quais devemos nos afastar. Agora, meu cabelo está mais grisalho do que loiro — não vou ao cabeleireiro desde que saí de Londres e ele está muito comprido. Eu o uso em tranças para evitar que fique embaraçado e com nós. Sinto falta de nossa casa, de nós e do Bob, mas acho que as Highlands da Escócia combinam comigo. E percebi que tenho mais em comum com meu pai do que costumava admitir, até para mim mesma.

Henry gostava tanto de privacidade que comprou tudo neste vale, junto com a antiga igreja e o chalé, antes de eu nascer. O latifundiário escocês de quem comprou as terras tinha muitas dívidas de jogo e, por acaso, era fã dos livros de Henry, então as vendeu por uma quantia ridícula. Henry até comprou o pub, alguns anos depois, para que pudesse fechá-lo. Ele só queria paz, silêncio e ser deixado sozinho. Completamente sozinho.

Os habitantes locais não ficaram impressionados com o fato de um forasteiro ser proprietário de grande parte do vale. Houve petições para impedir que Henry transformasse a igreja — embora ninguém a tivesse usado por meio século —, mas ele o fez mesmo assim. Era um homem que sempre fazia o que queria e conseguia o que queria. Quando a interferência local continuou, ele inventou histórias de fantasmas sobre a Capela Blackwater, para que qualquer pessoa que ainda não soubesse que deveria manter distância, a mantivesse. O fato de viver uma vida tão solitária, escondido do mundo em autoisolamento, costumava me deixar perplexa. Não há lojas, bibliotecas, teatros ou pessoas por quilômetros, não há nada aqui, exceto as montanhas, o céu e um lago cheio de salmão. O homem nem sequer comia peixe. Mas agora, acho que finalmente entendo.

Não tenho quase nada, mas tenho quase tudo de que preciso. O amor de meu pai por bons vinhos fez com que a cripta ficasse abarrotada deles e a antiga empregada abasteceu o freezer com um suprimento aparentemente interminável de refeições caseiras e rotuladas à mão. A biblioteca pessoal de Henry está repleta de todos os meus livros favoritos e as paisagens em constante mudança aqui me deixam sem fôlego todos os dias. Mas às vezes é difícil aproveitar as coisas boas da vida quando não se tem alguém com quem compartilhá-las. Sinto falta de nossas palavras do dia e do ano. Não me alimento muito bem — agora, gosto demais de comida enlatada —, mas me sinto melhor do que jamais me senti em Londres. Talvez seja o ar fresco em meus pulmões ou as longas caminhadas que faço explorando o vale. Quem sabe seja apenas o fato de me sentir livre para ser eu mesma.

Pode ser difícil sair da sombra de um pai quando você herda os sonhos dele. Quando criança, eu escrevia histórias com frequência, mas o lugar de Henry era sempre grande demais para ser ocupado. Além disso, ele me disse desde cedo que achava que eu não sabia escrever. Nunca pensei que poderia escrever um romance inteiro, mas os sonhos só se tornam realidade se tivermos coragem de sonhá-los primeiro. Minha autoconfiança se divorciou de mim muito antes de você, mas a vida me ensinou a ser corajosa e a tentar sempre de novo. Se você nunca desistir de algo, nunca poderá fracassar.

Sempre que eu comparava as palavras do meu pai com as minhas, as dele pareciam mais pesadas, mais fortes, mais permanentes do que os pensamentos dentro da minha cabeça, que sempre pareciam ir e vir feito a maré. Levando minha confiança embora. Mas os castelos feitos de areia nunca permanecem em pé para sempre. Agora estou livre do julgamento dele e percebi que a única pessoa que me forçou a viver em sua sombra fui eu. Poderia ter saído quando quisesse se não tivesse tanto medo de ser vista.

Às vezes, me sento em frente ao lago quando o sol está começando a se pôr e finjo que você e Bob estão aqui ao meu lado. Gosto de fumar o cachimbo do Henry à noite e observar os salmões pulando na água, antes de a lua surgir no céu para substituir o sol. Depois, ouço o som dos sapos cantando e observo os morcegos voando no céu, até ficar tão frio e escuro que tenho de voltar para o chalé. Não gosto de dormir na capela — muitas lembranças infelizes assombram os cômodos —, mas me apaixonei pelo lago Blackwater. Este lugar nunca me pareceu um lar até a minha partida. Queria poder dividi-lo com você, junto com todos os segredos que fui forçada a guardar. Você prometeu me amar para sempre, mas eu me pergunto se ainda pensa em mim ou sente minha falta.

É difícil imaginar Amelia em nossa antiga casa em Londres, dormindo em minha cama com meu marido, passeando com meu cachorro, cozinhando em minha cozinha, trabalhando em meu escritório no Battersea, no emprego que a ajudei a conseguir. Ainda não acredito que você deu a ela meu anel de noivado. Ou que ela quisesse usar algo que já foi de sua mãe e depois meu. Mas roubar coisas que pertencem a outras pessoas parece ser um hábito dela. É o tipo de mulher que espera algo em troca de nada e acha que o mundo tem uma dívida com ela. Sempre lia revistas nos intervalos de almoço — nunca livros — e gostava de participar de todos os sorteios delas, ou no rádio, ou na TV durante o dia, na esperança de ganhar algo de graça. Foi assim que soube que nunca recusaria um fim de semana grátis. Foi quase fácil demais convencê-la a vir para cá.

Tenho certeza de que não sou a primeira ex-mulher a querer vingança. Às vezes, eu ~~me imaginava matando vocês dois~~ tentava não pensar nisso. Meu estilo pessoal de indignação sempre foi surpreendentemente calmo. Em vez disso, leio e escrevo. É um mecanismo de enfrentamento da solidão que desenvolvi quando era menina, pois meu pai estava sempre ocupado demais trabalhando para me notar. Pode ser besteira agora, mas nunca percebi antes como vocês dois são semelhantes. Parece que passei a vida inteira me escondendo dentro de histórias: lendo as de outras pessoas quando era criança e agora escrevendo as minhas próprias.

Há um segredo que quero compartilhar. Escrevi um romance e agora estou escrevendo outro. Os sonhos são como vestidos em uma vitrine de loja, são bonitos, mas às vezes não nos servem quando os experimentamos. Alguns são pequenos demais, outros são grandes demais. Felizmente, minha mãe me ensinou a costurar, e os sonhos podem ser ajustados para nos servir, assim como os vestidos.

Acho que meu novo livro é bom e você está nele.

Pedra Papel Tesoura tem tudo a ver com escolhas. Eu fiz as minhas, chegará o momento em que você precisará fazer as suas. A única coisa boa de perder tudo é a liberdade que vem de não ter mais nada a perder.

Sua (ex) mulher

Amelia

As pessoas tendem a pensar que a segunda esposa é uma vadia e a primeira é uma vítima, mas isso nem sempre é verdade.

Sei o que pode parecer. Mas dez anos é muito tempo para se estar casado e o casamento deles já havia terminado. Eu não pensava que era possível ser gentil demais — a gentileza deve ser uma coisa boa —, mas Robin era do tipo que convidava as pessoas a pisar nela: seus colegas, seu marido, eu. Em sua mente, ela fez amizade comigo por pena quando comecei a trabalhar como voluntária no Abrigo para Cães de Battersea. Mas a verdade é que ela precisava mais de uma amiga do que eu; nunca havia conhecido uma mulher mais solitária.

É claro que fiquei grata quando me ajudou a conseguir um emprego de período integral e é claro que me senti culpada por ter dormido com o marido dela. Mas não foi um caso sórdido. O relacionamento deles havia terminado muito antes de eu entrar em cena, e Adam e eu estamos casados agora, em vez de sermos todos infelizes. E ela *era* infeliz — sempre reclamando do marido, o grande roteirista de Hollywood, enquanto alguns de nós estávamos fadados a namorar os rejeitos da vida. Desde a primeira vez que conheci meu marido, ele era como uma coceira, que eu não conseguia resistir. Fiquei nos bastidores por um longo tempo, observando, esperando, tentando fazer a coisa certa. Mudei o cabelo, as roupas, até mesmo a maneira de falar, tudo por ele. Tentei ser quem ele precisava que eu fosse. Não por mim, mas porque achava que poderia dar um jeito nele e sabia que poderia fazê-lo mais feliz do que era com a ex-mulher. Ela não sabia a sorte que tinha e dois de três finais felizes são melhores do que nenhum.

Robin não lutou muito. Na verdade, o divórcio foi amigável, de forma surpreendente, já que estavam casados há uma década.

Ela foi embora. Ele ficou. Eu me mudei para lá.

Era o melhor para todos e estávamos felizes — Adam e eu. Ainda estamos. Talvez não tão felizes quanto éramos, mas posso dar um jeito nisso. Este fim de semana deveria ter ajudado, mas agora percebo que foi um grande erro. Isso não importa. Tenho certeza de que lidar com a ex louca dele só fará com que Adam e eu fiquemos mais próximos de novo. E ela é maluca. Se eu tinha alguma dúvida antes, agora tenho certeza.

Digo isso a mim mesma quando estamos no topo da escada, olhando para a foto do dia do casamento deles na parede. Os dois estão sorrindo para a câmera. Como sempre, fico imaginando o que meu marido vê. Será que vê o rosto de alguém de quem sente falta? Ou apenas um borrão que não consegue reconhecer? Ele acha que ela é bonita? Será que olha para a foto e acha que eles ficam bem juntos? Será que gostaria que ainda estivessem juntos?

Eles também devem ter sido felizes no começo. Assim como nós.

Transformar amor em ódio é um truque muito mais fácil do que transformar água em vinho.

Não parecia ter importância que Adam e eu tivéssemos muito pouco em comum quando me mudei para a casa que eles costumavam dividir. Adam não parecia se importar com o fato de eu não gostar tanto de livros e filmes quanto ele, e o sexo foi ótimo nos primeiros meses. Eu cuidava melhor de mim e do meu corpo do que Robin jamais cuidou —ia à academia e me esforçava mais com minha aparência quando tinha alguém para quem ficar bonita. Transamos em todos os cômodos da casa que a ex-mulher dele havia reformado com tanto carinho — sempre uma ideia minha —, um exorcismo dos fantasmas do casamento deles. E, ao contrário de muitos casais, Adam e eu nunca parecíamos ficar sem assunto. O mundo dele me fascinava — as viagens a Los Angeles e as celebridades que encontrava em leituras públicas, tudo parecia tão... empolgante. Adam gostava de falar sobre si mesmo e sobre seu trabalho tanto quanto eu gostava de ouvir, então era uma boa combinação. Nós nos casamos assim que o divórcio foi finalizado. Foi uma cerimônia pequena e muito particular. Não me importei que fôssemos apenas nós dois no cartório naquele dia; não achei que precisássemos de mais ninguém. E ainda não acho.

Se Robin estiver mesmo por trás de tudo isso e estiver planejando algum tipo de vingança, então estou bem menos assustada do que antes. Sou mais esperta do que ela. Muito mais forte também, tanto mental quanto fisicamente. Se essa é a maneira de ela tentar reconquistar o marido, não vai funcionar. Ninguém quer ficar com uma mulher louca, e acho que é seguro presumir que foi isso que ela se tornou.

"A gente devia só ir embora", digo.

"Ela furou os pneus."

"Então, vamos a pé até a próxima cidade ou pegamos uma carona, se virmos um carro."

"Está certo", responde Adam, sem muita convicção. É como se ele estivesse em choque.

"Anda, me ajuda a pegar nossas coisas."

Volto para o patamar da escada, mas abro a porta errada por engano — todas estavam trancadas quando chegamos ontem à noite; a torre do sino, o quarto de criança — e agora vejo o que deve ter sido o quarto principal — o quarto de Henry. Há uma cama grande no meio, como seria de se esperar, mas o que eu não teria previsto e nunca vi em um quarto antes são todos os armários de vidro que cobrem cada uma das paredes do chão ao teto. Diferente de outras partes da casa, essas prateleiras não estão cheias de livros. Em vez disso, estão repletas de pequenos pássaros de madeira entalhada. Quando me aproximo, percebo que são todos piscos-de-peito-ruivo, robins. Deve haver literalmente centenas deles, todos iguais, mas diferentes.

"Este lugar está ficando cada vez mais estranho. Vamos embora", repito.

Adam me segue de volta para o patamar da escada e depois para o quarto onde dormimos na noite passada. Queria que ele não tivesse feito isso. A presença de Robin é, claro, visível aqui também. Há um quimono de seda vermelho arrumado, com cuidado, em cima dos lençóis brancos da cama.

"O que isso quer dizer?", pergunto, mas é uma pergunta estúpida, para a qual já sabemos a resposta. A mulher de quimono vermelho é o motivo dos pesadelos recorrentes que Adam tem, causados pela lembrança do que aconteceu com sua mãe. Era o que ela estava usando quando passeava com o cachorro dele tarde da noite e foi morta por um motorista que a atropelou e fugiu.

"Por que Robin faria isso?", sussurra Adam.

"Não sei e não me importo. Precisamos ir embora, *agora*."

"Como?", pergunta ele de novo.

"Já falei, podemos ir a pé se for preciso..."

Ele desvia o olhar e eu o acompanho. Três palavras foram escritas no espelho acima da penteadeira, com batom vermelho:

PEDRA PAPEL TESOURA

Seda

Palavra do ano:
redamar *verbo* o ato de amar aquele que o ama; um amor retribuído por completo.

29 de fevereiro de 2020 — o que teria sido nosso décimo segundo aniversário

Querido Adam,

Escrevo cartas para você no nosso aniversário desde que nos casamos, mas esta é a primeira que vou deixar você ler e sugiro, fortemente, que a leia sozinho antes de compartilhar qualquer parte dela. A ideia de enfim ser honesta por completo dá uma sensação boa. A primeira coisa que quero que saiba é que nunca deixei de amá-lo, mesmo quando não gostava de você, mesmo quando o odiava tanto que desejava que estivesse morto. E confesso que o fiz por um tempo. Você me magoou muito.

Faz exatos doze anos que nos casamos, em 2008, um ano bissexto. Você já deve saber que Henry Winter era meu pai. Há muitos motivos, bons motivos, para eu nunca ter te contado isso. Ele estava presente com tanta frequência em nosso casamento, sempre à espreita, até mesmo no dia do casamento. Você simplesmente nunca reconheceu o rosto dele, da mesma forma que nem sempre reconheceu o meu. Mas só menti para protegê-lo. Meu pai não escrevia apenas livros sombrios e doentios, ele era um homem sombrio e perigoso na vida real.

Eu tinha um relacionamento complicado com meu pai, em especial, depois que minha mãe morreu e ele me mandou para um colégio interno. Sabia que você era um grande fã dos romances dele, mas nunca quis que o que nós dois tínhamos juntos fosse contaminado por ele: queria que você me amasse por mim. Nunca quis que meu pai tivesse qualquer influência sobre mim, ou sobre você, ou sobre nós. Mas pedi a ele que te deixasse escrever o roteiro de um de seus romances, tantos anos atrás. Ter pedido a ajuda dele, mesmo que apenas uma vez, me fez sentir em dívida com aquele monstro de uma forma que eu nunca, jamais, quis. Não espero que você entenda, mas, por favor, saiba o quanto eu te amava para ter feito esse pedido. O passado tende a ser mais cruel do que gentil. Olhando para trás agora, talvez se você soubesse quem eu, na verdade, era, ainda estaríamos casados e comemorando nosso décimo segundo aniversário de casamento. Mas há muitas coisas que nunca poderia te contar.

Em público, Henry Winter era um brilhante escritor de romances, mas na vida real ele era um acervo de frases inacabadas. Maltratou minha mãe até ela não aguentar mais. Quando ela morreu, passou a me maltratar. Quando criança, ele sempre me fazia sentir como se eu não existisse de verdade. Como se fosse invisível. Os personagens em sua cabeça eram sempre muito barulhentos para que ele pudesse ouvir qualquer outra pessoa. A falta de crença dele em mim quando criança me levou a uma falta de crença em mim mesma por toda a vida. A falta de interesse dele me fez sentir como se eu não fosse importante para ninguém. A falta de amor dele fez com que eu nunca fosse fluente em afeto, exceto com você. Às vezes, penso que meu pai teria me mantido em uma gaiola se pudesse, como o coelho. E como minha mãe. A Capela Blackwater era a gaiola dela e eu nunca quis que fosse a minha.

Os livros de Henry eram seus filhos e eu não passava de uma distração indesejada. Ele me chamou de "o infeliz acidente" em mais de uma ocasião — em geral, quando tinha bebido muito vinho — e até escreveu isso em um cartão de aniversário uma vez.

Para o infeliz acidente,
Feliz aniversário de 10 anos!
Henry

O cartão chegou duas semanas após meu aniversário e eu estava completando 9 anos naquele ano. Ele nunca se chamou de pai, então eu também não o fiz.

Nada do que eu fazia quando criança era bom o suficiente. Somos os ecos de nossos pais e, às vezes, eles não gostam do que ouvem. Percebi que a única maneira de ter minha própria vida era afastando meu pai dela. Mas Henry não era apenas excepcionalmente reservado e um pouco peculiar, também era muito possessivo. Comigo. Senti que estava sendo observada durante toda a minha vida, porque eu estava. Saí de casa quando tinha 18 anos, mudei meu sobrenome para o nome de solteira da minha mãe e não voltei até o dia em que ele ligou para dizer que estava morrendo.

Tudo o que fiz desde então, fiz por você e por nós.

Escrevi um romance, na verdade, dois agora, ambos em nome de Henry. Ninguém mais sabe que ele está morto, ou precisa saber. Aqui está a proposta para o último livro:

Pedra Papel Tesoura é uma história sobre um casal que está casado há dez anos. A cada aniversário de casamento, eles trocam presentes tradicionais — papel, cobre, estanho — e a cada ano a esposa escreve uma carta para o marido, embora nunca deixe que ele as leia. Um registro secreto de seu casamento, com todos os defeitos. No décimo aniversário, o relacionamento deles está com problemas. Às vezes, um fim de semana fora pode ser exatamente o que um casal precisa para voltar aos trilhos, mas as coisas não são o que parecem ou quem parecem ser.

Parece familiar?

É uma combinação do seu roteiro e das cartas secretas que tenho escrito para você todos os anos desde que nos conhecemos. Mudei alguns nomes, é claro, e misturei ficção com fatos, mas acho que você vai gostar do resultado. Eu gosto. Quando Henry enviar o roteiro para o agente, ele incluirá uma carta dizendo que quer que você comece a trabalhar nele imediatamente. Você finalmente terá sua própria história na tela, como sempre sonhamos.

Mas só se você terminar tudo com Amelia.

Meu plano não é tão maluco quanto pode parecer. Pode ser bom para você e para nós. Sinto nossa falta todos os dias e me pergunto se você também sente. Lembra daquele pequeno estúdio no porão onde morávamos? Na época em que ainda estávamos descobrindo se poderíamos viver com ou sem o outro. Alguns casais não conseguem perceber a diferença. Essa é a versão de você da qual mais sinto falta. E a versão de nós para qual eu gostaria que pudéssemos encontrar o caminho de volta. Naquela época, achávamos que tínhamos tão pouco, mas tínhamos tudo, só que éramos jovens e burros demais para saber disso.

Às vezes, superamos os sonhos que tínhamos quando éramos mais novos, felizes quando eles se revelam pequenos demais, tristes quando se revelam grandes demais. Às vezes, nós os reencontramos, percebemos que eram perfeitos o tempo todo e nos arrependemos de tê-los guardado. Acho que essa é a nossa chance de começar mais uma vez e viver a vida com a qual sempre sonhamos.

Há outras coisas que você não sabia sobre Henry, além de que ele era meu pai. Ele contratou um detetive particular durante anos para ficar de olho em mim, em você e em nós.

Um detetive particular que ficou sabendo que você estava tendo um caso antes de mim.

Que sabia de coisas que eu não sabia e que você ainda não sabe.

O detetive particular é um homem chamado Samuel Smith. Ele ainda acha que meu pai está vivo — assim como o resto do mundo —, mas, apesar desse grande lapso, ele parece ser muito bom em seu trabalho. Minucioso. Enviou relatórios semanais sobre nós para meu pai durante anos — sem que eu soubesse — e eles eram fascinantes e tristes de ler. Ele não apenas nos seguia, mas também seguia qualquer pessoa de quem nos aproximássemos. Incluindo October O'Brien. E Amelia. Até enviou ao meu pai fotos da nossa casa, antes e depois de eu deixá-la (não gosto do que você fez com o lugar). Samuel Smith, o detetive particular, sabia mais sobre nós do que nós mesmos. Pensei por muito tempo se deveria ou não compartilhar essas informações com você. Não me traz felicidade lhe causar dor, mas, como falei no início, eu te amo. Sempre amei e sempre vou amar. Sempre, sempre, não quase sempre, como costumávamos dizer. É por isso que tenho que te contar a verdade. Toda.

Não foi por acaso que Amelia começou a trabalhar no Battersea, fez amizade comigo e sempre fazia perguntas sobre você. Você sempre fez parte do plano dela. Seus caminhos haviam se cruzado quase trinta anos antes, mas você não conseguia reconhecer o rosto dela. Samuel Smith descobriu mais do que esperava quando você me traiu. É uma pergunta que ninguém quer fazer ou responder, mas o quanto você realmente conhece sua esposa?

Amelia Jones — como ela era chamada antes de se casarem — tem mentido para você desde o momento em que se conheceram. Também mentiu para mim. Amelia tem antecedentes criminais e tem entrado e saído da cadeia desde a adolescência. Ela viveu em uma série de lares adotivos enquanto crescia e estava quase sempre metida em encrencas. Em determinado momento, morou no mesmo bairro que você. Até frequentou a mesma escola por alguns meses, quando ambos tinham 13 anos. Foi quando ela deixou de furtar lojas para se divertir disputando racha. Amelia era suspeita de roubar sete carros, antes de ser presa por suspeita de homicídio causado por direção perigosa. A polícia a interrogou sobre um atropelamento e fuga, mas ela era menor de idade e a mãe adotiva se apresentou como álibi — algo que a mulher confessou mais tarde ser mentira — e os policiais não conseguiram fazer com que a acusação fosse confirmada.

O carro em que a pegaram foi o carro que matou sua mãe.

A única testemunha — você — não conseguiu identificá-la em um reconhecimento policial porque não conseguiu reconhecer o rosto de quem estava dirigindo. Mas ela te conhecia.

Amelia Jones se mudou para um novo lar adotivo, bem distante. Ela virou a página e começou do zero. Talvez sentisse remorso de verdade pelo que havia feito. Talvez tenha se sentido culpada por ter se safado. Quem sabe seja por isso que ela o seguiu durante anos e elaborou um plano para se aproximar de você por meu intermédio? Talvez, de alguma forma distorcida, estivesse tentando compensar o que fez. Você terá que perguntar a ela.

Sei que menti sobre meu pai, mas pelo menos minhas mentiras foram para proteger você e a nós. Nada do que você acha que sabe sobre Amelia é verdade. Sua esposa foi a culpada pela morte de sua mãe quando você era criança e acho que é justo que saiba disso antes de tomar uma decisão. Não acredita em mim? Tente dizer a Amelia que você sabe a verdade, mas tenha cuidado, ela não é a mulher que você pensa que é.

Sei que isso será difícil de aceitar, mais ainda de acreditar, mas, no fundo, você sempre sentiu que algo não estava certo em relação à Amelia, né? Na primeira vez que a encontrou, quando ela chegou sem ser convidada em nossa casa alegando ter tido um encontro ruim, você a descreveu como uma atriz. Acontece que suas primeiras impressões estavam certas. Encontrei o caderno ao lado da cama onde ela escreve todos os detalhes de seus pesadelos. Já se perguntou por que ela faz isso? Tenho certeza de que ela disse que era para tentar ajudá-lo a se lembrar do rosto de quem matou sua mãe, mas talvez fosse para garantir que você nunca se lembrasse. Não é de se admirar que precise de comprimidos para dormir à noite, pois a culpa que ela deve sentir manteria qualquer pessoa acordada.

Sabendo o que você sabe agora — e eu tenho todos os e-mails e documentos do detetive particular para provar isso —, você ainda a ama? Vai conseguir confiar nela de novo? O que acontece a seguir depende de você. É uma escolha simples, como quando brincávamos de pedra, papel, tesoura.

Opção um — PEDRA: Você tenta ir embora com a mulher que matou sua mãe.

Opção dois — PAPEL: Você sai daí sozinho e vem encontrar a mim e ao Bob no chalé. Estamos esperando por você e não quero nada além de ficarmos juntos de novo. Vou me mudar de volta para Londres, podemos publicar *Pedra Papel Tesoura* como um romance usando o nome de Henry — ninguém mais precisa saber — e então prometo que você finalmente conseguirá produzir seu próprio roteiro. Não vai mais precisar adaptar o trabalho de ninguém e poderá passar o resto da vida escrevendo suas próprias histórias.

Opção três — TESOURA: Você não vai querer saber a terceira opção.

A escolha é sua. Sei que o que estou pedindo para decidir parece difícil. Mas é realmente tão fácil quanto pedra, papel, tesoura, se você se lembrar como jogar.

Sua Robin
Beijinhos

Amelia

Estamos no quarto que foi feito para se parecer com o quarto que compartilhamos em casa, aquele que redecorei quando Robin se mudou. Só que agora as coisas estão ainda mais estranhas do que antes. Não era assim que eu esperava que fosse o fim de semana. Eu já havia decidido terminar o casamento se essa viagem não desse certo — falei com um advogado e um consultor financeiro, que sugeriram que uma apólice de seguro de vida poderia me ajudar a conseguir o que mereço em um acordo de divórcio. Queria dar uma última chance às coisas, mas estou começando a desejar ter ido embora. Já encontrei um apartamento para me mudar — é bonito, com vista para o Tâmisa —, mas esperava que não chegasse a esse ponto. *Esperava* que este fim de semana pudesse dar um jeito na gente. O corretor está segurando o apartamento para mim até a próxima semana, diz que posso me mudar de imediato, se quiser, então eu sempre soube que apenas um de nós poderia voltar para a casa que sempre foi nosso lar.

Nos últimos tempos, a minha vida inteira de infelicidade é reproduzida repetidas vezes em minha mente e parece que não consigo encontrar o botão de desligar. Fico acordada à noite — apesar dos comprimidos — desejando apagar todas as lembranças de todas as coisas que gostaria de nunca ter feito. Todos os erros. Todos os caminhos errados. Todos os becos sem saída. Não estou dando desculpas, mas não tive uma infância fácil. Sei que não sou a única, mas esses anos solitários moldaram quem sou hoje. Pequenos violinos sempre soam mais alto para quem os toca. O fato de ter ido de uma família adotiva para outra, como se fosse um produto indesejado, me ensinou a nunca ficar muito confortável e a nunca confiar em ninguém. Inclusive em mim mesma. Cada novo lar significava uma nova família, uma nova escola, novos amigos, então eu tentava ser uma nova versão de mim. Mas nenhuma delas se encaixava com perfeição.

Sempre fui assombrada pela morte de meus pais, porque a culpa foi minha. Se minha mãe não estivesse grávida de mim, ela não estaria no carro e meu pai não a estaria levando para o hospital quando um caminhão se chocou contra eles. Se Adam não tivesse me conhecido, sua vida também teria sido muito diferente. Temos muito em comum, mas nos sentimos mais distantes do que nunca. Observei Adam durante anos. Seu sucesso — e a internet — facilitaram as coisas. Tentei ser uma boa esposa, mas ele ainda parece me ver como um tostão furado e *ela* como a moeda da sorte. Tentei fazê-lo feliz. Há muito tempo estou tentando dar um jeito nas coisas que aconteceram no passado. Fui tantas versões diferentes de mim mesma, tentando agradar a outras pessoas, que não sei mais quem sou. Preciso me concentrar no futuro agora. No meu. A redenção é como aquele pote de ouro no final do arco-íris que ninguém de fato encontra.

"Por que Robin escreveria PEDRA PAPEL TESOURA com batom vermelho no espelho?", pergunto, imaginando se a ex de Adam tem um histórico de problemas de saúde mental que eu desconheço. Observo quando ele começa a andar de um lado para o outro na sala, ele mesmo parecendo um pouco transtornado. "Por que ela nos enganaria para virmos para a Escócia? Por que manteve a identidade do pai em segredo por dez anos e não contou a ninguém quando ele morreu? E por que ela roubou nosso cachorro..."

Adam interrompe minhas perguntas. "Tecnicamente, o Bob era o cachorro dela..."

"Exato: *era* o cachorro dela, mas aí ela simplesmente foi embora. Desapareceu sem dizer uma palavra. Você nunca mais ouviu falar dela depois do incidente com a árvore de magnólia, a não ser por meio do advogado..."

"Bem, imagino que chegar em casa no dia do nosso aniversário de casamento e encontrar o marido na cama com a melhor amiga dela deve ter sido muito perturbador."

"Seu casamento já tinha acabado muito antes de eu aparecer."

"Eu nunca quis magoá-la..."

"Pelo que parece, acho que já era. Pode ser que *você* queira ficar por aqui relembrando sua adorável primeira mulher, mas quem quer que Robin tenha sido, me parece bastante claro que ela agora é uma psicopata em tempo integral. Acho que podemos supor que foi o rosto dela que vi olhando pela janela ontem à noite. Ela deve estar por trás de todas as coisas estranhas que aconteceram desde que chegamos, tentando nos assustar. É provável que também tenha desligado o gerador de propósito, tentando nos congelar até a morte..."

"Eu desliguei o gerador."

As palavras não fazem sentido no início, como se ele estivesse falando em línguas.

"Como assim?"

Ele dá de ombros. "Eu só queria voltar para Londres o mais rápido possível. Achei que se a energia acabasse, você concordaria em voltar para casa."

A revelação me tira um pouco do prumo, mas me lembro que Robin é o inimigo, não Adam. Não vou deixá-la vencer. Aconteça o que acontecer quando voltarmos a Londres, é mais importante do que nunca que Adam e eu fiquemos no mesmo time. Somos nós contra ela.

"Você sabe que a Robin deve ser a pessoa que você viu no chalé aqui perto? Aposto que ainda está lá e acho que é hora de termos uma conversa com ela. Pode ter medo da sua ex-mulher, mas eu não tenho."

"Eu tenho medo", admite ele, e nunca me senti tão pouco atraída por meu marido. Uma pequena parte de mim acha que eu deveria deixá-los à vontade — eles se merecem.

"É a Robin, lembra? Sua doce primeira mulher que não conseguia matar uma aranha."

"Mas se ela tem vivido aqui sozinha nos últimos dois anos... As pessoas podem mudar."

"As pessoas. Nunca. Mudam."

Nós dois ficamos congelados quando ouvimos três estrondos no andar de baixo, tão altos que parece que a capela inteira e nós trememos.

"O que foi isso?", sussurro.

Antes que ele possa responder, acontece de novo; o som de batidas tão alto que é como se houvesse um gigante tentando entrar por aquelas grandes portas góticas da igreja. A expressão de medo no rosto de Adam transforma a minha em raiva. Eu não tenho medo *dela*.

Saio do quarto, desço correndo as escadas e atravesso a sala da biblioteca, derrubando alguns livros na minha pressa. A adrenalina está me inundando e, apesar de todos os acontecimentos estranhos das últimas 24 horas, quando me lembro de com quem estou lidando, tenho certeza de que deve haver uma explicação racional para tudo isso. Nada de fantasmas, nada de bruxas, apenas uma ex-mulher louca. Vou fazer com que ela se arrependa de ter feito isso com a gente.

Chego ao foyer e vejo que o banco da igreja ainda está bloqueando a porta. Tento tirá-lo do caminho, mas ele não sai do lugar. Adam aparece atrás de mim, parecendo menos com o homem com quem me casei e mais com o homem que planejei deixar.

"Me ajuda", peço.

"Tem certeza que é uma boa ideia?"

"Você tem uma melhor?"

Enquanto tiramos os móveis pesados do caminho, me lembro de como meu marido pode parecer uma criança. A maneira como ele volta à versão infantil de si mesmo sempre que a vida fica muito agitada costumava ser cativante. Isso me fazia querer protegê-lo. Minhas impressões digitais estão em todos os cantos do seu coração partido e eu queria limpá-las e recomeçar. Agora, só queria que ele fosse homem.

As portas da capela chacoalham quando alguém do outro lado bate devagar três vezes, mais uma vez. O som ecoa ao nosso redor e nós dois damos um passo para trás. A parede de espelhos minúsculos chama minha atenção e vejo várias versões em miniatura do rosto do meu marido refletidas neles. Quase parece que ele está... sorrindo. Quando vejo a versão real, bem ao meu lado, o sorriso foi substituído por um olhar de puro terror.

Estou enlouquecendo.

Hesito antes de girar a maçaneta da porta e sinto uma pequena sensação de alívio quando ela está trancada.

"Onde está a chave?", pergunto, estendendo a mão. Tenho certeza de que nós dois percebemos que ela está tremendo.

Adam tira a chave de ferro de aparência antiga do bolso e a entrega a mim, com medo demais para abrir a porta ele mesmo.

Tento colocá-la na fechadura, mas não entra. Algo a está bloqueando do outro lado. Tento de novo, mas ela não se move, e bato com o punho na porta de madeira, frustrada. Nenhum dos vitrais da propriedade abre e essa é a única forma de entrar ou sair.

Então, vejo uma sombra se mover sob a porta.

"Ela está lá fora. Aquela vadia maluca nos trancou aqui."

Bato na porta e, quando ela não responde, perco a paciência e a chamo de todos os nomes que ela merece ser chamada.

Robin não diz uma palavra, mas sei que ela ainda está lá. Sua sombra não se move.

Então, um envelope com o nome de Adam desliza por baixo da porta.

Adam

Pego o envelope e Amelia tenta arrancá-lo de minhas mãos.

"Está endereçado a mim", digo, segurando-o fora do alcance dela. Em seguida, entro na cozinha, sento em um dos velhos bancos da igreja ao lado da mesa de madeira e abro a carta. Há várias páginas, todas escritas por Robin. Talvez eu não seja capaz de reconhecer rostos, mas reconheceria essa caligrafia em qualquer lugar. Amelia se senta em frente. Tento manter o rosto neutro enquanto leio, mas as palavras não facilitam.

O quanto você realmente conhece sua esposa?

Levanto a carta mais alto, para que ela não possa vê-la.

Não foi por acaso que Amelia começou a trabalhar no Battersea...

Quando chego à segunda página, meus dedos começam a tremer.

Seus caminhos haviam se cruzado quase trinta anos antes, mas você não conseguia reconhecer o rosto dela.

"O que diz aí?", pergunta Amelia, tentando alcançar minha mão do outro lado da mesa.

Recuo a mão. Não respondo.

A polícia a interrogou sobre um atropelamento e fuga...

Me sinto enjoado.

O carro em que a pegaram foi o carro que matou sua mãe.

É difícil não reagir quando você lê algo assim sobre a mulher com quem está casado. Amelia parece sentir que algo está muito errado.

"O que é isso? O que ela escreveu?", pergunta ela de novo, se inclinando para mais perto.

"Algumas coisas são difíceis de ler", digo. Não é uma mentira.

Quando chego ao final, dobro a carta e a guardo no bolso. Depois me levanto e vou até um dos vitrais.

Não consigo olhar para a cara de Amelia agora. Tenho medo do que posso ver. Desde o início, sempre soube que esse caso era um erro, mas às vezes pequenos erros levam a outros maiores. Robin não era apenas minha mulher, ela era o amor da minha vida e minha melhor amiga. Não parti apenas o seu coração quando a traí, mas também o meu. Os erros de julgamento se alinharam como dominós depois disso, cada um derrubando o próximo. Quando as pessoas falam sobre se apaixonar, acho que elas estão certas; é como cair e, às vezes, quando caímos, podemos nos machucar muito. Nunca foi amor de verdade com Amelia. Foi um simples caso de luxúria disfarçada de amor. Até que tornei as coisas ainda piores do que já estavam ao me casar com uma mulher com quem eu não tinha nada em comum.

Talvez tenha sido uma crise de meia-idade. Lembro de me sentir muito desanimado com o trabalho. Minha carreira havia estagnado, eu não conseguia escrever e me sentia... vazio. Minha esposa parecia tão decepcionada comigo quanto eu estava. Mas essa nova e bela desconhecida agia como se o sol brilhasse em minha bunda de meia-idade e eu caí na armadilha. *Ela* se aproximou de mim e, patético, fiquei lisonjeado demais para dizer não. Meu ego teve um caso e minha mente estava confusa demais para saber que nunca deveria ter sido nada mais do que isso. Nunca deveria ter acontecido.

Foi Amelia quem quis se mudar assim que Robin foi embora.

Ela encontrou o anel de noivado que Robin havia deixado para trás e deu indiretas intermináveis sobre o quanto *ela* queria usá-lo, embora ele nunca se encaixasse perfeitamente em seu dedo. Sempre ficou muito apertado. Ela me forçou a assinar os papéis do divórcio assim que eles chegaram e reservou o cartório — o mesmo onde

Robin e eu nos casamos — para uma cerimônia rápida, sem sequer me avisar antes. A mulher fazia chantagem emocional feito uma delinquente profissional. Um segundo casamento era o resgate que eu nunca deveria ter pago.

Desde o início, algo parecia errado, mas eu achava que estava fazendo o que era melhor para todos os envolvidos: cortar os velhos fios soltos que podem fazer com que um novo relacionamento se desfaça. Estúpido ou vaidoso demais para prestar atenção aos alarmes que soavam em minha cabeça. Aqueles que todos nós ouvimos quando estamos prestes a cometer um erro, mas que às vezes fingimos não ouvir.

Nunca deixei de amar Robin e nunca deixei de sentir sua falta. Na verdade, já havia conversado com meu advogado sobre minhas opções, se eu quisesse deixar Amelia. Mas essa carta. A ideia de que ela estava no carro que matou minha mãe, depois passou todos esses anos nos espionando, tentando se aproximar de mim... Isso não pode ser real. Com certeza Amelia não seria capaz disso, certo?

"Você já teve problemas com a polícia?", pergunto, ainda encarando a janela.

"O que havia naquela carta, Adam?"

"Você morou no mesmo bairro que eu quando era adolescente? Frequentou a mesma escola?"

Ela não responde e sinto o enjoo.

A lembrança daquela noite volta a me assombrar, como já aconteceu tantas vezes antes. Me lembro da chuva, quase como se fosse um personagem da história. Como se ela desempenhasse um papel, o que suponho que tenha acontecido. Como resultado, o som da água feito tiros acertando o asfalto está gravado em minha mente. A estrada pela qual minha mãe caminhava era como um rio turvo e curvo, refletindo o céu noturno e o brilho sinistro dos postes de iluminação pública, como estrelas urbanas criadas pelo homem. Tudo aconteceu muito rápido e logo tudo estava acabado. O guincho horripilante dos pneus, o grito da minha mãe, o baque horrível do corpo dela batendo no para-brisa e o som do carro atropelando o cachorro. O barulho da batida foi o mais alto que eu já tinha ouvido. Durou apenas alguns segundos, mas parecia se repetir. Depois, houve apenas um silêncio sepulcral. Era como se o horror que eu havia presenciado tivesse baixado o volume da minha vida para zero.

Ainda não consigo olhar para Amelia. Minha mente está ocupada demais preenchendo as lacunas que as palavras dela não preenchem.

"Você costumava roubar carros?", pergunto a ela, em uma voz que não parece ser a minha.

Amelia não responde, mas sua respiração está ficando mais alta atrás de mim. Ouço as pequenas inspirações agudas, quando ela se levanta e começa a se aproximar. Gostaria que não se aproximasse, mas me viro para encará-la.

"Você foi presa por homicídio por direção perigosa quando nós dois tínhamos 13 anos?"

"Acho que você precisa se acalmar", diz ela, ofegante, girando o anel da minha mãe em volta do dedo. Um tique nervoso. Um sinal. Fico olhando para a safira, brilhando na penumbra como se quisesse me provocar. Uma pedra azul pequena, mas bonita. Esse anel nunca deveria ter sido colocado na mão de Amelia.

"Você roubou um carro para correr na chuva uma noite?", pergunto.

"Nós dois precisamos ficar calmos e... conversar."

Ela começa a soluçar e arquejar ao mesmo tempo, mas ainda não consigo olhá-la nos olhos. Fico apenas olhando para a aliança em seu dedo.

"O carro subiu na calçada?"

"Adam... por favor..."

"Ele bateu em uma mulher usando um quimono vermelho enquanto ela passeava com um cachorro? Você a deixou para morrer e foi embora?"

"Adam, eu..."

"Achou que escaparia para sempre?"

Olho para cima e encaro o rosto de Amelia. Pela primeira vez, ele me parece familiar. Ela tira a bombinha do bolso e começa a entrar em pânico quando percebe que está vazia.

"Me ajuda", sussurra ela.

"Você era a pessoa que estava no carro na noite em que minha mãe foi morta?", pergunto, lutando contra as lágrimas em meus olhos.

"Eu amo... você."

"Era você?" Amelia confirma com a cabeça e começa a chorar também.

"Como pôde esconder algo assim de mim? Por que não me disse quem você era? Isso é... doentio. *Você é* doente. Não há outra palavra para isso. Tudo sobre você, sobre nós, é uma... mentira."

Amelia não consegue respirar. Fico olhando para ela, sem saber o que fazer, o que dizer ou como reagir. Isso parece um de meus pesadelos: não pode ser real. Apesar de tudo, meu instinto é ajudá-la. Mas então ela fala de novo e eu só quero fazer uma coisa. Calar. Sua. Boca.

"Eu não sou... a única que... mentiu." Não sei que cara faço quando Amelia diz isso, mas ela dá um passo para trás. "Me desculpe. Eu só... queria fazer você... feliz", sussurra ela, puxando ar para respirar.

"Bom, você não fez. Nunca fui feliz de verdade com você."

Então vejo o rosto de Amelia com clareza pela primeira vez. E, assim que o vejo, ele muda, escurece e se transforma em algo feio e desconhecido. Seus olhos, de súbito, ficam arregalados e frenéticos enquanto percorrem a cozinha. Tudo acontece muito rápido. Rápido demais. Sua mão larga a bombinha e vai em direção ao faqueiro. Ela está vindo em minha direção com uma lâmina brilhante. Mas então outro rosto aparece atrás de minha esposa e vejo outro metal lampejar; dessa vez, uma tesoura extremamente afiada.

Tesoura

Palavra do ano:
schadenfreude *substantivo* prazer, alegria ou autossatisfação que alguém obtém a partir do infortúnio de outra pessoa.

16 de setembro de 2020

Querido Adam,

Não é nosso aniversário de casamento, mas já se passaram seis meses desde que voltei para casa e não pude resistir a escrever uma carta para você. Conseguimos deixar o passado para trás e somos uma família de novo: você, eu, Bob e Oscar, o coelho da casa. Às vezes, quando você deixa algo livre, ele volta. Ninguém sabe o que aconteceu na Escócia e ninguém precisa saber.

Foi difícil no começo, para nós dois, voltar a Londres e encontrar tantos vestígios dela em nossa casa. Mas não era nada que alguns sacos, o lixão local e uma camada de tinta não pudessem resolver. Voltamos às configurações de fábrica e tudo voltou a ser como era antes. Quase. Trabalhar no Abrigo para Cães de Battersea parecia fora de questão — muitos lembretes de todas as coisas que eu preferia esquecer —, mas tudo bem, agora tenho um novo emprego: sou escritora em tempo integral.

Não que alguém saiba, exceto você.

Foram seis meses muito cheios. *Pedra Papel Tesoura* será publicado no próximo ano. Pode não ter meu nome na capa, mas é meu livro e é difícil não ficar ansiosa com a possibilidade de as pessoas o lerem. Muito de nossas vidas reais foi incorporado a esse romance. Os direitos de filmagem já foram vendidos — para uma empresa com a qual você sempre sonhou em trabalhar — e há uma cláusula contratual assegurando que você será o único roteirista desse projeto. O próprio Henry assinou o contrato; ou pelo menos eu assinei. Às vezes, acho que é o medo de cair que faz as pessoas tropeçarem. Nós não nascemos com medo. Quando somos jovens, não hesitamos em correr, escalar ou pular e não nos preocupamos em nos machucar ou em temer o fracasso. A rejeição e a vida real nos ensinam a ter medo, mas se você quiser muito algo, terá de se jogar de cabeça.

Quando a caixa de exemplares antecipadas do autor chegou hoje, eu chorei. Lágrimas de alegria, principalmente. Eu a abri usando as tesouras de cegonha vintage que trouxe da Escócia para casa. Eu as tinha desde que era criança, minha mãe comprou duas — uma para mim e outra para ela. Era quase tudo o que me restava para me lembrar dela e elas fizeram a ocasião ~~parecem novas depois de serem lavadas na máquina de lavar louça~~ extra especial para mim. Fiquei com uma e de propósito deixei a outra para trás, na Capela Blackwater, porque é hora de seguir em frente e é melhor deixar algumas coisas no passado. Aquelas tesouras marcaram o fim de ~~uma mulher~~ um capítulo desagradável em nossas vidas e hoje ajudaram a revelar nosso novo futuro, abrindo uma caixa de livros. O romance já foi vendido em todo o mundo — vinte traduções até agora. Não me importa o nome de quem está na capa, sabemos que é a nossa história e isso é tudo o que importa para mim.

Ninguém precisa saber que Henry Winter era meu pai.

Ou que ele está morto.

Ou o que aconteceu com sua segunda esposa.

Ainda me incomoda o fato de ela ter sido sua esposa. Fiquei muito feliz quando você tirou a aliança de casamento enquanto ainda estávamos na Escócia e a jogou no lago, como se quisesse deixar o passado para trás também. Tentei tirar o anel de noivado de safira de sua mãe da mão sem vida de Amelia antes de partirmos. Não porque eu o quisesse de volta, mas porque ela nunca mereceu usá-lo. Ele não saía do dedo dela, não importava o quanto eu tentasse torcer ou puxar o maldito e isso me incomodou mais do que deveria. Algumas pessoas são tão teimosas na morte quanto são na vida.

Não estou dizendo que tudo é perfeito, isso não existe. O casamento é muitas vezes um trabalho árduo. Também pode ser desolador e triste, mas vale a pena lutar por qualquer relacionamento que valha a pena. As pessoas se esqueceram de como ver a beleza na imperfeição. Eu valorizo o que temos agora, apesar de estar ensanguentado e um pouco rasgado nas bordas. Pelo menos o que temos é real.

Ainda temos segredos, mas não mais um para o outro.

Sempre acho que é melhor olhar para frente, nunca para trás. Mas se não tivéssemos nos divorciado, o ano que vem seria nosso décimo terceiro aniversário de casamento. O presente tradicional deve ser de renda, e eu já sei o que vou lhe dar. Embora seja eu quem vai usar um vestido de noiva novo, ele será para você. Tudo o que eu faço tem sido.

Sua Robin
Beijinhos

Adam

Os livros podem ser espelhos para quem os tem em mãos, e as pessoas nem sempre gostam do que veem.

Os últimos seis meses foram bons, sinto que minha vida está de volta aos trilhos. Robin está em casa de novo e redecorou cada centímetro do nosso lar, é quase como se Amelia nunca tivesse existido. Estou muito feliz que Robin tenha voltado, assim como o Bob; acho que nós dois precisávamos dela muito mais do que eu imaginava. Talvez eu não consiga ver como ela é por fora, mas minha esposa é uma pessoa linda por dentro. Onde importa. Nada do que faça mudará a pessoa que vejo quando olho para ela. *Pedra Papel Tesoura* está enfim sendo produzido e, embora os créditos de abertura digam "baseado no romance de Henry Winter", consigo viver com isso. Lidar com autores difíceis é muito mais fácil quando eles estão mortos. Acontece que minha esposa é tão boa em escrever histórias de terror arrepiantes quanto seu pai era. Talvez isso não seja tão surpreendente assim. As casas mal-assombradas mais assustadoras são sempre aquelas em que você é o fantasma.

Acho que chega um ponto na vida de todo mundo em que é preciso fazer o que se quer fazer. Perseguir o sonho se torna involuntário, você *precisa* fazê-lo, porque todos nós sabemos que o tempo não é infinito. E venho perseguindo isso há tanto tempo, que merecia alcançar meus sonhos em algum momento, certo? Gosto de pensar assim. Tenho o melhor emprego do mundo, mas escrever é um jeito difícil de ganhar a vida fácil. Se eu achasse que poderia ser feliz fazendo qualquer outra coisa, com certeza faria.

Apesar de tudo, durmo melhor do que nunca. Meus pesadelos pararam por completo desde que voltamos da Escócia, quase como se eu tivesse deixado a dor do passado para trás. Talvez porque finalmente tive algum desfecho sobre o que aconteceu quando eu era garoto.

Ainda penso em minha mãe e na forma como ela morreu todos os dias. E, embora os pesadelos tenham parado, a culpa nunca foi embora. A culpa foi minha e nada vai mudar isso. Se eu tivesse ido passear com o cachorro — como minha mãe me pediu —, ela não estaria na rua naquela noite e o carro não a teria atropelado. Mas eu, com 13 anos de idade, estava com raiva porque via minha mãe arrumar o cabelo, passar perfume, pintar o rosto e se embrulhar no quimono vermelho como se fosse um presente. Ela só o usava quando um homem vinha passar a noite na nossa casa. Dizia que eles eram *amigos*, mas o apartamento tinha paredes finas como papel e nenhum dos *meus* amigos fazia barulhos como aqueles.

Homens diferentes dormiam lá com frequência. Eu. Não. Gostava. Disso. Então, quando *o amigo* daquela noite bateu à porta — outro rosto que eu não reconhecia, mas que tinha certeza de nunca ter visto antes — saí correndo. O meu eu de 13 anos de idade conheceu uma garota no parque naquela noite, atrás da torre do conjunto onde eu morava. Sentamos nos balanços quebrados e dividimos uma garrafa grande de cidra quente. Foi a primeira vez que bebi álcool, a primeira vez que fumei um cigarro e a primeira vez que beijei uma garota. Não estava com pressa de voltar para casa. Isso me fez pensar em quantas primeiras vezes uma pessoa pode ter antes que a vida lhe ofereça apenas segundas.

A garota tinha gosto de fumaça e chiclete e ela disse que eu poderia fazer mais do que apenas beijá-la, se encontrássemos um lugar para isso. Ela me ensinou a arrombar um carro — era claro que ela já havia feito isso antes — e depois me ensinou a dirigi-lo atrás de um depósito abandonado. Também me ensinou a fazer outras coisas pela primeira vez. No banco de trás, fazíamos nossos próprios barulhos e o meu eu adolescente achava que estava apaixonado.

Foi por isso que fiz o que ela disse quando me mandou dirigir pela propriedade. Lembro-me do som de sua risada e da chuva batendo no para-brisa, tornando quase impossível enxergar. Acelera, ela disse, aumentando o volume do rádio do carro. *Acelera!* Ela colocou a mão em minha virilha e eu olhei para baixo. Fiz a curva muito rápido e começamos a girar. Quando olhei para cima, vi minha mãe. E ela me viu. Tudo aconteceu muito rápido: o som dos freios, o carro subindo na calçada, o quimono vermelho da minha mãe voando no ar, o estrondo quando seu corpo bateu no para-brisa e o baque das rodas rolando sobre o cachorro. Depois, o silêncio.

No início, eu não conseguia me mexer.

Mas então a garota estava gritando comigo.

Quando não respondi, ela me empurrou para fora do carro, passou pro banco do motorista e foi embora. Alguns dos vizinhos saíram pouco tempo depois e me encontraram debruçado sobre minha mãe, chorando e coberto de sangue. Todos acharam que eu estava passeando com o cachorro dela quando isso aconteceu.

Nem sequer sabia o nome da garota. E nunca fui capaz de reconhecer rostos. Quando a polícia me pediu para identificar algumas fotos de uma adolescente que eles suspeitavam estar dirigindo o carro roubado, não pude ajudar. Achei que nunca mais a veria, então foi um choque descobrir que éramos casados.

Se me sinto mal pelo que aconteceu com Amelia? Não. Infelizmente, as pessoas morrem todos os dias, mesmo as boas. E ela não era uma delas. Nenhum de nós sabe quando vai fazer o check-out, a vida não é esse tipo de hotel. Estou feliz agora. Mais feliz do que pensei que poderia ser de novo. Só queria deixar tudo para trás e, enfim, posso. Às vezes, uma mentira é a verdade mais gentil que você pode dizer a uma pessoa, inclusive a si mesmo.

Sam

Samuel Smith não é um homem feliz.

Quando jovem, ele era obcecado por romances policiais e de terror. Devorava livros de Stephen King e Agatha Christie e sonhava em ser detetive um dia. Tornar-se um detetive particular foi o mais próximo que ele chegou disso. Quando Sam comemorou seu quadragésimo aniversário sozinho, bebendo cerveja quente e comendo pizza fria em seu apartamento em Londres, ele fez uma confissão a si mesmo: essa não era a vida que havia sonhado.

Mas, no dia seguinte — quando Sam estava se sentindo péssimo —, um senhor idoso ligou. Ele pediu a ajuda *profissional* de Sam para ficar de olho em sua filha distante. A princípio, o idoso relutou em dizer o próprio nome, mas ser um detetive particular era um trabalho que exigia fatos, então Sam teve que insistir. Por fim, o autor da ligação confessou que era Henry Winter e, de repente, a carreira decepcionante de Sam ficou muito mais interessante.

Ele pensou que devia ser uma piada, talvez uma pegadinha de aniversário atrasado de algum amigo, mas então se lembrou de que não tinha nenhum. Sam passava a maior parte das noites lendo livros. Seus favoritos eram os mais assustadores, e Henry Winter era o rei do horror aos olhos de Sam. Ele lia as histórias do autor desde que era adolescente.

Depois de verificar alguns fatos e ter certeza de que era o verdadeiro Henry Winter que estava pedindo sua ajuda, Sam faria o trabalho de graça e com gosto.

Mas um homem precisa comer.

Não era como se o velho autor precisasse de um ou dois trocados: muito pelo contrário. Mas Sam ainda começou a se sentir culpado com o quanto estava cobrando dele. Seguir a filha de Henry e ficar de olho no marido dela era dinheiro fácil.

Sam gosta de pensar que ele e Henry se tornaram amigos nos anos que se seguiram e, de certa forma, se tornaram mesmo. Sam até conseguiu persuadir o velho a comprar um laptop para que eles pudessem trocar e-mails de vez em quando. Ele seguia Robin ou o marido duas vezes por semana, mais ou menos — quando passeavam com o cachorro ou a caminho do trabalho; às vezes, apenas se sentava do lado de fora da casa deles em Hampstead Village — só para manter o controle das coisas. Depois, enviava um relatório mensal para Henry. Mas as trocas de mensagens não eram todas relacionadas ao trabalho. Frequentemente conversavam sobre livros ou política, em vez de Robin e Adam. Sam se orgulhava muito do fato de que Henry confiava nele e lhe fazia confidências, embora nunca tenham se conhecido.

Eles se falavam pelo menos uma vez por mês, portanto, quando não teve notícias de Henry por algum tempo, Sam começou a ficar um pouco preocupado. Primeiro, as ligações telefônicas pararam e nunca foram atendidas ou retornadas, mas naquela época Henry ainda respondia aos e-mails, uma vez ou outra. De uma hora para outra, ele passou a se interessar muito em ver fotos do cachorro e queria saber todos os detalhes quando a casa da filha foi redecorada depois que ela se mudou. A câmera com lentes de longo alcance de Sam foi muito útil nessas ocasiões. Mas o autor nunca mais usou o mesmo tom amigável de antes e, então, toda a comunicação chegou a um fim abrupto, junto com os pagamentos regulares.

Sam estava de olho na filha de Henry há mais de dez anos e ficou triste quando o relacionamento com o autor terminou de repente e sem nenhuma explicação. Ele bebeu mais cerveja, comeu mais pizza e não comprou o último romance de Henry Winter até o dia *seguinte* ao lançamento, como forma de protesto. Sam era uma parte silenciosa da família desde que Robin se casou com Adam. Ele estava lá quando o marido dela começou a ter um caso e ele mesmo se sentiu um pouco deprimido quando se divorciaram. Vasculhar a sujeira do casamento deles era um trabalho fácil, mas essa não foi a única razão pela qual ele fez isso por tanto tempo. Eles eram um casal interessante de se acompanhar: ele com seus escritos e ela com um pai famoso e um passado secreto. Sam até se afeiçoou bastante ao cachorro deles, observando Bob desde que era um filhote. Por isso, ele ficou triste de verdade quando as coisas deram errado para o sr. e a sra. Wright.

Há alguns meses, quando a filha voltou a morar com o ex-marido depois de desaparecer da face da Terra por alguns anos, Sam decidiu ir até a Escócia e contar a Henry, em pessoa. O autor sempre foi meticulosamente reservado e se recusava a compartilhar o endereço de sua casa, mas é claro que Sam sabia onde ele morava. Pode não ter se tornado um detetive, mas ainda sabia como descobrir a maioria das coisas sobre a maioria das pessoas.

Entrevistas de jornal com Henry Winter eram raras, mas Sam havia guardado uma de alguns anos atrás. Era sobre onde o autor gostava de escrever e mostrava uma foto de Henry em seu gabinete, sentado em uma escrivaninha antiga que pertenceu a Agatha Christie. Não demorou muito para Sam descobrir de qual casa de leilões a escrivaninha tinha vindo, ou subornar um motorista de entrega para lhe dar o endereço para onde ela havia sido enviada.

O esconderijo escocês de Henry era mais difícil de encontrar do que Sam poderia ter imaginado. A viagem de carro de Londres foi dolorosamente longa, lenta e, sem instruções, o código postal que ele havia recebido se mostrou quase inútil. Depois de dirigir em círculos à procura da misteriosa — talvez inexistente — Capela Blackwater e de passar por montanhas e lagos intermináveis que tinham começado a parecer iguais, Sam voltou para Hollowgrove, a única cidade que tinha visto em quilômetros. Havia apenas um mercado, já estava escurecendo e Sam viu a mulher colocando uma placa de FECHADO na janela assim que o avistou saindo do carro. Mesmo assim, ele bateu na porta e ela fez uma cara ainda mais desagradável do que a que estava fazendo antes.

A mulher abriu a porta e Sam reparou no crachá com seu nome: PATTY.

Ela parecia uma carpa, a cara tão vermelha quanto o avental. Seus olhos redondos brilhavam e ela resmungou a palavra "o quê", como quem baba de raiva. Era claro que era uma mulher com habilidade para fazer as pessoas se sentirem mal. Sam resistiu ao impulso de oferecer suas condolências pela irmã de Patty, que ele tinha certeza de que havia sido assassinada por uma garota chamada Dorothy perto de uma estrada de tijolos dourados. Mas a distinta falta de gentileza de Patty acabou sendo muito útil.

"Ninguém mais vê Henry Winter há alguns anos e já foi tarde. Ele demitiu a antiga empregada doméstica sem aviso prévio — ela era minha amiga. A nova empregada costumava aparecer de vez em quando para comprar mantimentos — uma mulher estranha que gostava muito de feijão cozido e comida de bebê —, mas até ela parou de vir à cidade há alguns meses. Não sei se devo lhe dizer como chegar à Capela Blackwater. Não quero que você volte para cá e me culpe se algo ruim acontecer. Aquele lugar não é apenas assombrado, ele é amaldiçoado. Pergunte a qualquer um."

Sam comprou uma garrafa de uísque muito cara — ele não queria encontrar o amigo de mãos vazias — e a velha coroa lhe deu as instruções de qualquer maneira. Quando Sam deu uma nota de dez libras para agradecer, ela lhe desenhou um mapa.

Sam se sentiu como um personagem de um de seus romances policiais favoritos quando voltou para a estrada. As ligações telefônicas de Henry terminaram cerca de dois anos antes — na mesma época em que a mulher do mercado disse que o autor parou de ir à cidade. Sam não sabia nada sobre uma empregada, velha ou nova, pois Henry nunca as mencionava. A única pessoa sobre quem Henry realmente queria falar era sua filha, Robin. O distanciamento deles ainda incomodava Sam, porque era evidente que deixava o velho autor muito triste.

Robin foi uma criança difícil. A mãe dela — uma romancista que Henry conheceu em um festival literário no passado — morreu quando a menina tinha apenas 8 anos de idade. Ela se afogou no banho. Robin tinha dois autores como pais, então não era uma surpresa que ela sofresse para distinguir fato de ficção. Henry contou que ela estava sempre inventando histórias, o que a colocava em apuros no internato e em casa. Foi suspensa uma vez, por contar às meninas de seu dormitório histórias sobre bruxas que sussurravam o nome de suas vítimas três vezes antes de matá-las. Tudo isso era apenas o resultado de uma imaginação hiperativa — que, para ser justo, ela havia herdado —, mas quando Henry tentou colocá-la de castigo, Robin cortou o próprio cabelo com uma tesoura uma noite, deixando duas longas tranças loiras para que ele as encontrasse em seu travesseiro.

Henry culpou a dor e a si mesmo, mas nada do que ele fazia para tentar ajudar a criança dava certo. Estava sempre fugindo da Capela Blackwater, tantas vezes que ele perdeu a conta e, quando tinha 18 anos, fugiu de vez. Henry não sabia onde ela estava por anos, até que Robin entrou em contato pedindo que ajudasse seu marido. Henry gostou de Adam desde o início. Ele sempre parecia estar sorrindo quando falava sobre o homem com quem Robin se casou. Não gostava das adaptações de seus romances para as telas, mas o fato de continuar a concordar com elas era uma prova do quanto gostava de Adam. Era óbvio que Henry começou a pensar em seu genro secreto como o filho que nunca teve. Ele achava que Adam tinha sido uma boa influência na vida de sua filha e, enquanto ela estivesse feliz, ele ficaria feliz em não se meter. Isso era tudo o que ele queria saber quando pediu a Sam que os seguisse.

Ela estava feliz?

Robin sempre gostou de escrever cartas quando criança, bem como de inventar coisas que a colocava em apuros. Ela escreveu uma última carta a Henry antes de fugir para Londres. Era um agradecimento e também um adeus. Dizia que a única coisa que ele havia lhe dado, que ela amava de verdade, era seu nome. Sua mãe havia insistido para que a batizassem de Alexandra, mas Henry nunca gostou da escolha, então sempre usava o nome do meio da criança, aquele que ele havia escolhido: Robin. Ele contou que ela gostava tanto desse nome porque a fazia se sentir como um passarinho e os pássaros sempre podem voar para longe. Quando Robin voava, ela nunca mais voltava.

Sam ficou de olho nas estradas sinuosas das Highlands — que já eram difíceis de percorrer mesmo antes de escurecer. Ele também olhava para o mapa desenhado à mão que a mulher da loja havia lhe dado, tentando entendê-lo. Percebeu que Patty também havia anotado seu número de telefone. Sam estremeceu. Apesar de estar perdido no deserto há muito tempo, em se tratando de mulheres, ele preferia morrer de sede a beber daquela água. Quando saiu da estrada principal, viu que havia uma placa para o lago Blackwater o tempo todo ali. Ele havia passado por ela várias vezes antes porque, ao que parecia, a placa havia sido derrubada. Possivelmente com um machado. Esse era, com certeza, um lugar que alguém não queria que as pessoas encontrassem.

Ele dirigiu por uma pequena trilha, evitou por pouco atropelar algumas ovelhas e passou por um pequeno chalé com cobertura de palha à direita. Parecia abandonado. Sam estava prestes a desistir, tinha decidido tentar encontrar um hotel para passar a noite, mas então seus faróis iluminaram a forma de uma velha capela branca ao longe.

O ponteiro de combustível de Sam estava baixo, mas suas esperanças eram grandes quando ele estacionou a BMW de terceira mão do lado de fora. Seu otimismo não durou muito. A capela estava um breu total. Já dava para perceber que não havia ninguém em casa: as grandes e velhas portas de madeira não estavam apenas fechadas, estavam acorrentadas com um cadeado. Henry, claro, não estava lá e, pelas grossas teias de aranha que cobriam as portas, parecia que há algum tempo.

Chateado com a ideia de uma viagem desperdiçada, mas não preparado para desistir, Sam pegou a lanterna no porta-malas do carro e deu uma volta ao redor da capela. Ele esperava encontrar outra entrada, mas, apesar dos inúmeros vitrais, não havia outras portas. No entanto, ele se deparou com várias estátuas de madeira no escuro. Os coelhos e as corujas de aparência sinistra, talhados em tocos de árvores antigas, estavam tão bem escondidos pelas sombras que Sam tropeçou na primeira e, automaticamente, pediu desculpas antes de dar um passo para trás. Seus olhos macabros e esbugalhados o fizeram tremer. Mas então sentiu uma estranha onda de alívio — Henry havia falado com ele sobre o quanto gostava de talhar madeira, achava isso relaxante depois de um longo dia planejando matar pessoas — pelo menos, Sam sabia que estava no lugar certo.

Então, ele encontrou o cemitério nos fundos da capela.

A princípio, as lápides de granito se confundiam com o resto do cenário escuro feito breu, mas quando Sam se aproximou, a luz da lanterna revelou que a maioria era consideravelmente antiga. Tanto que estavam tombadas, caindo aos pedaços ou cobertas de musgo. Mas nem todas eram antigas ou ilegíveis. A mais nova, que se destacava de suas vizinhas em ruínas e não devia ter mais de um ou dois anos, chamou sua atenção. Ele foi em sua direção, mas tropeçou em um inesperado monte de terra e deixou a lanterna cair. Era muito difícil assustar Sam — havia lido todos os romances de Henry Winter duas vezes —, mas até mesmo ele teve calafrios ao arrastar as mãos e joelhos enquanto engatinhava em um cemitério, tarde da noite, tentando recuperar sua lanterna. O monte de terra sugeria que alguém havia sido enterrado ali fazia pouco tempo e a grama ainda não havia tido tempo suficiente para crescer sobre o solo irregular. Não havia nenhuma identificação, nenhum nome; lembrava um túmulo de indigente. Mas então reparou em algo protuberante no solo... Uma velha bombinha.

De repente, Sam se sentiu desconfortável e o aviso da comerciante sobre a capela ser amaldiçoada voltou a assombrar seus pensamentos. Então, ouviu alguém nas sombras logo atrás dele sussurrar seu nome três vezes.

Samuel. Samuel. Samuel.

Mas quando se virou, não havia ninguém lá.

Devia ser apenas o vento. O medo e a imaginação podem levar as pessoas mais brilhantes a caminhos sombrios. Não é de admirar que uma criança que cresceu aqui imaginasse tantas histórias horríveis e distorcidas confundindo fato e ficção, pensou ele, lembrando-se de todas as histórias que Henry disse que Robin havia inventado. Ele ia pedir ao velho para contar essa história de novo assim que o encontrasse. Avistou uma pequena delegacia de polícia em Hollowgrove e fez um esforço para se lembrar de parar lá no caminho de volta, esperando que soubessem onde seu amigo estava morando agora. Alguém deve saber. Autores famosos mundialmente não desaparecem sem mais nem menos. Além disso, Henry tinha um novo livro chamado *Pedra Papel Tesoura* que seria lançado no próximo ano. Sam sabia disso porque já havia comprado o livro na pré-venda.

Então, levantou a lanterna e a si mesmo do chão lamacento e foi em direção à lápide mais nova do cemitério. Ele teve que ler o que estava gravado nela várias vezes antes que seu cérebro começasse a decifrar as palavras.

HENRY WINTER

~~PAI~~ ASSASSINO DE UMA PESSOA, AUTOR DE MUITAS.

1937–2018

A princípio, não acreditou que Henry estivesse morto.

Havia uma pequena caixa de vidro sobre o túmulo, do tipo que alguém poderia guardar bugigangas dentro. Sam apontou a lanterna para ela e hesitou antes de se abaixar para dar uma olhada mais de perto. Quando o fez, viu que a caixa continha três itens: um anel de safira, um tsuru de papel e uma pequena tesoura antiga, feita para parecer uma cegonha. Foi o anel que chamou sua atenção, não apenas por causa da pedra azul cintilante, mas porque ainda estava preso ao que parecia ser um dedo humano. Então, o vento soprou mais forte e Sam pensou ter ouvido alguém sussurrar seu nome de novo, três vezes. Ele não acreditava em fantasmas, mas correu para o carro o mais rápido que pôde e não olhou para trás.

AGRADECIMENTOS

Um imenso agradecimento, como sempre, a Jonny Geller e Kari Stuart, não apenas por serem os melhores agentes do universo conhecido, mas também por serem dois dos melhores, mais sábios e mais gentis seres humanos que tenho a sorte de ter conhecido. Um imenso obrigada também a Kate Cooper e Nadia Mokdad por venderem minhas histórias ao redor do mundo, e a Josie Freedman e Luke Speed pelas adaptações de meus romances para as telas. Obrigado a todas as pessoas adoráveis da Curtis Brown e da ICM, com agradecimentos especiais a Viola Hayden e Ciara Finan.

Agradeço à maravilhosa equipe da Flatiron Books, especialmente à minha editora Christine Kopprasch. Sou bastante supersticiosa quando se trata de escrever e não conto nada a ninguém sobre meus livros até que eu os tenha escrito. Nem mesmo meu cachorro, e eu o amo muito. Queria escrever sobre cegueira facial há muito tempo, então imagine minha surpresa quando meu agente enviou esse livro para Christine e ela revelou que tinha essa condição. Obrigado, Christine, por seu amor genuíno pelos livros, sua persistente gentileza e por tornar este livro muito melhor do que já era. Agradeço a Cicely Aspinall e à equipe da HarperCollins no Reino Unido, e a todas as minhas outras editoras ao redor do mundo, por cuidarem tão bem dos meus livros.

Obrigado à Escócia por inspirar grande parte desta história. Se existe um lugar mais bonito na Terra, ainda não o encontrei. Todos os meus livros foram em parte escritos e/ou editados nas Highlands da Escócia, e minhas visitas aumentam a cada ano. Agradecimentos especiais ao rosto na janela da propriedade que aluguei durante as tempestades de neve conhecidas como *"Beast from the East"*, de 2018 e à capela convertida em propriedade particular onde tive a ideia para este romance. Lembro-me de cada detalhe do dia em que essa história se passou em minha cabeça.

Obrigada ao Daniel, por ser meu leitor beta, melhor amigo e melhor parceiro de confinamento que uma garota poderia desejar. Por todos esses motivos e muitos outros, este livro é para você.

Obrigada aos livreiros, bibliotecários, jornalistas, resenhistas, blogueiros e usuários do Instagram que foram tão gentis com meus romances e a todos que ajudaram a colocar meus livros nas mãos dos leitores. Meu último e maior agradecimento é para todos vocês. Suas belas fotos dos livros e palavras gentis sempre significam muito para mim, ainda mais agora. Quando olho para trás em 2020, sei que foi a bondade dos leitores que me fez continuar escrevendo nos momentos mais sombrios. Sou eternamente grata por seu apoio e espero que continuem gostando de minhas histórias.

Case No. #03 Inventory #
Type of offense
Description of evidence colecă

Quem é ELA?

ALICE FEENEY é autora e jornalista best-seller do *New York Times*. Seu romance de estreia, *Sometimes I Lie*, foi um best-seller internacional traduzido para mais de vinte idiomas e está sendo transformado em uma série de TV estrelada por Sarah Michelle Gellar. *His & Hers* também está sendo adaptado para o cinema, pela Freckle Films, de Jessica Chastain. Alice foi jornalista da BBC durante quinze anos. alicefeeney.com

E.L.A.S EM EVIDÊNCIA.

ESPECIALISTAS LITERÁRIAS NA ANATOMIA DO SUSPENSE

Suspect
Victim

Capture o QRcode e descubra.

Conheça agora todos os títulos do projeto especial **E.L.A.S — Especialistas Literárias na Anatomia do Suspense**, que integra a marca Crime Scene® Fiction, da DarkSide® Books, para apresentar uma seleção criteriosa das mais criativas e inovadoras autoras contemporâneas do suspense mundial.

CRIME SCENE® FICTION

CONHEÇA, LEIA E COMPARTILHE NOSSA COLEÇÃO DE EVIDÊNCIAS

Case No. _____ Inventory # _____
Type of offense _____
Description of evidence _BOOKS_

"Instigante, inteligente, emocionante, comovente."
PAULA HAWKINS, autora de *A Garota no Trem* e de *Em Águas Sombrias*

"Anatomia de uma Execução é um thriller irresistível e tenso."
MEGAN ABBOTT, autora de *A Febre*

1. DANYA KUKAFKA — ANATOMIA DE UMA EXECUÇÃO

Um suspense que disseca a mente de um serial killer. Uma reflexão sobre a estranha obsessão cultural por histórias de crimes reais e uma sociedade que cultua e reproduz essa violência.

"Inteligente e deliciosamente sombrio. Fui fisgada até o fim."
ALICE FEENEY, autora do best-seller *Pedra Papel Tesoura*

"Fascinante, sombrio e tão afiado quanto uma coroa de espinhos."
RILEY SAGER, autor de *The House Across the Lake*

2. KATE ALICE MARSHALL — O QUE ESTÁ LÁ FORA

Um thriller poderoso e inventivo. Uma história cruel e real sobre amizade, segredos e mentiras, inspirada em um crime real, e que evoca as grandes fábulas literárias.

"Katie Sise é uma nova voz obrigatória no universo do suspense familiar."
MARY KUBICA, autora best-seller do New York Times de *A Outra*

"Sise mostra seu domínio do suspense com uma obra de tirar o fôlego."
PUBLISHERS WEEKLY

3. KATIE SISE — ELA NÃO PODE CONFIAR

Uma mãe, um bebê e um suspense arrebatador que vai assombrar a sua mente neste instigante thriller que aborda a saúde mental materna de maneira dolorosa e profunda.

"Uma prosa hipnotizante sobre um mundo que todos conhecemos e tememos."
ALEX SEGURA, autor de *Araña and Spider-Man 2099*

"O melhor thriller de Jess Lourey até agora."
CHRIS HOLM, autor do premiado *The Killing Kind*

4. JESS LOUREY — GAROTAS NA ESCURIDÃO

Um thriller atmosférico que evoca o verão de 1977 e a vida de toda uma cidade que será transformada para sempre — para o bem e para o mal.

E.L.A.S

E.L.A.S

Suspect
Victim

ESPECIALISTAS
LITERÁRIAS NA
ANATOMIA DO
SUSPENSE

CRIME SCENE
FICTION

DARKSIDEBOOKS.COM